U0562030

A MILLION THINGS

千千万万都是你

〔澳〕艾米莉·斯普尔（Emily Spurr）著
陈晓颖 译

中国出版集团
中译出版社

第 14 天

我睡在你的床上，身上裹着你的被子，闻着你衬衣的味道。

生怕每呼吸一次，你残留的味道就会消减一分。

11:11

第 29 天

我努力的当一个有人照顾的好孩子，自己做早餐、上学、购物……

这样，我就能再多当一天妈妈的女儿。

第 31 天

有人在身边真好，即使是一个并不惹人喜欢的老太太，而我们都在对方的身上看到了失序的自己。

第 39 天

记忆有点像我们住的房子，你不觉得吗？它承载了我们所有的一切。

第 40 天

不用时刻保持警惕的感觉真好，路途虽然颠簸，心里却非常踏实。

第 41 天

那些垃圾被清理走了，但我的感觉并不好。

就像你记忆中一直有一个地方，可等你回去寻找时却发现它已经不存在了。

第 43 天

过去的就让它过去吧，逝去的再也无法挽回，与其无谓地纠缠不如放手让它们离开。

BOOK

第 48 天

我恨你。

可我需要你。

我只剩斯普林特了。

请不要离开我。

谨以此书献给我相濡以沫的爱人——科文，
谢谢你在我迷茫时
还坚定不移地守护我的梦想。

目录

CONTENTS

目录

CONTENTS

最初几日

真正的寂静并非鸦雀无声。

倒更像是喃喃的沉吟，让外界原本细微的声响——耳畔的心跳、钟表的嘀嗒、冰箱的低鸣——表现出咄咄逼人的喧嚣。我只是稍微走动了一下，发出的响动竟搅得我心乱如麻。斯普林特津津有味地舔着碗里的水，抬起头可怜巴巴地看着我，我知道该给它喂食了。闹钟响了，也到了我该起床的时间。

睡觉、起床、吃饭、上学、回家、吃晚饭、看电视、再睡觉、再起床，周而复始，无限循环。

时光啊，它总是磕磕绊绊、残缺不全，叫人无法捉摸。我刚刚还站在卧室，此刻却坐在了客厅，我不记得自己的行动轨迹，时光的记录里也丢失了这个片段。

然而，时间从未停滞。不仅如此，还滋生出新生事物，那东西的味道不由分说地直冲进我的大脑。

第14天

星　期　六

家里到处弥漫着那东西的味道，哪怕是待在客厅也能闻得到，简直臭气熏天，令人作呕，硬生生地把我从睡梦中熏回到现实。

我之前一直睡在你的床上，身上裹着你的被子，闻着你衬衣的味道。然而，我每呼吸一次，你残留的味道就会消减一分，直到最后，我再也嗅不到你，再也感受不到你，直到最后，房间里只剩下我和狗的气味，只剩下我和狗的温度，就连你的枕头，上面也只剩下我睡过的痕迹。于是，我搬去客厅的沙发，于是，我闻到了那东西的味道。

我想，应该是冰箱该清理了。最后一餐你没有吃，我特意又给你热了一次，放在长凳上，可是一直等到睡觉你也没回来。于是，我给它蒙上保鲜膜放进了冰箱。

我知道我该把它丢掉，知道它已经发霉孕育出了新的生命，说不定它释放出的细菌已经污染了冰箱里的其他东西。可是，我没有。

我想象着有一天你会怒气冲冲地进门，大声质问我，这屋里是他妈的什么味道？你还会瞪着眼睛对我说：你已经十一岁了！老天，为什么不把它扔掉？或者喂给斯普林特也行啊？

斯普林特是我的大狗，一身灰毛总是弄得脏兮兮的。它永远跟我形影不离，我走路时它就围着我打转，我醒来时会发现它就趴在我的面前。它总爱蹲坐在那儿，把大头靠在我的膝盖上，我看着它棕色的眼睛，低头凑近它，感受它湿润的呼吸，体会它嘴里或狗粮、或骨头的味道。

那天早上，我一睁眼照例看到了斯普林特的鼻子，那是你走后的第一天。家里很冷，比以往任何一天都冷。我跑去你的房间，被褥叠得整整齐齐。我跑去厨房，后门大敞四开，冷风吹打着我的脸。我用嘴呼了一口气，看到一缕白色的哈气。地板上飘散着落叶，我跑去后院却没见到你，但我知道你就在那儿，你若是出门去了别的地方，一定会把后门关好。我看了一眼时钟，时间显示七点。那天是星期日，清晨时分，天光尚暗，我没有闻到熟悉的咖啡味道。我走出后门，看到仓房的门微启，于是走过去将门推开。

那一刻，我身后的世界彻底消失了，包括咱们的家。我站在草丛里，背后只剩下无尽的黑暗。

突然微风袭来，那感觉怪怪的，可你却浑然不觉。我看着你，微风拂过我的脸，吹起一缕头发弄得我脸痒痒的，微风拂过你的身体，绳子吱吱嘎嘎晃了一下。

咱家后门砰的一声被风关上，吓得我后背发凉，又岂止是后背发凉，我整个人已吓得灵魂出窍。乌鸫的啾鸣在我耳畔萦绕，如鼎水之沸，极度嘈杂，而我却还能听见脚下的草在疯长。

我的耳朵对你的离开一直都很敏感，你每次出门都会在我心里惊扰起一阵喧嚣，而后便是令人烦躁的静寂。我每次都站在原地一动不动，屏住呼吸，等着后门再次开启，等着你重新回来。每次你都会从碗中抓起钥匙，然后摔门而出，在身后留下万籁俱寂与我如影随形。你每次关门都会吓我一跳，哪怕我对你的离开已经习以为常，内心还是会掀起波澜。从一开始我就知道你早晚会离开，因为你眼里不再有光，有的只有局促不安；你眼里也不再有我，只有一个毁了你人生的累赘。你每次都咆哮着抓起钥匙摔门而去，我每次都看着你的背影如同惊弓之鸟。

小时候，每次见你离开我都会放声大哭，然后你就会折返回来，于是我会趴在你的怀里，你会紧紧搂着我，每次我都闻得到你身上暖暖的香气。我闭起眼，感受你抚摸我的头发，紧绷的神经终于放松下来，暖流从脊背一路冲向头顶。不管你之前如何对我，只要有了这一刻，我觉得其他都无所谓。

我想，这回你不过是又生了一次气而已——就像之前，每到周末，你都会莫名地伤感，躺在床上不愿动弹——这样想着，我变得更加坚强了，不再逃避地躲进被子，也不再毫无意义地哭泣。

之前，你的关门声总是令我心跳加速，甚至令我毛骨悚然。我总是站在原处一动不动地等你回来，斯普林特也会乖乖地趴在我脚上跟我一起静静等待。有时候，过不了多久你就会回来，回来时我们还待在原地，斯普林特的屁股把我的脚坐得热乎乎的，而我的腿却因为久站而失去了知觉。有时候，我们等了很久也不见你的踪影，斯普林特终于坐不住了，也可能是我坚持不下去了，于是我就去写作业，或是打扫房间，甚至开始在家里修修补补。我明白，若不是哪里出了问题，你不会狠心离开。

有时，我会翻看咱家那本厚厚的蓝色词典，想找个词准确描述自己当下的心情。“焦躁不安”差不多，但又不完全准确，它可以形容我内心的悸动，却无法呈现我安之若素的平静。茫然无措也相对贴切，却又过于轻描淡写，毕竟我总是风尘仆仆，总是忙忙碌碌。比方说，到了夏天，我要负责拔掉你最爱的园子里的稗草，你所谓的最爱似乎只是表现在嘴上，几乎所有的活都是我在做。我有时会躺下来享受一下阳光，任由斯普林特把它的大脑袋搁在我的腿上，而我则闭上眼，感受眼前的一道道红光；又或者，我可以说我的心情是喜忧参半，但也不太恰当，毕竟你离开了，留给我的是无尽的伤痛，有什么可喜的呢。总之，我始终未能找到一个恰当的形容词。

每每这时，你总会回来，把我揽入怀中。于是，我再次紧紧贴在你的胸口，我的世界又重新恢复了安宁。这一幕上演了无数次，我早已习以为常，我习惯了你离开后内心的不安，习惯了心里那反复出现的声音，它总是对我说，或许这次你会一去不返，但我心里知道你不会，知道你会再次走进家门。

此时此刻，我真的无所适从了。

不过话说回来，其实你并未离开啊。你明明就在我眼前，怎么能说离开呢?

那天早上，我关好仓房门，从后门进了屋，穿过咱家一个又一个房间，膝盖完全不听使唤，一路跌跌撞撞，好几次险些跌倒。

我爬上床，盖好被子。

我的呼吸温暖而缓慢，像深沉的滔滔江海。

时间过得很快，房间不知不觉就暗了下来，斯普林特的大脑袋又趴到了我的腿上，压得我脚趾发麻。时不时地，它舔舔自己的鼻子，发出一声长叹。我躺在那儿一动不动，天完全黑了，我感觉一只爪子隔着被子拍打我的胳膊，看来它终于沉不住气了。

于是，我爬起来，走到厨房，关好后门，给它的狗食盆里倒上狗粮。

第二天一早，我照例去学校上课。

十几天过去了，一切如常，却也不如常。

家里好像什么都没变，但其实什么都变了。

你，走了。

身后留下咱家的房子，

还有我。

我已经分辨不清眼前的世界。

第15天

星　期　日

我终于把冰箱清理出来了，困扰我的味道也随之消散。

我还洗了衣服。之前，我都把洗好的衣服晾在后院的晾衣绳上，刚开始它们还在风中摇曳，不过很快就变得如铠甲般僵硬，我真担心自己哪怕只是轻轻折叠也会把它们折断。于是，我用晾衣架把衣服挂在了厨房，反正洗的东西也不多。

我用你的银行卡买了很多东西，面包、牛奶、奶酪、桉树喷雾、熏香、薰衣草喷雾、蚊香、三台精油喷雾机、十瓶精油、一大桶漂白剂、电工胶带、水果、狗粮、桶装泡面还有厕纸。

隔壁的老太太坐在自家门廊，看着我大包小裹地往家走。她端着茶杯，明明看着我却还假装没看见。我从她面前走过，对她也视而不见，像一切都一如往常。

我屏住呼吸，把毛巾卷起来塞住仓房的门缝。你是个聪明孩子，总能想出好办法。我对自己说。然后我给毛巾倒上漂白剂。

买来的那些熏香，我把它们插在后门外面，可即便如此，烟雾还是能飘进来，呛得斯普林特直打喷嚏，我也觉得十分憋闷，总感觉鼻子隐隐作痛。

我把仓房的窗户和门缝都用胶带封好，整个过程我也没往里面看一眼。

天冷倒成了一件好事。

我把三台精油喷雾机放在房子不同的角落，一台放在正门口，一台放在后门那儿，还有一台放在了厨房。据说，精油不同，功效也不同：提神、安眠、益气、疏压，各有各的妙用。使用说明上说了，一次只需要倒入五至七滴精油即可，而我却一下子加了二十滴，熏了整整十个小时。每天早上出门、下午放学回家，还有晚上睡觉前，我都会添加精油，就想让它们一直熏着，就想让房间里永远香气萦绕。

果真，家里现在的味道好多了。当然，如果你不喜欢玫瑰、天竺葵、薄荷和薰衣草的香味，那肯定无法忍受。然而，即使有了这么多香气，还是无法掩盖那隐藏在暗处的可怕味道。

电视播放的是一档有关鲨鱼的节目，背景音乐特别恐怖。我盯着那个大家伙，眼神恐怖、牙齿锋利。潜水员打开一包油乎乎的黄色东西，没想到大鲨鱼竟然以迅雷不及掩耳之势抽身而去，瞬间消失在了茫茫大海。原来，就连海洋中最庞大的动物也惧怕同类尸体散发出的味道，哪怕只是闻了一下也会望风而逃。

看到它们逃跑我差点笑出声来，但再想想，又觉得根本没那么好笑。

第21天

星 期 六

那味道越来越重，越来越难闻。我每次去厨房都恶心得想吐，于是我便在门外插上更多根熏香，再给喷雾机里倒上更多的精油，我还屏住呼吸走出后门，给仓房门缝的毛巾倒上了更多的漂白剂。而事实上，我也不知道为什么要这么做。

然后，我找来胶带把厨房窗户粘得密不透风。

我带上斯普林特出门瞎转悠，逛了好久，家里的电视我也没有关。

第22天

星期日

斯普林特越来越不愿意待在家里，我带它出门的时间也因此变得越来越长——以前遛它只是为了让它上个厕所，现在则不然，我们一出门就会在外面逛很久。最初我带它出门都会给它拴着绳子，但它每次拉屎撒尿时都会用可怜巴巴的眼神看着我。我明白它的意思，对它的痛苦也能感同身受。以前，我上厕所时，如果你站在厕所门口催我快点，我反倒越是上不出来了。于是，我给它松开绳子，这样一来，不仅它得了自由，我也不用站在冷风中陪它挨冻了。不知道为何，我觉得咱家附近要比其他地方冷很多。

它经常在你仓房门口刨坑，我每次都选择视而不见；它乐此不疲地追逐的那些小黑影，我也假装看不见。我知道那是什么，第一天晚上我就看到有一只在后院爬来爬去。它一定是从房子底下钻出来爬到了墙上，而后又在柱子和外墙之间窜来窜去，我虽未亲眼得见，但想也想得到。因为那黑影最终爬上了我的床，爬进了我的身体，我醒来时感觉它正撕扯、啃咬、折磨着我，像要一点一点把我吞噬。

我站在窗边，看着外面的斯普林特，它还在追逐那些獐头鼠目的家伙，我真担心它逮到一只，那该怎么办？它不会把它吃下去吧？这难道真的是一个你吃我、我吃你的世界？我不愿多想这个问题，移开盯着斯普林特的眼神，只是时不时瞄上一眼，等它想回来了我好及时帮它开门。

后院的草长得飞快，现在已经长得很高了。我眼见着它们一路疯长，挡住了你仓房的门，遮住了塞在门底下的毛巾。真的，后院的草丛又高又长，杂乱无章，像是刻意要遮蔽后面的仓房，让它在人们的视线中彻底消失。蓟草也长得很高，带着长长的刺，让我想起小时候你给我读的《野玫瑰》，当时我脑海中挥之不去的就是满墙的藤蔓。

就让它们好好长吧，我喜欢。有了它们，我每次开门便不用看到那令我揪心的仓房了。

斯普林特似乎也不介意疯长的草丛，甚至还在后门口给自己安了个窝。它喜欢穿梭在草丛中间，蹦跳着追逐想象中的猎物，那样子活脱脱一只野猫或一头笨拙的灰色羚羊。我看着它窜过来、跳过去，天光已经暗淡，只留下院子中间那一点点亮，却引来了不少昆虫。我还以为它们已冬眠了，甚至已经死了，没想到刚刚给它们一点儿阳光，它们就“满血复活”了，跟着阳光一起灿烂起来，特别是苍蝇，简直是活力四射。

斯普林特舔着我的脚，我低下头，它正好也抬起头拧着眉毛注视着我，然后气哼哼地躺倒在地上。我看了看时间，竟不知不觉盯着那些虫子看了一个小时。

如果我们都消失了，有朝一日世界会不会被这些虫子接管并统治？

我觉得应该会，而且不会耗时太久。

第23天

星　期　一

今天照例又是被冻醒的，我感觉整张脸被冻得发紧。电视被我静了音，但屏幕还在一直闪，这样房间里不至于太黑，可以帮我赶走那些可怕的黑影，让它们没办法对我下嘴，只能在黑暗中伺机等候。房间里除了电视屏幕发出的亮光只剩下我冒着哈气的急促呼吸。

我的心已经沉静下来。

房子很冷，你走后留下的寂静放大了哪怕最细小的响动：冰箱的低鸣、钟表的嘀嗒，还有我和斯普林特的呼吸声。它跟我一起挤在沙发上，我不忍心在这么寒冷的夜晚把它赶去门外。

我迈腿下了沙发。你走后的第一个星期，你的闹表七点钟会准时响起，在你的房间响个没完。我每次都跌跌撞撞地跑过去，笨拙地寻找闹表上的停止按钮。你那闹表看上去像是木头制品，但真正的材质是玻璃和硬塑料。有一次我使劲把它扔到墙上，奇怪的是它的屏幕却一点也没摔坏，或许你的房间本来也不大，所以摔得并不狠，就连电源线都没挣脱，还好好地插在墙上。不过，那次以后，它没再响了，屏幕显示的时间也永远停在了 11:11。不过，它的屏幕还是一直在闪，仿佛根本没坏还能继续计时似的。有时，清晨我会特意跑去你的房间，就是想看看屏幕上那一成不变的时间。我俯下身用手指摩挲屏幕，上面有一条头发丝那么细的裂痕，不仔细摸根本发现不了。你的表停了，我的世界更安静了，是那种无法想象的安静。

我如往常一样打开精油喷雾机，万籁俱寂中冲了个澡，早餐的麦片咀嚼起来声音格外明显，斯普林特也在埋头吃着它的狗粮。家里再也闻不到烤面包的味道，也没了甜橙味身体乳和香波的气味，再也没有人亲吻我的额头，再也没有人叮嘱我放学回来路上别忘了买牛奶、面包或果汁，再也没有人嫌我总是磨磨蹭蹭。我从没想过，人的耳朵竟然会因为安静而感到疼痛。我拎起书包，走出家门朝学校走去。

第28天

星　期　六

在我的记忆里，你走后的第一个周末成了支离破碎的片段，虽然我经常在脑子里回放，却怎么也连不到一起，只记得片段中有咱家房子、斯普林特和放下的窗帘。我的脑子太累了，我一直努力保持镇静和坚强，真的无法再腾出空间存储更多的记忆。

关于周日的晚上，我还多少保存了些记忆：我记得自己收拾好书包，定了第二天起床的闹钟，冲淋浴一直冲到没有热水。第二天早上我在沙发上醒过来，昨晚湿着头发入睡，害我醒来时有点头疼，可身上盖着被子，却又热得直冒汗。我给自己压了两床被子，自己的和你的，再加上身边还挤着热乎乎的斯普林特，不冒汗才怪。再之后，我就去上了学。我想也没想就套上了校服，家里发生了天翻地覆的变化，而我却没有心思多想。

到了第二个周末我茫然不知所措，不知道自己能做点什么。我把门锁好，乖乖待在家里，房里弥漫着丁香和松果的味道，据说有静气凝神的功效，可闻久了却让我觉得恶心。斯普林特在房里跑来跑去，我静静地坐在沙发上看着电视。电视就是垃圾！你以前总这么说，看到我大白天看电视，你会特别生气。当然，其实晚上我也没少看电视。你最讨厌的电视节目是肥皂剧，还有警匪追踪和成人节目。广告的声音总是特别大，色彩也格外鲜艳，所以总是把我从睡梦中吵醒，甚至吵得我头疼。于是，我大都把电视调成静音，只有在收看澳大利亚电视台24小时新闻时才会把声音放出来。新闻里播报的都是金融、指数之类的消息，有时会关注生活窘迫的孩子，还有炸弹、燃气、火灾什么的。这样的灾难新闻有时会把我看哭，不过大多数时候会让我意识到自己过得还不算凄惨。

你刚走的那段时间，我每次带斯普林特出门都只是在家附近转转，自己腰间仿佛系着一根无形的皮绳，一直拖曳着我，不让我离家太远。我索性选择待在家，偶尔出门也就是带斯普林特在街角转转，让它撒个尿，我也可以买些东西填饱肚子，不过都是面包、奶酪或面条之类的吃食。渐渐地，那根无形的绳子竟不知不觉地松开了，我的行动范围超越了学校和商店。我越走越远，绳子也越来越松，直到有一次我跑去石溪那边，从那以后我便彻底松了绑。

就这样，我带着斯普林特去了很多地方。现在，每每到了周末，我都会带着它到处瞎转悠，早上吃完饭就出门，不到天黑决不回家。斯普林特就像我的影子，跟着我走遍了城市的每一处角落，天空笼罩在我们头顶，像《魔戒》里的巴拉多塔。你走后的第二个星期六，我看了《魔戒》，你说得没错，故事确实很长，而且有点吓人。不过，再吓人也比看电视上的新闻或待在家里无所事事让人安心。那天，等我看完《魔戒》发现天都快亮了，可以想象，第二天我很晚才起床，到了下午才带着斯普林特出了门。出门前它兴奋得要命，走到河边，我真的很累了，但每每想到空荡荡的家和睡在沙发上的煎熬，又不自觉地迈开了双腿。

再接下来的那个周末，我过得很有计划：早早起了床，为自己准备了零食，给斯普林特带了一瓶水。出门后，我们在咱们街区来回溜达，只要见到街道，哪怕只是条小巷，我们也会走上一趟。一路走下来，我们时而离家越走越远，时而又越走越近。之后，我还带着斯普林特去了中央商务区，可它似乎一点儿也提不起兴趣；然后我们去了肯辛顿，我喜欢那里一栋栋的小房子；再后来，我们沿着马瑞巴农河走了好几个来回，河两岸的公园里人特别多，不过不会有人认识我；其实，除了河畔公园，富茨克雷西区、塞登镇还有亚拉维尔区都是不会引人注意的好去处，有好多小孩在那边玩耍。如今，我和斯普林特对咱们社区的所有街道都了如指掌，我喜欢富茨克雷的河边小路，很多人在那边骑行，只要不下雨，那里真是个放松的好地方，而我们这儿，你也知道，本来就很少下雨。

就这样，我们这一天把周围各个小区逛了个遍，来来回回，走街串巷。我喜欢看街边不一样的房子，其实也不是喜欢房子，而是喜欢看着那些房子胡思乱想，琢磨住在里面会是什么感觉。一边走一边胡思乱想，这样时间过得特别快，而且还很有乐趣。不过，如果让我驻足在某栋房子前仔细研究，我却一下子没了兴致。但我多少还是会打量一番，因为这能让我想起你。我记得斯普林特小的时候，有一次它被自己绊了一下，受了点伤无法走路，于是你和我连拖带拽地把它弄回了家。已经过了吃晚饭的时间，但太阳还是很大，把街道烤得热烘烘的。一路上，你告诉了我很多你喜欢的东西，这家的门好看，那家的花漂亮。你带着我展开遐想，问我如果那是咱们的家，咱们该如何布置。你每晚都会带我出门，一路点评别人家的房子，到最后你又总会眉头紧锁、沉默不语。后来，斯普林特长大了，我可以独自牵着它出门了，你终于可以待在家里，不必再一路陪着我们。不过，你总是跟我们说不能走得太远，最远只能去附近的公园。

现在，你走了，我们想去哪儿就能去哪儿了。我看了各种各样的房子，最喜欢的是有门廊的那种。在塞登那一片，很多人家会在门廊摆上桌椅，桌上还会摆上花，繁茂的叶子和五彩的花朵顺着盆边垂落，很美。我从未见到门廊上坐着人，却留意到很多椅子上都放着靠垫，看上去十分舒服，关键是非常漂亮。很多人家的桌椅摆放得都很随意，仿佛有人一直坐在那儿，不过刚刚离开而已。偶尔，房子里会有人出来，不过大多是径直走去开车，或是步行出门，反正我从没见过有人坐在那么舒服的椅子上，坐在摆着漂亮花盆的桌边。郁郁葱葱的绿植像垂落的幕布，只可惜没人坐下来欣赏这美好的景致。我有时会盯着某户人家的门看上半天，甚至有推开的冲动，心想，要是我能住在里面多好，要是那些靠垫属于我该多好。

我们一路走走停停，一天下来背包已经空了——零食我已经吃光，只剩下那瓶水还拿在手上。有些人家的门，轻轻一推就开了，一点儿也不执拗，不像咱家的门总是吱吱嘎嘎地响。最开始，我会在门廊找一把椅子坐下，看看街景。没有人留意我，更没人从房子里出来赶我走。我一般会挑自己喜欢的房子坐下来休息一会儿，那些房子的门廊设计让你感觉坐在那儿会很放松，不像过圣诞时教堂耶稣的陈设，那些椅子一看就是为了摆摆样子，并不能真的坐上去。我带着斯普林特驻足在一栋房子前，房门是粉色的，上面镶着沉甸甸的黑色门环，像一颗巨大的橡果。门廊的桌子上落了一层灰，椅子的靠垫倒是又大又软，像放在家里的那种垫子。斯普林特不爱坐着，便蹲在那儿，踩得脚下的木板啪啪地响，时不时还会站起来东张西望。它如此大胆自在，倒是让我感觉十分紧张，我示意它老老实实坐下，可它不仅不听话，反倒一路倒退着跟我嬉闹起来，终于撞翻了一个花盆。花盆掉在地上，咔嚓一声裂成两半，里面的植物也应声倒地，花土撒在了地上。

我们继续往前走，走到下一栋房子跟前。我彻底被它漂亮的色彩惊艳到了。这家的靠垫是黄色和粉色的，跟门廊台阶两侧挂着的三色堇相映成趣。靠垫个头不大，完全可以装进背包。有些人家的门廊上挂着小巧的花盆，有些还放着园艺装饰，比方说用铁丝弯成的小动物什么的，或是一只精美的小鸟，就摆在花盆边缘。我想，这些东西应该是他们周末去园艺中心买的，有些小东西或许根本没花钱，是老板直接赠送的。有些装饰真的非常小巧，小到可以塞进背包的侧兜。

天气越来越冷，冻得我嘴都木了。我们继续走啊走啊，太阳慢慢落了山，世界变成了灰白色。我很喜欢你这件军绿色外套，记得是你海淘从美国买的。只是我穿上实在太大了，几乎拖到了地面。衣服的里衬非常厚，穿着它胳膊很难打弯儿。不过它真的很暖和，而且还防水，口袋也特别多。街对面一辆汽车砰地关上车门，我闻到浓浓的炊烟味道，竟让我忘却了寒意。这家门口挂着灯笼，里面的蜡烛一看就是新换的。我推开他家院门，门吱嘎一声打开，像发出了一声叹息。院子里种着好多植物，灰色的叶子又软又大，像小动物的耳朵，枝叶间放着一只生了锈的假蜗牛，背上的壳是用真的蜗牛壳做的。我俯下身伸手去拿，你的外套哗哗直响。我小心翼翼地把它捏起来，放在手心，感觉沉甸甸的。

“嘿！”

我吓了一跳。一位穿着紧身运动衣的女士骑着自行车停在了门口。我下意识地往后退了一步，不小心一只脚踩进了花坛，脚下的泥土很松软。

"你在这儿干什么呢？"

她指了指我手中的蜗牛。我回头看了一眼身后的斯普林特，它从树丛中探出脑袋。

那位女士下了车，推着车子朝我走来，可能因为她穿的是骑行的鞋子，走路的样子有点奇怪。

"你拿我的蜗牛干什么？"

我赶紧把它放回去，看着它一路滚到羊耳朵植物的下面。我指了指斯普林特，回答说："我在遛狗。"

她站在我面前，推着自行车挡住我的路，低下头一直盯着我。

"遛狗就遛狗，你拿我的蜗牛干什么？"

"我只是随便看看。"

"这一片总有人顺手牵羊。"

"那可不是我。"我正视着她的目光回应道。

她眉头挑得老高。

"我只是看看！觉得它很特别，仅此而已！"

她挺直后背，解开头盔的扣子，目光始终没从我身上移开。"你叫什么名字？"

我回头看了一眼，随口应道："我妈妈不让我把名字告诉陌生人。"

"她没对你说过不能随便拿人家东西吗？"

"我没有拿！我只是看看！你怎么可以无凭无据就说我偷你东西呢？这简直太不厚道了。"我狠狠瞪了她一眼。

她被我的话惊得向后退了一步，甚至还不自觉地举起了双手。“好吧，好吧，算你说得有理。你不愿意告诉我名字也行，但现在天马上就黑了，你……大概只有九岁？”

我可不傻，知道她在套我的话，于是耸了耸肩，假装没听见。

“你一个人在外面干什么呢？”

斯普林特绕到我身后，靠着我的大腿。我摸了摸它的脑袋，那位女士看到斯普林特的个头，下意识地挺直了后背。我清清嗓子开口道：“我不是说了嘛，我是在遛狗。”

“你这么小，怎么这么晚还在外面瞎逛？你父母呢？你是找不着家了吗？你家住哪儿？”她说话的方式让我觉得她是个老师，语气咄咄逼人，好像对方必须有问必答。

“我没事啊，就是出来遛狗，我们这就回家了。”我甩了甩手中的狗绳。

她皱起眉头对我说：“天太晚了，你不能一个人待在外面，快回家吧。你到底几岁了？”

“我没事，我有狗跟我一起。”我一边说一边把狗绳给斯普林特戴上。

“你看这样行不行，”她拍了拍车座说，“我先把自行车放好，然后开车送你回家怎么样？”她看了一眼斯普林特，“你的狗可以坐在车后座上。今天太冷了，你得赶紧回家。”她的语气坚定，好像除了坐她的车我已然没有其他选择了似的。我赶紧拉着斯普林特迈步走到一边。

“我一个人可以的，谢谢您。”你一定会为我骄傲，觉得我是个懂礼貌的孩子，可我不知道对方会不会轻易放我走，于是加快脚步，穿过她家大门，甚至听得见自己的气喘吁吁。

“嘿，我没有任何恶意，只是想帮你。”她把自行车抬到门廊上，停靠在小桌边，旁边椅子上放着漂亮的靠垫。

“我不需要帮忙，我自己可以的。”我说着走上了小路。

“好吧，我也理解，你不想上陌生人的车。”非也。“你这么想也没错，但我还是很担心你，我跟在你后面一路送你回去，这总行了吧？”她说着又把自行车抬下门廊，调转车头朝向大街，一脚已经踏上了脚蹬。“千万别让你妈妈为你担心。”她低头看了一眼滚落在地上的蜗牛。

我紧张得喘不过气来，斯普林特在我屁股后面蹭来蹭去，我摸摸它的项圈，把手伸进它背上厚厚的皮毛，真暖和啊。我伸出另一只手抓住那女士的自行车——她只有一条腿站在地上——于是我使劲儿往左推了一把，然后飞快地跑开去。

“嘿！”我听到她摔倒在地，但没有回头看。斯普林特在我身边上蹿下跳，总想舔我牵着狗绳的手，我没心思跟它玩闹，拽着它拼命往前跑。它的爪子差点绊到我。“斯普林特！”我朝它大喊，真的差点被绊个跟头。我回头看看，身后没人，可我还是忍不住一路向前狂奔。

那晚我失眠了，斯普林特睡得也不踏实。电视没调静音，很吵，还一闪一闪的，晃得人根本睡不着。其实，就算我把电视关掉，心也静不下来，脑子里各种胡思乱想：万一那位女士追上来怎么办？万一她一路跟我到了咱家怎么办？虽然我很谨慎，兜了好几圈才回来，但万一我没留意，她一直在后面跟着怎么办？万一下次再撞见她，她认出我来怎么办？我越想越紧张，赶紧用被子蒙住头，尝试专注地呼吸。克服恐惧的最好办法就是采取行动。我回想起你的话，于是我屏住呼吸。你要正视恐惧。斯普林特翻了个身，把脑袋放在了我的腿上。我想到那位女士的脸，仿佛再次看到她站在自家漂亮的院子，推着昂贵的自行车，正等着我回答她的问题。斯普林特朝我的手呼了一口气，紧锁眉头看着我。

我给香薰喷雾机里倒上冬日暖阳味道的精油，套上长筒靴准备再次出门。斯普林特当即心领神会，根本不用我多费口舌。

我们俩再次走进黑色的夜，那只小蜗牛终于乖乖地躺进了我的口袋。我还拿了她家的一把椅子，上面的靠垫我倒是没拿，把它留在了门口脚垫上。

第29天

星 期 日

今天，我早早就起了床。我出门来到咱家门廊，从背包里拿出一个小花盆，认认真真地把植物周围松散的花土压紧。花盆里的植物长着如灰白珠子一样的叶子，延伸出细长的藤蔓。隔壁老太太老早已坐在她家门廊的椅子上，背对着我们，我知道她正透过玻璃窗反射的影子偷看我，却还装出一副无所事事的模样。我带着斯普林特回到屋里，结果发现她竟然扒着栅栏朝咱家这边张望。你总说她是个行为诡异的老家伙，虽然近在咫尺，我们却对她一无所知。而此刻，她给我的感觉却是个无比多事的老太太。

她既然想偷看，那随便，反正我也无所谓。我回到咱家门廊，站在偷来的椅子上，把偷来的小花盆挂在铁丝上，然后从背包最里面拽出一个小靠垫，抖抖上面散落的花土，把它规规矩矩地放在椅子上。现在我有两把椅子了，还有两个并不匹配的靠垫，看起来不伦不类。除了这些，书包里还有些小东西：几盆小巧的植物、一只铁丝做成的小鸟、一只生了锈的金属蜗牛。我退后一步，满意地欣赏着门廊的新摆设。

它们摆在一起的效果……像极了刻意为之的设计，倒不像七拼八凑的结果，好多咖啡馆用的不也是不同的椅子嘛。有了这番装饰，咱家房子终于有了点人气，我还特意把椅子摆出主人刚刚起身离开的样子。我想起你刚走的那个星期，有一天半夜我在电视上看了一档节目，名字叫《俄亥俄州的殡葬师》，讲的是殡葬师给死人化妆的事，他们说化妆能让逝者看上去像活着的时候一样，脸上还充满生气。

第30天

星　期　日

又醒了，电视上播着新闻，又是关于炸弹、死亡的内容。我抬起头，按下遥控器的静音键。

世界又安静了，耳边只听到冰箱的低鸣和斯普林特发着热气的呼吸。我把脸趴在枕头上，感觉斯普林特把舌头耷在了我的头发上，算了，由它去吧。今天星期一，我得上学。我爬下沙发，开始了一天的忙碌。

我先给香薰喷雾机倒满精油，然后喂了狗，洗漱后穿好衣服，还一边听着音乐一边吃了早餐。已经过了好多天，虽然我很想播放你储存在播放列表里的歌曲，但始终没有勇气。今天，我鼓起勇气，坚定地按下播放键。我把切片面包整个塞进嘴里，半天都咽不下去，最后只好吐回到盘子上。我的心好痛，但我还是坐在原地坚持把那首歌听完。难道是你回来了吗？音乐声弥散在厨房的每个角落，其中有一段非常刺耳的钢琴演奏，音符间有很多漫长的停顿。我一直听不懂爵士乐，不知道它哪里好听，总感觉它断断续续的，一点儿也不连贯。不过，我仍在努力尝试，还强迫自己跟着哼唱，把空白的部分填满。我把吐出来的面包扔进垃圾桶，把盘子冲洗干净，然后穿上套头毛衣，继续听着爵士乐。我听啊听啊，直到感觉麻木，直到音乐停止。世界再次恢复了宁静，我着实松了一口气，好像手里一直端着烫手的盘子，此刻终于可以放下了。看来我还是没办法靠近你——你就是音乐，你就是寂静的世界。

我把一切抛在脑后，心想等到了学校一切就好了。我再次确认了时间，去得太早根本没有用，不过我又绝不能迟到，只要保证上课铃响前我已经打开书包就可以了。那样刚好，不早也不晚。

在学校，我有朋友，大家似乎都挺喜欢我。这一点你知道吗？你想知道我在学校是什么样的吗？在班里，我还算有自己的一席之地，稳固而牢靠。我知道如何让别人开心，他们讲笑话，我就大声地笑，有人讲话，我除了认真听还会提出问题。大家都喜欢跟我一起玩，虽然我不是一个有意思的人，但是很有人缘。我跟大多数人的关系都不错，却没有一个推心置腹的朋友。我努力尝试加入不同的小群体，发现自己虽然还挺受欢迎，但我不在时似乎也没人想我。这世道就是这样，一个人如果对人太过客气、太过友善，别人就会对他不以为然。

不过，这样也挺好。

我朝每个人微笑，跟每个人攀谈，当然，还得完成作业。一天下来，我根本没时间胡思乱想，感觉一转眼就到了放学时间。

范老师朝大家挥了挥手中的表格，开口道："大家别忘了，下周的家长见面会需要家长先在线上做预约，我手里的是预约说明，回家后让你们的父母看一下，然后请他们线上操作。另外，别忘了告诉家长，来学校时请注意着装。"她一边说一边把通知发给每个人，然后继续道，"家长看完后，请他们在上面签字，标注好预约信息。记住了，不管你父母来不来见面会，他们都得在通知上签字，我会把通知收回来，大家都别忘了。"

家长见面会，这几个字简直是定时炸弹，我又开始紧张起来。每次回到家、想起你，我都是这种感觉，没想到现在到了学校你也没放过我。我心里咯噔一下，心一下子提到了嗓子眼儿，慌得不行。我尽量不去想这件事，尽全力把注意力放在课堂上，书桌、黑板、老师的讲课内容还有我该完成的作业，等等。可不管我怎么做，我都放松不下来，我一直能听见自己沉重的呼吸声，课堂却离我越来越远。我看到一只老鼠朝我跑来，钻进我的喉咙，啃噬我的五脏六腑。我僵直地坐在座位上动弹不得，那家伙穿过我的胸膛，我能感觉到两个心脏在一起碰撞，一个跳得很快，一个跳得很慢。我闭上眼，感受它在我身体里窜来窜去，我仿佛再次站在了仓房前的草丛里，湿漉漉的草穗搭在我的脚踝上，很凉。我不知道自己在那儿站了多久，是根本未曾来过，还是已经站了地老天荒？

我弯曲手指，突然碰到了一个坚硬的东西，我看看自己的手，正使劲儿按压着书桌，我终于分辨出眼前的真实，听见真实世界的声音，老师讲课的声音，还有同学椅子摩擦地板的声音。

我终于知道自己身在何处，根本不是什么草丛，我脚上穿着学校统一发的鞋子，踏实地放在地板上。我心里的石头慢慢落了地，胸口也舒缓了许多。我慢慢抬起头。

“蕾，你没事吧？”范老师关切地看着我。

我摇摇头。别的孩子都在走廊里大声聊天、玩闹，放学了，他们都迫不及待地想跑回家。糟了，我怎么可以引起老师的注意？！她关切的表情让我非常不安。

我笑着看着老师，是那种强颜欢笑：“我没事，只是在发呆。”

她点点头，目光却未从我身上移开。

我咧嘴笑笑，接过她手中的表格：“范老师，明天见。”

“好的，蕾，明天见。”

我咬着嘴唇，一直咬着，直到一股暖流涌出，直到我品出一丝咸味。泪水刺痛了我的眼，我听到你对我说，你可真是太不小心了。

***

同学家长都笑盈盈地站在校门口等着接孩子放学，我故意不去看他们。有些父母，虽然等在门口，但注意力全在自己的手机上，连头都不抬一下。那又怎样，他们毕竟来了，等孩子出来站到他们面前，他们要么会拍拍孩子的背，要么会摸摸孩子的头，这样就够了啊。我把帽子拉低，摸索着走出学校大门。

我尽量不去想你最后一次来学校接我的情形。当时你站在树下，像一个黑影。我完全不知道你会来，回家路上你牵着我的手，虽然你抓得不是很紧，但我也能感觉到你的手指在我手背上一松一紧的力度。你突然嫌我走路太磨蹭，对我说“蕾，快点”，你每次不高兴都会拉长声音喊我的名字。回家后，你开始做饭，切了胡萝卜和洋葱，火上坐着一个大锅，不过里面还什么也没有。我走出自己的房间，看到锅里化着黄油，砧板上的胡萝卜和洋葱已经被切成了小丁，你坐在凳子上，盯着外面的仓房。你脸上的表情总是令我心疼。

我不想再回忆那段往事。

我穿过学校门口密密匝匝等着接孩子放学的父母，知道只要再走 342 步就到家了，当然也取决于走哪一条路。以前我一点儿也不爱数数，跟我的同学昆汀一点儿也不一样，但现在，我觉得数数挺好，当你脑子特别乱的时候，数数能帮你放松下来。我低头盯着自己的脚，数着自己的步数，慢慢发现脑子里蜜蜂的嗡嗡声变小了，或许蜜蜂也喜欢数字。有时，我会玩同义词的游戏代替数数，比方说，我会尝试着总结所有形容走路的词，而其实，即使我铆足了力气，也就想到十个：漫步、闲逛、跋涉、徒步、行进、游荡、远足、迂回、乱逛、穿梭。不过我自己编了几个词：穿街、避人、跨步。我不知道什么样的词才能被词典收录，是不是要给负责人发封邮件什么的？有时，如果数数、同义词都无法让我平静，我就仔细数自己的心跳，看心脏要跳多少下我才能从学校走回家。如果我心跳很快，每走一步心跳两下，从学校到家门口我的心就一共要跳 342 乘 2 次，那也就是 600 加 80 加 4，等于 684 次。我也不知道自己算得对不对，一次心跳到底指的是什么？是胸口一上一下的震动还是手腕上一次脉搏的跳动？如果按照胸口的震动算，那就是每走一步心脏跳四下，如果那样的话，就得用 1200 加 160 加 8，也就是说从学校到家我的心跳次数为 1368 下，那样是不是太多了？我听别人说过，人的心跳平均为一分钟 60 下，这样算来，每次心跳应该包括胸口一上一下的整个过程，否则我的心跳也太快了，完全不合常理。不过老实讲，有时我心跳的确很快，而有时又慢到接近停止。

斯普林特看到我，拼命用爪子敲打前门，震得窗子啪啪响，害我忘记自己数到了哪里。我走到信箱旁边，看见它的大鼻子贴在窗户上朝外喷着气。我打开信箱，听到斯普林特在房里哼唧，我示意它别出声。信箱里除了比萨宣传单和一份燃气账单，别的什么也没有。我倚靠在信箱上，阳光透过零散的枝叶洒落下来，照着我的脸，暖暖的，我闭上了双眼。

冥冥中我感觉有人碰了我一下，我立即睁开眼，吓得我头发都竖了起来：眼前站着一个跟我年纪相仿的孩子，伸出胳膊想要拍我的肩膀，看我睁开眼，他反倒吓了一跳。

“哎呀。”他把手插进口袋，清了清嗓子。我经常在附近见到他，他家几个月前才搬来，不过我们上的不是同一所学校。

我眯起眼睛，问他说：“你有什么事？”

“我，嗯——”他涨红了脸，这倒让我觉得有点抱歉。

“你嗯什么嗯啊？”我睁大眼睛模仿他的语气，然后抿嘴笑着说，“你这属于私闯民宅，难道你在跟踪我吗？”

他向后退了一步，回头看了一眼回应道：“不，我没有，这个是你丢的吧？”他一边说一边把什么东西塞进我手里。我低头一看，原来是家长见面会的通知单。

“哦。”我把书包从肩上拿下来。果真，拉链没拉好，不知道有没有其他东西也掉了出来。

“我是在拐角那儿捡到的。”

我看着他。

“我刚从游乐场那边回来。”他指了指身后，我看到他本来涨红了脸，现在已经红到了脖子。“看到你换肩背书包的时候这个从里面掉了出来。”我皱紧眉头听他继续道，“就是，你把书包从这边肩膀拿下来，换到另一边的时候，就是那时候这东西掉出来的。就在拐角那儿，只有这一样东西掉出来了，没有别的，我看得很清楚。刚才你翻书包，是不是担心这个？”

我从他手中接过通知单，“谢谢。”既然话都说清楚了，我转身准备离开。

“我叫奥斯卡。”他脱口而出。

我回头看了他一眼，他伸出手，像是要跟我握手。

“好，知道了。”我点点头继续往前走。

“跟那个作家同名。”那孩子竟然没完没了。

“我的名字，”他继续道，“跟那个作家的一样。”

要是你在场，你肯定会说，他不是吸毒吗？然后你会被自己逗笑。屋子里的斯普林特已经开始狂吠，我站上通往家门的小路，脚尖朝着家的方向，手里攥着家长见面会的通知单，手心里全是汗。我如果好好答复他，他是不是会早点离开？还是他会像我们以前喂过的海鸥，越是喂食招来的海鸥会越来越多？我不知该何去何从，正在这时他又开了口。

“就是奥斯卡·王尔德。”

我听得头都大了。

“道德的德，”他继续道。

“奥－斯－卡，王－尔－德。”

“那你也姓王尔德吗？”

“不，我名字是奥斯卡，但我姓格迪斯。”

我觉得自己已经快睡着了，那感觉就像很多时候，别人兴致勃勃地跟你讲他做过的梦，而你作为听众只会觉得无聊透顶。我咬咬自己的嘴唇——很疼，看来我还没睡着，不是在做梦。

“就是作家奥斯卡·王尔德，我的名字跟他的一样。”

“哦，他写过什么呀？”我竟然不假思索地问了这么一个问题，话一出口我就看到了对方眼里的光，糟了，看来我是在“喂海鸥”了。不过，我并未急着离开，因为我很喜欢看书。

“嗯，他写过很多很多东西，每一部都特别有名。”

“比方说？”

“嗯，哎呀……他什么都写，而且部部经典。”他再次涨红了脖子，不停地挠自己的胳膊弯儿。

我忍住笑继续追问道：“比方说呢……”

“他写了很多书，有戏剧，还有短篇小说之类的。”

“有儿童读物吗？”

他点点头，眼神有点涣散。“有吧。”

我看他扭动了一下身体，仍不想放过他，于是继续刨根问底道：“比方说有什么？”

突然，他好像回过神来，再次把目光移到我脸上，笑着回答说：“有《自私的巨人》《了不起的火箭》《快乐王子》，还有很多别的作品。”

“好酷啊，那我有时间看看。”我转身准备离开。

“我可以把我那几本借给你。你叫梅，是吧？”

“我叫蕾，不叫梅。”我下意识地纠正他。他口若悬河，没完没了，而我却并不在意他说了什么。

我关上院门，好像挤到了他的脚趾，但我假装没看见，而他还是锲而不舍地跟在我身后。

“你的名字跟谁的一样？”

“跟谁的也不一样。”我走向咱家门廊。

“那你的名字有什么特殊含义吗？”

“没什么特别的意思。”我一边说一边把钥匙插进门锁。

我进了门，随手把门关好。

斯普林特兴奋地扑到我身上，我把煤气账单扔到凳子上，付款什么的以后再说吧。香薰喷雾机里的精油剩得不多了，甜橙、丁香、薄荷、薰衣草的味道似乎统统向那可怕味道投了降。我站在厨房，闻着你散发出来的气味，你爬进我的鼻子，钻进我的肺，我想象着你从我的肺泡流进我的血液，最后击穿我的心脏。我告诉自己集中精力，从水槽下面找出空气清新剂，心里默数着数字，往棚顶使劲喷，希望雾气在回落过程中能把你散布在空中的小分子一起带下来，用刺鼻的香味将你难闻的味道扼杀在地板上。我点燃几炷熏香，心里琢磨着带斯普林特去哪儿转转。其他问题我暂时不愿多想，于是把它们狠狠按在心底，埋起来，毕竟，眼不见心不烦。

我还有作业要做，肚子也饿得咕咕叫。我凑合着做了面条和煎蛋，最近我总吃这个，不过没关系，我依然觉得很美味。吃完饭，我终于可以带着斯普林特出门了，那男孩也应该回了自己家。

我给斯普林特套上狗绳，它兴奋得差点滑倒。现在，我俩一到晚上就出门，反正也没人在意，对吧？你会在意吗？

出门真好，出了门心就静了。我们这片儿住的人不多，晚上出门的人就更少了。大家都窝在家里，车库大门紧闭，就连院子也寂静无声。

我带着斯普林特走到路的尽头，绕过铺着砾石的停车场，最终到达了狗狗乐园。这会儿天色已晚，出来的狗也不太多，几只而已。黑暗中，几只狗蹦跳着彼此打招呼，狗主人却都站在黑暗中懒得与人搭话。斯普林特跟着几只狗一顿疯跑，玩得很开心。我站在栅栏边，天太冷，我蹦了好几下，希望可以帮助保持体温。

“你怎么一个人在这儿？”

我吓了一跳，本来以为身边没人，没想到栅栏对面站着一个男的。他把脸凑到我跟前，凑得很近，我甚至闻得到他嘴里的烟味，除了烟味还有别的味道，像腐烂的东西，反正很难闻。

不要跟陌生人说话？不要对人没礼貌？我在两者之间做了短暂的抉择，最后还是决定礼貌应答：“我不是一个人。”

“你妈妈在哪儿呢？”

这问题一出，我感觉自己又站到了仓房门外，又感觉微风吹动了我脸上的头发。

“在那边吗？”他朝我俯下身，指了指远处，手臂差点拂到我的脸，身下的铁链栅栏被他碰得哗哗直响。我感觉自己心跳放缓，心脏怦怦跳动的声音比他的呼吸声还要大。他把手放在我的肩膀上，很重，即使隔着外套我也能感觉他在用力抓我。他的脸越凑越近，呼出来的气息吹动了我的头发。我严阵以待，做好了随时跑掉的准备。

“还是，你是一个人在这儿玩儿呢？”他的手开始不老实地顺着你的外套往下摸，“是的话，我可以陪你。”

我抽身离开，大喊了一声“斯普林特！”然后拼命往前跑，我没有回头，知道斯普林特一定会跟上来，它就算玩得再疯也会留意我的动向。我拖着沉重的双腿疯了似的往前跑，跑过草丛，跑过小路，直到跑上大马路我才突然停下来。斯普林特停得不及时，重重地撞到我的腿上。正在这时，一辆车从我们身边驶过，使劲按着喇叭，司机透过车窗恶狠狠地瞪了我一眼。我抓着斯普林特的项圈，一路拉着它往家走，一刻也不敢松手。虽然我吓得两腿发软，但还是跌跌撞撞地走过街角。我瘫坐在停车场的砾石上，石头很硬，我的屁股肯定会被硌得青一块紫一块。斯普林特舔着我的脸，它的舌头暖暖的，上面有很多刺，弄得我很痒。我突然感觉眼睛很痛，伸出手抹去眼泪，又擦了擦鼻子。斯普林特把脸凑近我，我能感受到它的呼吸，它非常体贴地舔去我脸上的泪水。

我恨你。

可我需要你。

请你不要离开我。

***

斯普林特对我永远充满了耐心，它静静地靠在我身边等着我，一直等到我呼吸平稳，等到我不再颤抖。我们并排坐在那儿，我发现它比我高很多，一直帮我观察周围的情况。我屁股又冷又麻，它靠在我身边一上一下地呼吸像儿时摇动的摇篮，动作轻柔又温暖。我把手伸进它背上的皮毛，它身体滚烫，我的手也不再冰冷。

我不知道自己能不能站起来，两条腿绵软得像两袋水。如果之前那位多事的女士这时提议用自行车载我回家，我肯定欣然接受。然而，放眼望去，四周一团漆黑，一个人影也没有。我强撑着站起来，带着斯普林特继续往家走。路灯下，没有别人，只有我和狗。

现在的我成了惊弓之鸟，稍有动静就会被吓一跳。我总觉得那男人在身后追了上来，我甚至能听见他重重的脚步声，有时又感觉他正躲在树后大声喘着粗气。树丛里的声音越来越大，无数长着利齿的小动物开始骚动。我身上会不会带上了你的味道？别人能闻得出来吗？他们会知道事情的真相吗？我不知道人，但知道动物肯定能闻出来，我甚至觉得它们正贼眉鼠眼地盯着我，是我身上的味道让它们垂涎。如果我死了，会有人发现吗？斯普林特靠在我身边，与我紧紧相随，还时不时抬头看看我。我抓了抓它的耳朵，它舔着自己的鼻子心满意足地呼了一口气。我们终于走上了通往咱家的小路，周围住着几户家人，有车库、有灯光。我心里默数，大约再走 57 步就到咱家门口了。谁能想到，我刚走了 42 步突然听到有人说话，吓得我赶紧贴近斯普林特。

“遛狗遛到现在，也太晚了吧？”

说话的是住在咱家隔壁的老太太，就是你口中那个怪异的老家伙。这么晚了，她竟然还待在门廊。

我松开斯普林特脖子上的绳子，继续在心里默念数字，43、44、45。

“难道你妈妈没跟你说过，听到大人跟你说话不能置之不理吗？”

50、51、52、53、54、55、56。

“你这个没礼貌的小浑球。”

57。

“真是世风日下，一点儿教养也没有，都成了野孩子了。”她貌似自言自语，但实则声音很大，每个字我都听得清清楚楚。

我把钥匙插进门锁。“你这个多管闲事的老太太。”我嘟囔着，声音也很大。

“我听到你说什么了！”

我没理她，进门后砰的一声把门带上。

一进家门，我又闻到了你的味道，看来又得给香薰机加精油了，我今天竟然忘了。黑暗中，我倚着门站了半天，鼻子里充斥着难闻的味道，有你的味道，还有公园里那个男人的味道，还有一种新滋生出来的可怕气味，那就是我发自心底的恐惧。

我把门反锁好，从厨房拽了一把椅子抵在门口，然后守着门口坐下。之后，我查看了后门的情况，给香薰机加了精油，最后拉好了窗帘。

我和斯普林特照例睡在沙发上，亮着灯，开着电视。我给电视静了音，因为只有这样我才能看清里面的内容。我打开字幕，电视上播的是一档英国家装类节目。

斯普林特把脑袋放在我的腿上，耳朵耷拉着，眼睛闭着，它应该已经睡着了。

我努力放松下颌，同时也想放下内心的恐惧。

第31天

星　期　二

醒来时天已大亮，阳光透过窗子照到了地板上。糟糕，我要迟到了。

我急忙穿好衣服，迟到十五分钟就会被视为旷课，学校会打电话通知家长。你的语音留言听上去一切正常，跟别的家长留言没什么两样。学校打电话如果没人接，是不是会给你留言？还是说他们会联系你的公司？你们公司知道你去哪儿了吗？你的电话一直放在厨房凳子上的水果碗里，我每隔几天就给它充回电，但从来没人打电话过来，整整31天过去了，一通电话也没有。

我抓起一根香蕉，看了一眼墙上的表，已经八点四十七了，平时这个点儿我早已经出门了。我给斯普林特的狗食盆里倒了些狗粮，敞开后门让它出去撒泡尿，接着又在后门口点了几炷熏香，并给香薰喷雾机里添加了精油。斯普林特终于办完事回到屋里，我赶紧把后门关好，抓起凳子上的家长见面会通知——其实，凳子上还有好几份需要家长签字的作业，我已经无心理会——风风火火地跑出前门。我一路跑啊跑，书包在背上有节奏地晃来晃去，我的脑子也没闲着，一直默数着数字。我在想，自己是不是个假人，比方说只是个全息图像，而非真实存在于这个世界。路上我说了句什么话，引得一个小孩笑了半天，但我自己根本没记住自己说了什么。我一路往学校跑，没人发现我只是一个全息图像。终于到了，站在校门口的老师摸了摸我的头。

家长见面会的通知还在我的书包里，虽然只是一张纸，却感觉特别沉重，我恨不得把它扔掉，但又不太想，要是能有人帮我在上面签字多好！我心里像压着一块大石头，真希望自己跑迷了路，找不到学校，那样的话，所有问题都迎刃而解了。可是，那份通知好好地放在书包里，所以我不可以迷路。

铃响了，我紧张得喘不过气来。

我的通知单跟其他通知单摞在一起，就放在范老师的桌上。我没心思认真做题，眼前的数字互相纠缠，我根本理不出头绪。老师把整沓通知单拿起来，一张接一张地查看。

“蕾？”

我心里那只老鼠又开始出来闹腾，我努力遏制它，努力保持正常的呼吸。

“到！”

“这学期你妈妈不能参加家长见面会了，是吗？”

“嗯，她说有工作要忙。”

范老师眉头紧锁。“那你跟她说一声，要是这个星期没空，她可以打电话跟我约其他时间，你别忘了。”

“她说如果有什么问题，她会给您打电话。”说这话时，我声音的调门有点高。

“好的，没问题。”她微笑地看着我，低头继续查看其他通知单。我使劲咬了一下自己的舌头，它这个叛徒，差点出卖我。你根本不会给老师打电话，你走了，丢下我一个人在这世界上生活，怎么可能给人打电话？

我低头看着眼前的作业。

那些见过我孤身一人的人或许能猜出一二，或许能想到你已经离我而去，包括那位知道我偷东西的女士、那个在公园对我动手动脚的男人，还有所有令我恐惧心跳的人。

今天一天我都特别慌乱，即使在学校上课也无法缓解。整个上午我都提心吊胆，担心范老师仔细看过通知单后会把我叫到跟前，然而并没有。那摞表格一直放在她桌上，午饭后才消失不见。

下午的课程是创意阅读与写作，今年我们学习了不同的文学体裁，老师讲过喜剧、历险记、悬疑小说等。今天我们讲的是鬼故事，范老师读的是《守陵人》，讲述的是战争期间负责看守陵墓的鬼故事。她大概读了二十分钟，所有同学都一声不吭地认真听她读。我特别喜欢听范老师读课文，每天上学都盼望。每次读课文，她总是站在最前面，我喜欢盯着她的脚。读到可怕或紧张的部分，我能明显看到她鞋里拱起的脚趾；读到兴起，她还会两脚交叉夹紧膝盖。她选的每本书大家都很喜欢，包括眼下正在读的这本。这是一部历史小说，很多人本来觉得会很无聊，但这本书跟无聊完全不沾边，讲的是鬼故事，能激发出每个人内心的小恐惧。故事里除了鬼还有一个十二岁的小女孩，跟我们年纪相仿，所以，不管是出于什么原因，大家都很喜欢这个故事。二十分钟很快就过去了，老师停下来，让我们根据自己对鬼故事的理解写点东西。我记得上星期她布置的写作任务是写一件往事，这次的主题是一件可怕的事，在我看来，这个主题要比上一个有趣得多。她让我们先回忆一件可怕的事，我盯着书桌上的练习本陷入了沉思。其他孩子似乎很快就有了想法，七嘴八舌地讨论起来，说的都是吸血鬼什么的，讨论得热火朝天。过了一会儿，范老师示意大家停止讨论，教室里便响起钢笔摩擦纸张的沙沙声。老师说给我们二十分钟，二十分钟后她会把我们写的东西收上去。可怕的事？写什么呢？我闭上眼。可怕的事？我睁开眼睛，拿起笔，眼前的练习本消失了，我看到一个个可怕的黑影，疯狂地追逐着你。钢笔写下的每一笔都成了那可怕黑影窜来窜去留下的划痕。我的心缩成了一团，紧张地吞咽口水，却没想到口水让五脏六腑更加沉重，几乎快要将我压垮，还不断撕扯我的肌肉和骨骼。我头重脚轻、浑身冰冷，痛苦的心事击穿了我的身体，压垮了我身下的椅子和地板，带着我一直向下陷落。

“蕾？”

我变成了一块冰冷的石头，沉重僵硬的躯壳下我大口喘着气，却还是感觉呼吸困难，身下的椅子已经无法支撑我沉重的内心。

“蕾？”

我听见有人在小声地笑。我抬起眼，看到好几张笑脸。我的同学人都很好，开学初大家就承诺不相互猜忌，遇事先把别人往好处想。对老师，我们的态度也是如此。

“蕾，你可以给大家读读你写的文章吗？刚才我见你好像写得非常投入，你写的是什么内容？”

我看着自己眼前的白纸，不知道自己会主动开口，还是会被身体里的黑影硬生生地把嘴撬开。“我……”我声音沙哑，咽了口唾沫继续道，“我还没写完。”

“没写完也没关系，你把完成的部分给我们读一下就好。”范老师微笑地看着我。

我深吸一口气回答说：“我还没开始写。”

“哦，那也没关系，那你给我们讲讲你想写什么啊？”

“我想写自己变成了一块石头，但是却没有人发现。”

“嗯，这真是一个奇思妙想，你是说变成了一座雕像吗？听起来确实是个吓人的故事，类似被封印在雕像里了，对吗？大家觉得那会是怎样一种感觉？”

大家开始七嘴八舌："那就没办法给自己挠痒痒了，还会有鸟在你身上拉屎！"全班哄堂大笑，让我觉得有一丝尴尬。大家继续交头接耳，各个激动不已，只有我觉得身体无比沉重。

范老师拍了拍手，提醒大家听她讲话，班里这才终于安静下来。"好了，我们接下来问问扎哈。扎哈，你写了什么故事？"

终于，大家把注意力从我身上转走了。

于是，我又变回了一块石头。

342 步，我走回了家。我其实喜欢自己变成石头，变成石头总比活生生的身体里住着一只咬人的老鼠要好。我打开信箱，里面什么也没有。

我穿过杂草丛生的小路，回头张望，生怕那个叫奥斯卡的孩子再来骚扰我。他没在，我很开心。我把手伸进口袋，揉搓着里面的钥匙，斯普林特迫不及待地等在前门口。门口的脚垫上落满了树叶，我把脚垫拎起来在门廊的栏杆上磕打了几下，然后放回原处，特意将它摆正，让它跟门槛保持平齐。我把钥匙插进锁孔，开前回头看了一眼身后的街道，依旧没有人。通往院门的小路上落满了树叶，已经落了些日子，有的叶子已经开始腐烂。门廊还算说得过去，但前面的花园却凌乱不堪，一看就是久未打理。从前，咱家花园也称得上漂亮，至少站在街对面看一眼就会觉得花园打理得很细心。我转身回到小路上，看着园子里的杂草，还有那些半死不活的植物，想想，已经很久没有下雨了。

以前，浇园子的事由你负责，你总是先给水管安上个金属喷嘴，然后站在园子里一棵一棵植物地浇水，弧形的水柱温柔地洒在植物上，我坐在门口台阶上静静看着你。你心情好的时候还会朝我喷水，水花落在我的睫毛上，你说我特别好看，还温柔地叫我“蕾公主”。你还会把水管朝着太阳的方向喷洒，水珠在我头顶形成一道道彩虹，你问我说，你看到了吗？蕾？你看看彩虹一共有多少种颜色？记住所有的颜色，你的名字蕾就是彩虹的意思。我开心地咧着嘴笑，使劲儿跟你眨眼，睫毛上的水珠一颗一颗掉落，落到我的脸上。不过，大多数日子你只是给植物浇水，直到园子被浇透，直到水流到小路上，甚至流出院门，流到街上。每到这时，我就赶紧跑去关上水龙头，然后从你手中接过水管，跟在你身后走回房间。

我打开前门，把书包放下，然后从橱柜下面拿出扫把。斯普林特冲出门，绕着那些半死不活的植物跳来跳去，仿佛自己是一头凶狠机敏的老虎。我让它跟着我一起清扫落叶，没过一会儿我身上的校服就被汗打湿了。不过，枯叶终于清理干净了，我还给园子浇了水，整栋房子看上去似乎又有了生气。太阳要落山了，天色阴沉下来，斯普林特站在门口，高高地挑起眉毛。

“你饿了？”

它来回踱步，嘴里一直哼哼唧唧，好像在说快点吧。

我最后看了一眼焕然一新的园子和空荡荡的街道，对它说：“好，咱们这就回家。”我忽然听到什么动静，不太确定是不是来自真实世界的真实声音，那声音很低、很轻，有点像电视音量调得很低的响动，听上去有点瘆人。可现在我还没进门，怎么会有电视声？我转过头，心中的老鼠又开始啃噬我的内脏。那声音像是从后院传来的，我吓得腿都僵直了，硬着头皮走到院子侧门，站在那里竖起耳朵。

那声音是从隔壁老太太家传来的。

我脚下踩着野蛮生长的紫罗兰，耳朵紧紧贴在她家外墙上。从外面看，她家房子的格局跟咱家没有区别，所以我猜我耳朵贴着的墙里应该是她家朝阳的卧室。不知道她屋里的墙灰是不是也已开裂，也露出了里面深色的墙砖。

斯普林特的尾巴一直在敲打槽板，害我根本听不清里面的动静。我让它安静，于是它乖乖地坐下，尾巴开始拍打着我的脚面。我把耳朵贴在墙上，听到的却像是脑袋里的回音、血液在体内的流动，还有鼻子呼哧呼哧的呼吸。可我确定，除了这些还有别的动静。

我撤后一步，与槽板隔开一点距离，这一次反倒听得更清楚了，是有人在呻吟，还是在说话？

我轻轻敲了一下外墙。

呻吟声停了。

我继续敲，1、2、3，三下。

里面也传来敲击声，声音很轻，也敲了三下。

我迈过树篱，跳到老太太家的门廊上。

斯普林特想跟着我爬过来，结果却差点卡在栅栏上。我把它的两只前爪搭在我的肩头，帮它攀到栅栏上，然后它把我的肩膀当作支点，纵身一跃跳到了这一侧。我们两个趴在老太太的门廊上，我喘着粗气，它舔着我的脸，尾巴一直摇个不停。我侧过身，怕自己吐出来，狗的口水糊了我一鼻子。过了一会儿我终于可以正常呼吸了，呕吐、流泪的感觉也彻底消失，于是我撑着身体跪起来，斯普林特挑挑眉毛看着我，把头歪向了一边。

"咱俩真该走大门。"

狗也长舒了一口气。

"我要不要敲门啊？"斯普林特没有回答。"刚才我是不是已经算敲过门了。"我真后悔，我想回家。我到这儿来做什么？那老太太根本不喜欢我，上一次还对我那么傲慢无礼，我为什么要跟这个好事的老太太扯上关系。

我咬了一下嘴唇。她的声音确实有点不对劲，而且她年事已高。

我按了一下门铃。

没有人回应。

我想也没想，当即掀开投信口的遮板，借着缝隙向里面打探。里面黑咕隆咚，什么也看不清，传出来的气味却把我熏了个跟头。我本能地松开遮板，一屁股坐在地上，呛得我眼泪直流。

斯普林特把鼻子凑近门缝，使劲儿闻了两下。

不会吧！我试着站起来，可我浑身无力，根本站不起来。那老鼠又出现了，啃咬着我的肋骨。"咱们还是走吧。"我嘴上这样说，腿却动弹不得。

呻吟声再次想起，里面的确有人。

我用尽浑身力气跪起来，深吸一口气再次打开投信口的遮板，这次我学聪明了，用嘴呼吸不就闻不到难闻的味道了？但这样做似乎也没什么用，“有人吗？”我朝里面大声喊了一句。

里面又有了动静，有人在说话，在喊救命。

我看看街上，看看咱家，又看了看斯普林特坚定的眼神。

我爬起来，想跳过栅栏，斯普林特也跃跃欲试，我想了想，还是算了。我带着斯普林特从老太太家院子的正门出来，再从咱家正门绕回咱家院子。我打开侧门，走到分隔咱家和老太太家的栅栏边，这里还残留着熏香的味道，却依然盖不住别的气味。我扒住栅栏，斯普林特在一旁叫个不停。

“你待在这儿别动。”我紧张得心跳加速，却已无暇顾及，身手敏捷地翻过栅栏，重重地摔到了另一侧。

老太太的后院乱七八糟，四处散放着大大小小的花盆和水桶，角落里还堆着几把破旧的椅子和一张三条腿的桌子。她家跟咱家一样，这一侧也延伸出一个仓房，只是她家仓房的门大敞四开的：里面放着长年不用的园艺工具，已经生了锈，胡乱地堆在一起，还有些花盆碎片，像打破的蛋壳散落在地面。我看着老太太的棚子，刚要胡思乱想，突然意识到自己有更要紧的事情要做，于是甩甩头，重新理清了头绪。

我站起身，老太太家房后跟咱家这边没什么区别，槽板也已开始脱皮，房子后身也有个四方形的窗子。黑暗中，我眯起眼，看到两条槽板间露出了一道空隙，于是小心翼翼踩上下面那条板子，使劲晃了一下，借着它的助力扒到了窗户，然后顺着窗子钻进了老太太家。好在她屋里堆了很多东西，我落地时摔得一点也不狠，感觉骨碌一下就着地了。我终于进了屋，屋里的味道着实令人难以忍受，虽然我已有心理准备，但那味道还是超出了我的预期，说不清是酸是甜，总之让人头皮发麻，仔细闻还有一种腐烂的味道，像冰箱里腐败的食物，还像——

我捂住脑袋，停！不要再胡思乱想。

我努力保持用嘴呼吸，生怕自己呕吐出来，可即便用嘴呼吸也没什么大用，还是能闻到难闻的味道。不仅如此，因为张着嘴，那味道还冲进我的喉咙，覆盖住了我的舌头。我赶紧闭上嘴，鼻子瞬间变得无比敏锐，甚至闻到空气清新剂和婴儿粉的味道，熏得我眼睛生疼。我赶紧换了口气，努力提醒自己进来的目的，我是来救人的，其他的都不重要。

“有人吗？”我等着有人回应。

房前隐约传来一个声音，周围寂静无声，我想对方或许能听见我紧张的心跳。

我亦步亦趋，磕磕绊绊，老太太家的地板凸凹不平，感觉走起来十分危险。我又喊了一句：“有人吗？”

“在这儿。”

屋子里乱七八糟的，到处都堆着东西。突然我感觉脚下软软的，低头一看，原来踩到了一堆杂物，我也看不清具体是什么东西，太黑了，看什么都是一团黑影。我甚至判断不出墙在什么地方，只能勉强推测出门的位置。

眼前的一切告诉我不可久留，尽快离开才是上策。屋子里面乌漆麻黑，臭气熏天，层层叠叠不知道堆着什么东西。突然，我感觉有什么东西从我脚边跑了过去，可我根本不敢低头看，也不敢抬头，因为棚顶似乎也吊着东西。我紧张得无法呼吸。

棚顶会吊着什么呢？

我耳边响起乌鸫不祥的叫声，那叫声越来越大，越来越刺耳。我再次听见野草疯长，我俯下身，伸手触摸脚下的泥土。

我无法呼吸，想伸手抓住身下的野草，可是哪里有什么野草，我摸到的东西有点像柔软的纸巾，湿答答、黏糊糊的，真是太恶心了。

棚顶不知吊着什么东西。

我把回忆的闸门砰的一声关上，再次回到现实世界，回到这栋陌生的房子，这栋跟咱家很像却并不是咱家的房子，这栋棚顶不知吊着什么的房子。

我努力站起身，一个趔趄又差点摔倒，心都快从胸膛跳出来了。我挪不动脚步，心中只有一个念头，那就是尽快离开这儿。黑暗中，我伸出手，调整呼吸，放慢脚步；如果跑，我很可能会跌倒，否则谁不想加快脚步赶紧跑出来。我握紧拳头，闭上双眼。

“救救我。”声音从我身后传来。

我停住脚步，依然闭着眼睛，血直往脑子上涌。

“求你了。”

向我求救的不是你，是别人。

“救救我。”

有人需要我，我睁开眼，张开嘴缓缓吸了一口气，已经顾不上难闻的味道会不会再次覆盖我的舌头。我努力忍着不让自己吐出来。别胡思乱想，我对自己说。墙壁又有了墙壁的样子，地上堆着的东西也不过是书和杂志，还有些装着鸡蛋盒的箱子——还有那半遮半掩的是什么东西？是一辆自行车吗？棚顶吊下来的是一盏老式吊灯，还有一条条的捕蝇纸，即使不开灯我也知道那些东西得有多脏，不知道在那儿挂了多少年。别胡思乱想。

“有人吗？”我哆哆嗦嗦地问。我想抓住什么东西支撑住自己的身体，又怕把什么东西碰倒。我在一堆障碍物中拖着脚往前走，每一步都小心翼翼。我清清嗓子再次开了口：“你在哪儿啊？”

“在这儿。”

我摸到门口，朝着声音传来的方向走过去。黑暗中有什么东西在动，我的心怦怦地跳，耳朵嗡嗡地响，感觉五脏六腑都要裂开了，真怕自己紧张得拉裤子。我吓得浑身是汗，但还是咬紧牙关继续坚持。看到前面有东西在动，我既高兴又害怕，黑暗中我分辨出那是一只手，顺着手继续往下看……是一个既熟悉又陌生的身影。我抓住了什么东西——是门框吗？——我调整呼吸，汗消了，害我打了个冷战。我鼓起勇气，仔细盯着暗处。

老太太被什么东西压在下面，是一个书架吗？天光彻底暗了，窗口还堆着一堆东西，所以就算外面有光也照不进来。我分辨不出哪里是墙壁，更不知道在哪儿能摸到电灯开关。

“你还好吗？”我慢慢冷静下来。

“我被压住了，出不来。”

我朝她走过去，颤抖着把手伸到书架的顶角，用尽力气把它往上抬。书架太沉了，我根本抬不动。老太太还算幸运，地上堆着的东西帮她搪了一下，否则她早就被书架砸扁了，若真是那样，地上应该会留下一个老太太的印迹。想到这儿，我忍住笑，手也不再抖了。

黑暗中，她躺在地上看着我，我蹲在一片杂物中，努力思考解救她的办法。

对，我可以搞一条隧道。书架底下压着一大堆报纸，我留住两端的报纸没动，把中间的东西尽量地往外掏，老太太很快明白了我的用意，努力扭动身体顺着我掏出来的空间往外爬。这工作对我来说也不容易，累得我浑身冒汗，不过最后老太太终于爬了出来。

她坐在我前面的地板上，大口喘着粗气。她竟然能大口呼吸……她一定已经习惯了这里的味道。

“谢谢你。”

我耸耸肩，觉得有人在身边挺好，即使是她也没关系。

“我给你弄点吃的喝的吧。”她铆足力气站起来，踉踉跄跄地走向厨房，俨然习惯了这里的破旧不堪和杂乱无章。我环顾四周，书本、杂志、瓶瓶罐罐、破东烂西，堆得到处都是。我看到其中有一个牛奶盒，里面装满了软木塞，还有一个大塑料盆，里面装着好多娃娃——在这儿，估计只有你想不到的，没有你找不到的。

我也站起身，小心绕过一个破玩具和一个装着液体的罐子，具体是什么我不知道，也不想仔细看。

她家厨房……要不是她家跟咱家格局一样，我真死活也判断不出那里是厨房。她在里面转来转去，不知从哪儿拽出了一个铁盒子。

“啊，在这儿。你吃点饼干吧。”

基于我对细菌的了解，我认定吃那盒子里的饼干对我没什么好处。

“嗯，不用了，你没事就好，我要回家了。”我走回到刚刚爬进来的窗边，窗底下堆着一大摞废报纸，多亏它们我才没摔得太狠。

“别犯傻。”

我看着她，身体已经做好了助跑的准备。

“别爬窗户了，”她朝走廊挥挥手，“你可以从前门出去。”

我跟着她穿过走廊，走廊两侧也堆满了东西，我个子这么小都感觉肩膀两边有东西蹭来蹭去，而她，就算再矮小也是个成年人，只能侧着身子从缝隙中挤过去。

踏出她家房门的那一刹，我深深地吸了一口新鲜的空气，感觉自己获得了新生。

老太太点亮门廊的灯，她家房子从外面看起来竟然一切正常，跟昨天一样，门廊上还是放着两把带扶手的椅子和一个用作茶几的小箱子，上面还摆着一套茶杯。谁能想到房子里面竟然能乱成那个样子。

她示意我坐下，她也好缓口气。“我刚才真是被吓坏了，要是你没来救我，我真不知道怎么办了。”

我坐下来，目光无所适从。我想问问她房子的事，又不知从何问起，顺嘴说了一句：“嗯，你家一直这样吗？”

她盯着我，我看着她的手。她把小箱子上的杯子整整齐齐摆成一排，回答我说：“不是的，以前我也是个干净利落的人，真的，特别有条理。”

我刚刚看过她的家，无论如何也无法将她与“条理”两字联系在一起。

又或者，她确实挺有条理？成堆的书报、成箱的杂物，如果不是因为东西太多，或许也能算得上有条理？我不知道。那么多东西，她肯定攒了很多年。我看着她的脸，似乎不如昨天那般刻薄了。我咽了口唾沫，问了一个我自己都觉得有点无礼的问题。“那后来怎么就——”我朝房子点点头。

她耸耸肩：“你是想问我发生了什么吗？一切来得太突然，

但又都有所征兆，像是命运刻意的安排。”她一直揉搓自己的手，“一旦发生，便再也回不到从前了。”

我想起你走之后我四处寻觅来的东西，想起自己是怎么把它们找来并精心摆放在咱家门廊。我需要东西把你留下的空虚填满，需要在咱家留下生活如常的记号。

“所有东西我都留着，我知道这么做很蠢。”她低头看了一眼自己小腿上的瘀青，“而且很危险，但我舍不得把它们扔掉。旧的东西不舍得扔，然后又有新东西进来，就这样，日积月累，东西越来越多。现在，就算我想扔些东西都不知道该从何开始。”她摇摇头，抽了一下鼻子。我终于认出了那副脸庞，还是我曾经熟悉的那个多事的老太太。“哎，我跟你说这些干吗？你多大，九岁？”

“十岁，”我回答她，“十岁半了。刚才要不是我把你从书架底下拽出来，你恐怕就要躺在那里等着喂老鼠了。”说到这儿，我感觉喉咙像被什么东西卡住了。

斯普林特开始敲打咱家院子的侧门。

我站起身：“嗯，你也不用谢我。”

“莱蒂。”老太太脸上的刻薄再次消失，取而代之的是一脸善意。

“你说什么？”

“我说我叫莱蒂。还有，谢谢你啊。”

“哦，”我咽了口唾沫，“我叫蕾，不用客气。”我侧身对着她，两手不知放哪儿才好。斯普林特又开始叫唤，于是我开口道：“我得回家了。”

“嗯，对啊。”她点点头，目送我离开了她家门廊。

第32天

星期三

当天夜里，我鼻子里一直残留着莱蒂家里的怪味，即使冲了热水澡，即使用光了你剩下的沐浴露，也还是去不掉。那味道一直充斥着我的鼻腔，第二天醒来还能闻到。我想，那味道应该是残留在了我的记忆里，并非弥漫在鼻腔，而是烙印在大脑。

那味道实在太难闻了，像麝香，令人头皮发麻，人很久不洗澡身上就是这个味儿，好在不是死人的气味。

我俯下身，把脸凑到斯普林特的皮毛上，它抬起头，碰了两下我的脑袋，我明白它要做什么，于是翻身下了沙发。

厨房里落满了灰尘，台面上还有我昨晚做火腿奶酪三明治剩下的碎屑，垃圾桶边是斯普林特之前漏掉的食物残渣，已经彻底干了。我闻了闻，家里的垃圾该扔了。现在是八点三十五分，我把凳子擦干净，又扫了地，而后穿上校服，用脚把斯普林特赶到外面让它解决了三急问题。我没有看后院的草又长了多高，我还没做好心理准备面对这个问题。

吃完早餐，我拿了一根香蕉，等斯普林特从院子回来我把后门锁好，然后走到前门口。燃气账单还在桌上放着，旁边是几张我练习你签名的废纸。我拿起账单，信封是淡淡的粉色——我知道这是在催缴费用，我心里的老鼠狠狠掐了我一下，我赶紧把账单扔回桌上，心想着放学后再去处理。

今天下来，一切如常，我没有引起任何不必要的关注。数学考试，我考得不错，回家路上也没有讨厌的奥斯卡骚扰我。回家后，我收拾了厨房，房子安静得令人心情沉重。如果你在家，肯定会播放点音乐或是打开电视，做饭时还会跟我聊天，你常一遍又一遍地跟我讲述你跟别人起的争执。你即使不说话家里也静不下来，我总能听见你长声叹气、大口喘气，或是摔摔打打，反正总会闹出点动静。你每次从我身边走过都会抻着我的耳朵跟我低语几句。你在家总是走来走去，家里因为你而充满生气，让我知道我不是一个人。可是，现在你走了，我本来想假装你没走，只是待在隔壁房间，可是房间太静了，想假装也假装不来。

我哐当一声把水桶放进水槽，水龙头里流出的热水与清洁剂充分溶解，泛起许多泡沫。柠檬香型的清洁剂加上热水冲泡下来的油污味道扑面而来，热气熏得我脸上的汗毛打起了小卷。我晃里晃荡地把水桶放到地上，水溅了出来。我又往水里倒了些漂白剂，刺鼻的味道呛得我眼泪直流。我用拖把一点儿一点儿地清洁厨房地面，我要把上面的顽固污渍和拖把留下的痕迹全部清理干净。

洗衣房里的洗衣机开始工作，我终于可以坐下来了。我打开你的笔记本电脑，拿出你的日记本，你在上面记着各种密码。我虽年纪尚小，但也知道这么做有多愚蠢，不过你的愚蠢这会儿倒是帮了我大忙。其实，要猜出你日记里的秘密并不难，我经常看你翻看日记最后几页，知道里面记着什么信息。

银行账户名。

银行账户密码。

你收藏了银行账号的登录页面，我顺利登录，开始在上面支付燃气费。你留下的钱越来越少，我看着你的账户明细：几个星期前转出了很大一笔钱，是房租，你设定了自动转账。你记性不好，自动转账倒是个好办法。我看看你的账户余额，又看看燃气账单，钱还够。我看着电脑屏幕上的光标，不愿想接下来该怎么办，车到山前必有路吧。我把笔记本合上，继续打扫家里的卫生。

卫生间焕然一新，吸尘器呜呜地响，整个房子都跟着暖和起来，不仅暖和，还给了人一种安全感。我把斯普林特赶出你的房间，然后拉上了窗帘。我把暖气调到最低挡，把所有房间的门都关好，这样热气就不会跑出去了，反正我只有一个人，反正我只待在客厅。斯普林特气鼓鼓地坐在门口，一脸疑惑，好像在问为什么要开暖气。我想到你银行账户里的钱，于是便把暖气关了，又给自己加了件毛衣。

天黑了，我穿上你的大外套带着斯普林特出了门。我经过隔壁老太太——莱蒂的家门口。

她冲我点点头。

我也点头回应。

我长记性了，带斯普林特只往有路灯的地方走，往有车辆经过的地方走。我再也不敢去黑漆漆的公园、树林或是骑行小路了。当然，我也不想再进别人家的院子。我不知道斯普林特对我新开发的路线满不满意，它至少没有表现出任何不高兴。它总是兴冲冲地走在我身边，好像只要跟我在一起，不管去哪儿它都很开心。想到这儿，我不禁心生难过，再次触动了心底的伤痛。这样也好，它至少还有我，而且有我就够了。

回家路上再次经过莱蒂家，她叫住了我："你去看看你家的信箱。"

我走到信箱那里，打开，里面放着一本书，借着路灯的光亮我看到那是一部奥斯卡·王尔德的作品。我四下张望，身边没人。

"是住在北边那个孩子放进去的。"

我点点头，其实莱蒂不说我也知道是谁。

"他对你挺好，是吧？"

这问题让我很不高兴。"不是，他只是没有朋友，所以才来找我玩。"

老太太笑了，这让我更加生气。

“跟你一样。”我嘟囔了一句，声音大到她刚好能听见。还没等她回答，我便快速关上了房门。

今晚家里格外舒服，可能是因为吸尘器残余的温度和淡淡的灰尘味道，这让我想起周末的午后。卫生间的门关着，这样一来，不仅闻不到里面空气清新剂的味道，我还可以假装你待在里面。我把书扔在沙发上，走去厨房。

我在切片面包上放上奶酪，凑合着吃了晚饭。家里没有西红柿了，看来我得去趟超市。不只是西红柿，家里一点儿水果和蔬菜也没有了。吃完晚饭，我刷了盘子，还认真清理了厨房。洗刷完毕，我关上水龙头，世界又安静了，寒意透过窗帘爬进了屋。

我坐在沙发上，斯普林特的脑袋重重地压着我的腿，电视开着，播放的还是不幸的消息。咦？什么东西硌着我的屁股，我伸手一摸，是奥斯卡的那本书。我拿起来，这是一本童话故事吗？

我翻开认真地读了起来。

第33天

星　期　四

沙发套的质地十分粗糙，扎得我脸疼。我的枕头呢？斯普林特睡在地板上鼾声四起，两只爪子抱着我的枕头。我彻底醒了，睡意全无，然而，清醒的只有大脑，身体却不太听使唤。我想象着自己动了动脚趾，但脚趾其实根本没动。我闭上眼睛，身体的沉重开始浸染大脑。起床吧，我心里盘算着，但并非真有此意，耳畔一个声音以气吞山河的气势向我发问，你起来做什么啊？

天越来越亮，我知道自己必须马上起床，否则就要迟到了。过了好一会儿我才突然反应过来，翘课很不可取，后果十分严重。我在脑子里反复玩味这个词，后果，你以前总爱用这个词吓唬我。不过，去他的后果吧，我可以想个办法，我还没睡够。

线上请假，我清醒过来，闭上眼思考着。线上请假很容易操作，你手机上学校的应用可以自动登录，我之前见你用过。

我的身体神奇般再次充满了力量。我下了床，走进厨房，用你的手机登录了学校端口。

我在上面填写上自己生病的信息，一切顺利。搞定，合理合法。

我把你的手机放回到长凳上。

地板很冷，冻得我脚趾疼。厨房的钟嘀嗒嘀嗒地走，可今天我一点儿也不着急，因为我已经给自己请了病假。

我坐回到沙发上，又读了一遍奥斯卡的童话故事。

这故事并不像我想的那么简单：倒不是说我不认识上面的字，而是故事里有很多我不熟悉的用法。这是我第二次读，我把咱家那本蓝色大字典放在旁边，遇到不认识的词我就查一下，遇到大段无聊的内容我就跳过。我很喜欢这故事的感觉，有一丝伤感，但又不是那种可怕的伤感，像一幅古老的画作，蕴含着温暖的色彩及柔和的线条。

我饿了，于是把书放下。可家里除了一条变了味的面包和一点儿黄油，其他什么吃的也没有了。没办法，我把面包烤了一下凑合着吃了，面包屑掉得到处都是。我拿来纸笔，写了一份购物清单。

我得去趟超市，拐角处的便利店买不全我列出的所有东西。我从橱柜里拿出几个绿色购物袋，斯普林特看出我要出门，开心地扭动着身体。我抓了抓它的耳朵，跟它贴了一下脸，然后在地上扔了些干巴的食物，它卖力地满地搜罗，我趁机关上房门。我不能带它去超市，其实我心里比它还难过，但我不愿意把它拴在超市外面等我——上一次我从超市出来时就看到一个醉汉正朝它脸上吞云吐雾，更可怕的是那人还把它的狗绳解开了。

我现在只有斯普林特了，无论如何也不能再失去它，所以只好把它留在家里。

太久没逛超市，我甚至忘了超市的琳琅满目。

我比对着自己的购物单，在超市里面绕来绕去，把选好的东西扔进小推车。没有人留意我，除非我挡了谁的路，对方才会刻薄地看我一眼。若我发现有人多看了我几眼，便赶紧追上一位成年顾客，不管人家看什么，我都站在旁边跟着一起看，这样别人就会以为我是在跟着家人一起逛超市。超市里的小孩真的很招人烦，就连家长都懒得管他们，似乎只有在外面玩耍的孩子才会得到父母的关注。

胡萝卜、西红柿、小菠菜、蘑菇、鸡蛋、奶酪、酸奶、香蕉、苹果、橘子、狗粮、熏香、蚊香、精油、面包、火腿、桉树喷雾、漂白剂、牛奶、麦片、厕纸、面条。我挑的大都是打折商品，但精油依旧价格不菲。

我还买了罐装浓汤，还有可以用微波炉加热的千层面。我用你手机上的计算器算了一下，98.4 元。我看着满满的购物车，心想这些东西应该够我撑上一段日子。我沿着巧克力通道走向自主收银台，奇巧巧克力在做活动，家庭装一包才 1.95 元。你不喜欢吃雀巢的东西，说他们不环保，残害大猩猩，可是其他品牌的巧克力都很贵，就算是小包装的也不便宜。

我自助结了账，共计 99.99 元。

我刷了你的卡。

把这么一大包东西弄回家着实不容易，太沉了，尤其是牛奶和漂白剂。我不得不时不时停下，站在原地倒倒手歇一会儿。东西很沉，用手拎一会儿，手上就被勒出了红印子，袋子还一直磕碰我的腿；挎在胳膊上继续往前走，结果胳膊坠得酸痛，连手指都失去了知觉。明明刚吃了早饭，我却仿佛没吃过东西一样虚弱。

终于到了咱家大门口，我已经累得满头大汗。

隔壁突然有了动静。

是莱蒂。

“这会儿你不是该在学校上课吗？”

我本来就又累又饿，听到这话真是气不打一处来，我不想跟她废话，只想赶紧进门给自己做个三明治。这次我要用最新鲜的西红柿和火腿，不用再担心食材变质而像狗一样闻来闻去。她以为她是谁呀？警察吗？

我瞅了她一眼：“这会儿你不是该去工作吗？”

她也没给我好脸，继续追问：“你妈妈知不知道你翘课了？”

去你妈的。我在心里飙了一句脏话，但不至于蠢到说出口。再说我也没有那样的勇气。我撇撇嘴，她有什么权利对我指手画脚？我瞪了她一眼说道：“市政厅知不知道你家像垃圾堆一样乱？”

她非常气愤地看着我，说了句：“你这个熊孩子。”

我喘着粗气拎着购物袋进了院门，走上门廊，完全忽视她的存在。我伸出胳膊，把钥匙插进锁孔，不小心袋子撞到了门，最底下的袋子漏了，里面装着鸡蛋。我闭上眼，心里默念 1、2、3、4、5、6、7、8……

“现在的小孩子都不用上学，可以大白天晃晃悠悠地去买东西了？”

她趴在栅栏边向我这边张望。

我白了她一眼，想象着自己捡起地上的鸡蛋甩到她的脸上。

没想到她笑了，她笑起来整个人都不一样了，感觉特别和善。我突然感觉眼睛刺痛，我眨眨眼，不想收起怒视她的眼神。

可没想到眼泪竟不争气地顺着鼻翼流了下来。我俯下身，刻意回避她的眼神，把破袋子里的东西拣出来，放进其他袋子里。

“喂——”她语气格外温柔。

我拖着所有购物袋进了门，碎了的鸡蛋摊在脚垫上，可我没心思处理。她的话还没说完，但我已经不想听了。

我推开门，进了屋，一脚把门踹上。

第34天

星　期　五

我们学校是这样，如果一个学生连着两天请病假，学校就会联系家长了解情况，也就是说，今天我无论如何都得去上学了。我为自己准备了精美的午餐：除了夹着菠菜、奶酪和西红柿的三明治，还有新鲜水果和一小盒酸奶。酸奶的盒子非常精致，酸奶喝完了，小盒子还可以留作他用。对了，还另外配了一个小勺子。不了解情况的人肯定会认为我被家人照顾得特别好，我头发洗了，梳得整整齐齐，鞋子擦了，牙也刷了，口气特别清新。我坐在厨房的餐桌旁，斯普林特的大头照例搁在我的腿上。书包就放在脚边，一切准备就绪，八点四十五分我将准时出门。分针指到了十二，我站起身，把斯普林特轻轻推到后门，它立刻明白了我的用意，它不愿被锁在家里，而我也想好了，既然它喜欢去院子里追逐那些黑影，就由它去吧，我也不想半夜三更再被抓门的动静吵醒了。我做了太多有关老鼠咬人的梦，巴不得斯普林特把它们统统咬死。我给斯普林特的食盆倒满水，关上后门，走到前门口准备出发。342 步我就能走到学校，算上等红绿灯的时间，到那儿最多八点五十五分。我推开前门，刚迈出半步就及时收住了脚，昨天打碎的鸡蛋还摊在门口没有收拾。我站在门口，姿势有点奇怪，一脚门里一脚门外，中间是门口的地垫。打碎的鸡蛋怎么没了？地垫上只有一个绿色的购物袋。

我跨过地垫，蹲下身打开绿色购物袋，里面放着一盒鸡蛋。

我朝莱蒂家望了一眼，门廊上没人。

我拿起那盒鸡蛋，闻了闻，眼前出现了她家积攒的那堆鸡蛋盒子。闻上去没什么怪味，我看了看上面的日期，距保质期还有两个星期。

我轻手轻脚地把鸡蛋放回购物袋，又回头看了一眼莱蒂家的门廊。我不能带着鸡蛋上学，于是把它放回门里，关上门出发去了学校。

我不愿想莱蒂为什么要这么做。

上学总是能让我安心。学校今天本来有美术课，但美术老师生病了，范老师觉得上自习太可惜，于是就亲自带着我们去了美术教室。她把所有颜料和画笔都拿了出来，告诉我们想画什么就画什么，喜欢怎么画就怎么画。

我用了很多黄色、橙色和褐色的颜料，中间的颜色柔和而淡雅，四周的颜色深沉而凝重，画面中间我坐在沙发上读着奥斯卡的书，旁边斯普林特靠着我坐着，电视开着，调了静音，台灯的黄光让整个房间显得无比温馨。

“你画得真好。蕾，你给自己的作品起了什么名字？”

我看着自己的作品，回答说：“《幻境》。”

回家路上我加大了步伐，竟然只用了123步就到了家门口。

我一直低着头，盯着自己的脚，旁边忽然有人说话，吓了我一跳。

“你想扮演什么？”

我看着他的脸，“我什么也不扮演。”

“我觉得你可以假扮一个自私的巨人。”

“我可不是六岁小孩，还玩什么假扮的游戏。”

他咧着嘴朝我笑，对我的刻薄丝毫也不介意。“你读我给你的书了吗？”

“嗯，读过了。”

“你喜欢吗？”

我耸耸肩，“还行吧。”

“你最喜欢哪个故事？”

“我也不知道。”

“哎呀，你就说说嘛，肯定有一个是你最喜欢的。”

确实有，但我不想跟他说。我才说了个“还行”，他就高兴得跟什么似的，如果我再跟他说下去，他肯定会没完没了。

我走过他身边，径直走进咱家院门。

“你肯定有自己的想法，因为每个人都有自己的见解。”每个人都有自己的见解——我听到你模仿他的语气跟我重复了这句话，你是想让我嘲笑他吧？他小小年纪，竟然学大人说话的语气。

我看着他的脸，他的眼睛让我想起斯普林特。

他笑着等待我的答复。

我转身走到信箱那里，随口说了句：“里面关于上帝的内容太多了。”

我听到他深吸了一口气，不用回头都能感受到他的兴奋。他竟然还想跟我继续聊这个话题，他不会跟那些上门传教的人是一伙的吧？不会是因为这个才把那本书借给我吧？想到这儿，我心情愈加沉重，决定先下手为强。“有一点我不太喜欢，觉得他不是在给我讲故事，倒像是在把他的想法强加给我。”

奥斯卡没说话，我瞥了他一眼，看到他眉头紧锁。“我倒是没想过这个问题。”

“除了这个，别的我还都挺喜欢。”我也不知道自己为什么要补上这么一句，好像不愿意看到他皱眉似的，谁让他长了一双跟斯普林特一样可怜巴巴的眼睛。我告诉自己不要胡思乱想，他不是斯普林特，不过是个不长眼的小孩子。他现在已经走进了我家的院子，一副要跟着我进门的架势。

“那好，那咱们下次再见吧。”我转身朝家门走去。

“你刚才说我的书你已经看完了？”

“对。”我头也不回地答道。

“那可以还给我吗？”

听了这话我自然不能置之不理，“好，没问题。我等一下就给你放到信箱里，你有空来拿就行。”我把钥匙插进锁孔。

“既然我都到这儿了，你就直接给我吧。”

我拿钥匙的手抖了一下，真该今天一早就把他的那本书放进信箱的，现在后悔已经晚了。我能感觉到他就站在我身后，正来回踮着脚等着我的答复。

“那好，我这就拿给你。”我进了门，差点被门口的鸡蛋绊倒。我把鸡蛋捡起来，闻了闻屋里的味道，转头让他在门口等我，没想到他却已经跟了进来。“你干什么？”我问他。

“什么干什么？”

我该怎么回答他呢？他跟我进门有问题吗？别人都会这么做吗？如果是正常的孩子，放学后会去别人家串门吗？现在想这些已经没用了，他已经坐到了咱家沙发上。

“别客气，就像在自己家一样。”我学你用酸溜溜的语气跟他讲，他却完全不以为然。

“谢谢。”他笑着回答。

我把书递给他，他接过去，却依然坐在沙发上，根本没有要走的意思。

“行了，你可以走了。”

他环顾四周，“嗯，咱们两家的格局差不多，只不过你家厨房在这一侧，我家厨房在另一侧，所以我家门口的空间比你家大一些。除了这个，咱们两家简直一模一样。”

我懒得回应他，一心等着他离开。

“你为什么在家里放这么多香薰喷雾机啊？”我不动声色，没搭他的腔。“是因为——”他用下巴指了指后院。

我的心一下沉到了脚底，浑身冰凉。我动了动嘴，想办法保持正常的呼吸，“你说什么？”

“就是——”他又用下巴指了指后院，“就是因为她？”

我感觉自己的嘴已经不会动了，硬生生地挤出了几个字：“你知道她？”

“没有人不知道吧。”

我脑子嗡嗡地响，强装镇定地问他道：“知道她什么？”我声音虚弱，两手紧紧扒着沙发靠背，生怕自己站不住，瘫倒在地。

奥斯卡看我神情不对，开口问我说：“你没事吧？”

“我没事。”我能听到自己说话的回音，没完没了地一直重复：没事、没事、没事、没事、没事、没事、没事、没事。

“就是她家很味儿啊，对吧？大家都知道，她就爱攒破烂。”

原来他说的是莱蒂，差点把我吓死。“嗯，对，我这么做就是为了缓解从她家传过来的难闻气味。”我的耳朵还在嗡嗡响，自己说话的声音听上去怪怪的。

“那好吧。”他点点头，站起身。我想着送他到前门口，没想到他并没有跟过来。我转身看着他，他竟然透过咱家厨房的窗户往后院打探起来。我紧张得胃里直翻腾，看着他把脸贴在窗户上，却想不出该怎么办。后院的斯普林特跳了起来，爪子敲打着玻璃，奥斯卡也跟着跳起来回应，一边跳一边咯咯地笑。

“你的狗叫什么名字？我可以见见它吗？”

我深吸一口气答道：“它叫斯普林特，你还是别见它了。”

“为什么？”

血一路冲到我的指尖，我真想揍他一顿。我把手塞在腋下，极力克制自己的愤怒。“因为我得做作业了，再说，我妈妈就快下班了。”我这话说得一点儿底气也没有。

“别呀，让我跟它玩几分钟就行。”

他甚至要自行推开咱家后门，我在大脑里疯狂搜寻拒绝他的合理借口。它不太喜欢陌生人？斯普林特兴奋地舔着后门的玻璃，一副傻狗的模样。奥斯卡也把脸贴在玻璃门上。

我浑身发抖，鼻子下面渗出了汗珠，腋下也湿了。我真想一把揪住奥斯卡，把他从前门扔出去，可两只脚却动弹不得，心里的老鼠又开始撕扯我的五脏六腑。奥斯卡摆弄着门把手，斯普林特在外面一直叫唤，我的心被不停地啃噬、啃噬、啃噬。“你家后院有点乱啊，你家没有割草机吗？”

我哪有心情想这个，必须赶紧把他弄走才行。

“你要是愿意，我们可以一起去遛狗。”

就这样，我带着奥斯卡出了前门，手里牵着斯普林特。我们走出咱家院门，莱蒂站在她家门廊看着我傻乐。

我现在没空理莱蒂，奥斯卡倒是盯了她半天。“她家简直就是滋养老鼠的温床。”

“你说什么？”

“我妈妈去过她家，想给她拿点新鲜的蔬菜。那会儿，我们刚刚搬来，我妈妈知道她是一个人住，所以想去看看她。”我感觉说话的并非奥斯卡，而是他妈本人。“我妈就往里面看了一眼，当时就被臭气给熏了出来。而且——”，他看四下没人继续道，“这个老太太还特别不讲理。”

莱蒂家特别难闻，大家都知道。我肩膀上紧张的肌肉稍微放松了一些。“对啊，”我低声附和，“她家是特别难闻。”不过，我突然想到她留给我的鸡蛋，便继续道，“不过她人还挺好的。”

“她简直是公共卫生的害群之马。”奥斯卡又像换了个人。“我在你家都能闻到她家传来的难闻味道，特别是后门附近。奇怪了，怎么到了她家前门这儿，味道反倒没那么明显了？”他伸长脖子，好像要看清原委，“可能是因为你们两家后面的那些办公大楼，兜风，把味道都困在了后院。”

“我不聋，你们说什么我都能听见。”莱蒂的脸瘦骨嶙峋，看上去像一只老鹰，正盯着美味的兔子。

奥斯卡假装没听见，但我注意到他脸红了，心里竟有一丝窃喜。

莱蒂看到我的眼神，朝我眨了眨眼，我点头回应。她瞥了一眼奥斯卡问我道：“你怎么跟这个家伙走到一起了？”

是啊。斯普林特追着他跑，狗绳却牵在我手里。我没有回答莱蒂的问题，任由斯普林特拖着我往前跑。奥斯卡又开了口，他侧着脸朝向我，这次压低了声音，确保我能听见，但又不至于惹怒莱蒂。我跟着他，心里盘算着怎样才能摆脱这个黏人的家伙。他一个人就可以滔滔不绝，根本不需要我的回应，我真想叹气，可是忍住了，毕竟，两个孩子一起玩儿，应该不会引起别人的怀疑，对我也是一种保护。

我们去了狗狗乐园——斯普林特很喜欢这儿，但自从上周一我在这儿被人骚扰后就没再带它来过——我们绕过栅栏，奥斯卡一直喋喋不休，我根本不需要开口。他跟我说了他的家人、老师以及他看的节目和他读的书。事实上，想要了解一个人不要听他讲了什么，而是要听他没讲什么，他跟我说了很多，唯独没有说到他的朋友。

其实他说什么我根本不在乎。

他这么一个愿意表达的人，没有听众肯定特别痛苦。他现在又把话题转到了花花草草上，说他家的花园是他设计的，“我父母当然也帮忙了，但都是我一手规划的，你应该跟我去看看。”

我可不想去看他的什么花园，我之所以会跟他一起走这么远，只是不想让他待在咱家——

“我可以帮你把你家花园也改造一下，如果你没意见的话？我说这话你别生气，你家花园真是太乱了。我看到后院有一个很漂亮的仓房，那样的砖墙最适合藤蔓植物了，再架上几个格子——”

我打了个趔趄。

“蕾，你怎么了？”

“没事，就是磕到脚了。”

他看看脚下的路，“地上什么也没有啊。”

“我得走了，回头见。”我朝斯普林特打了个口哨，它跟着我一路朝咱家的方向奔跑，留下奥斯卡一个人呆呆地站在公园边上。

莱蒂依旧坐在她家门廊，我知道她会在，已经准备好听她唠叨几句，却没想到她只是朝我挥了挥手。我带着斯普林特快速走过她家门前，穿过咱家大门，从前门进了屋。我一进屋就跑到厨房的水槽前大口大口地呕吐起来。

我浑身是汗，下巴疼得厉害，我或许生病了。

可我知道自己不是生病，现在想想，真是后悔让他进门。

我努力调整呼吸，吸气数到五，呼气再数到五，就像在学校老师让做冥想时一样。天气好的时候，老师会让我们坐在草地上，一边晒着暖暖的阳光，一边练习深呼吸。吸气——二、三、四、五，呼气——二、三、四、五。我突然觉得自己握着你的手，感觉自己两脚离开了地面。我摇摇头，盯着厨房的地板，集中精力，想想办法。我不是很棒吗？房子被我打扫干净了，门廊也让我收拾得有模有样。

我抬起头，看着后院。他说得没错，后边实在太乱了，简直跟莱蒂家一样乱，这很容易让人起疑。

我深吸一口气，给擦碗布倒上桉树油，暂时放到水槽旁边。我要消除所有死亡的痕迹，解决你遗留的难闻气味。我瞥了一眼厨房长凳上的鸡蛋。

我绝不能跟她过一样的日子。

我要把咱家后院好好改造一番。

第35天

星　期　六

我从斯普林特身上迈过去，它睁开眼睛看了看我。外面天色渐亮，我站在浴室，开着浴霸的灯，看着镜子里的自己，眼睛下面的阴影看上去像弯弯的月亮。我真的跟你很像。我关掉灯，走进厨房。

斯普林特估计是闻到了面包的味道，也晃晃悠悠地走了进来。它舔着自己的爪子，用祈求的目光看着我。我把面包屑放在手掌心，它轻柔地舔着，咂巴着嘴把东西吞了下去。它一吃东西就爱摇尾巴，转着圈地摇，它的尾巴好像不会左右摆动，你以前总开玩笑说它不是不会，是太懒了。然而，它转圈摇尾巴的方式倒是很让我高兴，尾巴翘到半空，看上去像是直升机的螺旋桨。有时我想，如果我把它逗得足够开心，它会不会摇着尾巴一路飞到天上。我把最后一块我吃剩下的面包一股脑儿都给了它。

我盯着咱家后院，那是睡美人的花园，仓房周围的草丛长得很高，真的非常高，如果我再不处理，估计仓房的门都打不开了。我点燃几盘蚊香和几炷熏香，呛得斯普林特一直打喷嚏。我把它们插在瓶子里，放在后门外。我关上房门，坐在咱家门廊，斯普林特靠在我身边叹了一口气。

我偷来的那盆吊兰已经快死了，怪我总是忘记给它浇水。我看了一眼咱家院子，里面大部分植物都半死不活的，连续几个星期没下雨，所有植物都蔫头耷脑。确实该浇水了，还得除除杂草，要想它们都好好活着就得好好照顾才行。我看着旁边的椅子：靠垫上落了一层灰。我上星期才清理过，怎么现在又死气沉沉的了？我感觉它们都累了，懒得再陪我继续伪装下去。

话虽如此，我还是给所有植物都浇了水。

今天是星期六，我把该洗的东西都洗了，还清理了前院，给花草浇了水。

你还在时，我最喜欢过周六了，尤其喜欢跟你一起出门。你每次出门都会换上一身漂亮衣裳，穿上一双跟儿特别高的鞋子。你通常是带我去库珀比萨店，咱俩一路欢声笑语，每次快速冲过纳皮尔大街，我都感觉你的鞋跟快要断了，然而并没有，我们总能顺利抵达比萨店。冬天，你会带我坐在楼上距壁炉最近的卡座位置，我们俩一人点一份比萨，你还会给自己点上一杯鸡尾酒。

有时，你会让我和斯普林特去取比萨外卖，没有你同行虽然快乐打了折扣，但依然改变不了我对周六的喜欢。你会提前给比萨店打电话，告诉他们要点什么，这样等我们到了那儿，比萨刚好出炉，我和斯普林特可以直接拿了就走。如果当天负责收款的是拉法，他还会允许我带斯普林特进门付钱。他虽然脖子上有个刺青，但人却一点儿也不凶。咱们一连几个星期点的都是同样的餐食：一份意大利香肠比萨、一份玛格丽特比萨加橄榄。

我已经很久没吃比萨了。以前不用自己管钱的时候，我觉得每周六例行的比萨大餐只是单纯的快乐；可现在不同了，我总得琢磨你留下的钱还够我活多久。

不过，今天是星期六，我还做了大扫除，应该犒劳一下自己。再说了，过去的三十四天，我每晚吃的都是面包和奶酪，实在是吃腻了，特别想吃点外面的东西。

“来，斯普林特，咱们去买比萨。”

我本来还有点担心，可一看到拉法的笑容，内心的紧张立刻得到了缓解。

“你好啊，你要是再不来，我们就要把你忘了！我以为你们爱上了别家比萨店，不会再光顾我们了！”

我微笑着没答话。

“你今晚怎么没提前打电话啊？想吃点什么？还是跟之前一样？”

我点点头。

“好嘞！蕾的两个比萨，马上就好！”

“哦，不，只要玛格丽特比萨加橄榄……”

“什么？只要一份比萨？”他看了一眼门口，“你那个漂亮妈妈呢？”

“她，嗯，她今天来不了。”这倒也不算撒谎。

他歪歪头，“你确定？”

我紧张得口干舌燥，“什么？”

“你确定吗？”他盯着我，眉毛一动一动的，像蠕动的毛毛虫。“你确定她不是另觅新欢，爱上别家比萨店了？”他朝我做了个鬼脸，“如果真是那样，我的心可都要碎了。”

他把我逗得咯咯笑。“没有！她说这次换个口味——”我看着墙上的菜单随便说了个名字，“她这次要一份火山比萨。”

“真的吗？”他表示很惊讶。

我点点头。

“那好嘞。”

我心想，点两份就两份吧，我可以留一份做明天的午餐。我坐在离门最近的凳子上，这样可以随时照应外面的斯普林特。拉法干完手里的活儿朝我走了过来。

“你的狗狗呢？”他四处打量，朝我挤挤眼。“这里没客人，只有我和格斯，她在厨房。”他搓着手继续道，“你把它带进来，我跟它玩一会儿吧！”他提高嗓门朝着厨房大喊道，“格斯，你是不会出卖我的，对吧？”

一位女士从隔断里探出头来回应道：“我什么都没看见！”

拉法咧嘴笑着打开门，“快进来，伙计！”

斯普林特没想到自己能有如此待遇，踉跄着跑进门，兴奋地奔入法拉散发着比萨味道的怀抱中。拉法揉搓着它的耳朵，跟它疯闹起来。

“多可爱的狗啊！斯普林特君！我们都很想你啊，很想你哟。”

“怎么这么吵？”格斯从厨房走出来，“要是我不知道情况，还以为这儿进来了一条狗呢。”她一边说一边弯腰抚了抚斯普林特的耳朵。她微笑地看着我，我也朝她笑笑，内心却有些紧张。店里这两个大人都留着酷酷的发型，身上还带着刺青，怎么会跟我聊得这般热络，仿佛我根本不是一个只有十岁的孩子。

“你最近好吗？”格斯一脸认真，好像我真能跟她分享什么似的。

我点点头，不知道该如何作答。大家都如何回答这个问题——都实话实说吗？她这样问是不是真的关心我？我撒谎会不会不太礼貌？

拉法开了口：“你们这么长时间没来，是出远门了吗？我们还以为你们搬家了呢。”

我摇摇头，依然面带微笑，紧张的情绪却已经攀爬到我的眼睛上，那种感觉就像头发绑得太紧，勒得我眼睛涨痛。他们为什么一直跟我聊天？我有点坐立不安，手都不知道放哪儿才好。

“你不太爱讲话，是吧？”他看着我的眼睛，微笑着对我说。

我紧张得嘴唇都在发抖。

“没关系，我在你这个年纪也特别害羞。”格斯递给我一瓶柠檬水，朝我眨了眨眼，“像我们这样善良的人，都是很害羞的。”

我打开瓶子，把纸吸管插了进去。

他们让我在活动室等着，打开了所有的灯，还特意点了暖气。终于，我的比萨烤好了，他们把比萨拿进来递给我，只收了一份比萨的钱。我带着斯普林特走出店门，一手端着比萨一手朝他们挥手告别。

外面很冷，巷子里的风吹得我直流眼泪。

我在家门口的台阶上站了半天，斯普林特一直蹲坐在我脚边。我走时把门廊的灯打开了，房间的灯也亮着，以前周六家里就是如此。

可这次跟之前不同。

“周末吃比萨？”隔壁的问话声打破了漆黑的夜色。

我看了看手里的两盒比萨，随口说道：“我给您也买了一份。”我没想到自己会这么说，可能我实在厌倦了一个人用餐。说罢，我瞥了她一眼。

“你说什么？”

我若无其事地回答说：“感谢你前几天送我的鸡蛋。”

她摆摆手，好像对我的感谢十分反感。

“哦——”看到她摆手，我竟然很是失望，转身朝咱家门口走去。

“哎呀，”她的声音有些沙哑，感觉像是一天下来第一次开口似的，她清清嗓子继续道，“我就是跟你客气一下，快把比萨拿过来，也带上你那浑身长满虱子的大狗。”

我生怕她改变主意，赶紧走上她的门廊。又或许，我也担心自己改变主意。我尴尬地站在她家门廊，心想着她不会邀请我进屋吧，我可不想进去了，一次已经够了。

她示意我坐下，“快歇会儿，蕾。”

她坐在自己的座位上，回身拽出一瓶姜汁啤酒，“你给我买了比萨，那至少也让我请你喝点什么。”

我接过啤酒坐下，随手把比萨盒子递给她。她歪歪脑袋，好像突然想起了什么，开口问道：“你妈妈不会介意你在这儿跟我一起吃比萨吧？你不用回家吗？”

我把膝盖上的比萨盒子打开，“没事的，她有事出去了，不在家。”斯普林特倒很是自在，一屁股坐在我俩中间，正是捡比萨饼皮的绝佳位置。

莱蒂听了我的回答警觉地打量我一眼，把头歪向一边，不过，她没再刨根问底，反而道了句：“那太好了！那我就不客气了。”她打开她的比萨盒子，使劲儿闻了闻，“加了辣椒？”

我点点头。

她咂巴咂巴嘴，感叹道：“太好了！”

莱蒂细品着比萨的味道，吃了好久才想起跟我说话。我倒也很开心，虽然我俩没怎么说话，但气氛却一点儿也不尴尬。我尝了一口姜汁啤酒，冰冰凉凉的，害我打了个哆嗦，但下肚后却又感觉暖暖的，舌尖的余味有点甜，又有点辣。我裹紧你的大外套，发现外套袖子上掉了一块比萨。我这袖子挽得不长不短，每次伸手拿比萨时都会把奶酪蹭到袖子上。不过，我的心情倒是没受到影响，若是放在平时，我或许会非常恼火。

“住在北边的那小子跟你是朋友吗？”她语气很随意，但能明显听出来她不喜欢那家伙。

我耸耸肩膀答道：“我们可算不上是朋友。”

“你见过他妈妈吗？”

“没有。”

她哼了一声，把嘴里的奶酪咽下去后继续道：“那个女人特别爱管闲事。”她的眼神再次警觉起来，像机敏的喜鹊，继续道，“谁的事她都打听。”

莱蒂的眼睛在廊灯的照射下烁烁放光，如果说刚才她的眼睛像喜鹊，现在简直堪比猫头鹰。想到她家里黑咕隆咚的样子，她倒的确应该长一双猫头鹰的眼睛。

“他都跟你说什么了？关于我的？”她凑近我，端详着我的脸。

奥斯卡并非我的朋友，至于莱蒂是不是，我还说不准。可我此刻毕竟坐在她家门廊，跟她一起吃着比萨，就连斯普林特都把头搁在了她的脚上。我虽然年纪不大，但也接触过不少人和事，知道背后说别人不太好，所以一直没吭声。可莱蒂一直目光警觉地盯着我，还特意把脸凑到我面前，继续追问道："他跟你说了，是吧？"

我没说话。

她坐回座位，点点头。"我就知道。"她把比萨饼皮扔进盒子，斯普林特听到后立即抬起头，还竖起了耳朵。莱蒂把饼皮放在掌心送到它面前，斯普林特开心地用舌头钩走，咽下去后仍不死心，又把莱蒂的手指舔了个干净。她全然没注意，眼睛盯着街道，一脸刻薄，表情跟当初与我起冲突时一模一样。

"他是不是说我家里特别乱？还说什么我家是公共卫生的害群之马之类的鬼话——"她看着我继续道，"简直是胡说八道！"

老太太脸上重现的刻薄表情让我意识到外面的黑暗和寒冷。你的外套太大了，坐着时有点不舒服，胳膊下面总是鼓起一个大包。今天是星期六，不算你离开的那天，这已经是我一个人过的第四个周末了。

"你说呢？"

"我不知道。"或许，我该回家了。我把比萨饼的盒子盖好，用余光看到她一直盯着我。斯普林特把头放在我的膝盖上，我伸手抓了抓它的耳朵。

"你想喝点热乎的东西吗？"老太太又恢复了温柔。我看了她一眼，她正挑高眉毛等着我的回应。"怎么样？我可以给你冲一杯热巧，这会儿外面有点冷了。"

想到要去她房里喝牛奶，我心里纠结起来。我看着她家的窗户，里面一团漆黑，根本不像有人住的样子，一丝光也没有，像极了小孩用积木搭成的房子：窗子都是画上去的，没有一点儿生气。即便是那样也好过莱蒂的房子，至少积木房子里没有难闻的味道。

“别担心，我不让你去我家。”她侧了个身，把我们俩的比萨盒子放到一边，我这才注意到我们中间摆的不是桌子，而是一个小箱子。她打开箱盖，从里面拎出一把水壶，接着又拿出一桶速溶巧克力粉。

“喏，”她把水壶推到我这边，“你去边上的水龙头那儿接点水吧。”

我站起身，看了一眼箱子里面，所有东西都摆得井井有条：一条绿白相间的餐布，叠得四四方方，四个茶杯，两个两个摞在一起，一个玻璃杯，里面放着擦得锃亮的茶匙，还有三个敞口玻璃瓶，盛着茶包和奶精。以前你带我去看医生时，候诊室里也有这样的奶精，我见人弄过，只要撕开盖子就可以把奶精倒出来。我每次想伸手拿来看看，你总会打我的手一下，告诉我不要乱动。莱蒂家能有多少客人跟她在这儿喝热巧啊？反正我是从没见人来过。我把水壶接满水拿回来，她把插头插进椅子下面的隐藏插座，然后把巧克力粉倒入杯子搅了两下。

“这上面说两大勺即可，可我觉得放三勺更好喝。”

就这样，我们俩静静地等着水烧开。

热巧很好喝，只是杯子握在手里有些烫手，于是我一只手捏着杯把，另一只手端着杯口，这样一来，手很快就不冷了。我还特意把脸凑近杯子，让热巧散发出来的热气升腾到脸上。

莱蒂喝了一口热巧，紧接着叹了口气靠在椅背上。

她是不是每晚都在门廊待到很晚才回家?

我们俩静静地喝着热巧，没再多说话。喝完后，我把杯子轻轻放在箱子上，紧挨着她的杯子。莱蒂站起身，拿起两个杯子去旁边水龙头清洗，我看不见她的人，但听得到流水的声音。她回来后从箱子里拿出那条绿白相间的餐巾，用它把两个杯子仔细擦干，然后把杯子摞在一起放回箱子里。接下来，她把手中的餐巾叠好，放在空水壶旁边，最后，盖上了箱盖。

她用手摩挲着箱子盖，“好了，收拾完了。”

我站起身，从地上捡起比萨饼盒子。

“嗯，我也该回家了。”

莱蒂点点头，“是啊，是啊。”

我打了个口哨，斯普林特从我们俩中间站起身，跟着我朝大门走去。我一路走着，听到身后的莱蒂开口问我道:

“你妈妈整个周末都不在家吗？”

我内心的老鼠仿佛从我刚吃过的比萨和刚喝下去的热巧的温暖中回过神来，开始抓咬我的胸膛。我咽了口唾沫，莱蒂整天待在门廊，索性直接跟她道出实情算了？人都这样，一旦知道了真相就不再关心了，也不会再成天盯着你。我清清嗓子，“对。”我一边说一边瞥了一眼她脸上的表情。

她点点头，“需要帮忙的话，你就跟我说啊。”

“好的。”她自己家里乱成那样，还能帮我什么忙？我心里虽这样想，但嘴上还是道了声“谢谢”。

第36天

星 期 日

醒来时，我的内心十分平静。

透过窗子，我看到奥斯卡在街上闲逛，我可不想理他，于是假装没看见。我从书架上拿下那本《蒂芬妮的奇梦之旅》，翻开认真读了起来。

房子里静悄悄的。

感觉非常舒服。

一切安好，除了你散发出来的味道。

第37天

星 期 一

今天学校只上半天课，老师下午要培训什么的，因此我们上完上午的课就放学了。

回到家，我听到隔壁莱蒂正站在门廊朝什么人大喊，声音又细又高，惹得斯普林特在咱家侧门的位置狂吠不止。

莱蒂的声音十分刺耳，我赶紧躲进家门。

然而，即使进了屋，还是能听到她的咆哮，只是具体喊的内容我听不太清。我心里的老鼠又蹿了出来，折腾得我肚子隐隐作痛。我把斯普林特放进屋，它围着我绕来绕去，几乎要把我推倒。我摸摸它的后背，拍拍它的脑门，想着这样它或许可以安静下来，可它还是不停地围着我打转儿，根本静不下来。

斯普林特之所以如此不安，就是因为老太太的喊叫，这让我想起了你，每逢暴雨将至，你也总是会坐立不安。我的思绪从莱蒂的门廊转移到你身上，感觉你明明在我身边，却又无比遥远。你也能听见老太太的嘶吼吗？我想到那些啃噬你的黑影，你的耳朵还在吗？刚喝下去的酸奶一下子涌到了喉咙，我赶紧躲开后门远远的，跑到阳面房间。我不敢再想你的事，决定把全部注意力放在莱蒂身上。我仔细听，努力听清她说的每一个字，希望这样可以让自己停止胡思乱想。

我蹑手蹑脚地走进你的房间，透过窗帘缝往外打探。你的窗帘潮乎乎的，完全没了你的味道。不过没关系，我来这儿不是为了寻找你残留的味道。我把脸贴在窗玻璃上，想看清对面门廊上莱蒂的情况。

隔壁门廊除了莱蒂还站着另外一个女人，打扮得十分精致，穿着一件毛衣开衫，很正式的设计，我印象中银行职员或医院前台经常穿类似的款式。那人一边说一边比画，不过动作幅度很小，带着一种不想惊扰到小动物一样的温柔。那小动物不会就是莱蒂吧？我听到她们一声高一声低地争执，开衫毛衣伸出双手，一只手里拿着写字板，另一只手掌心朝下，扇了两下空气。莱蒂竟高声呜咽起来，看来她真的是弱者，是弱小的动物。我想象着她每天一个人在门廊坐到深夜，眼神空洞地望着漆黑的夜。

没过多久，那女人转过身，似乎要离开，而我则更清楚地看到了她的样子：头发梳得一丝不苟，鼻子上架着一副眼镜，镜腿上挂着纤细的链子，显得特别知性，下身穿着一条腰间打褶的裤子。她走出院门，回头朝莱蒂挥了挥手，然后顺手把院门带上。我听不清莱蒂嘟囔了句什么话，但肯定不是礼貌的道别。

那女人开车走了，我不知道自己该不该过去看看莱蒂，她算不上我的朋友，但不是朋友又是什么呢？她家来了一位穿正装的女人，肯定不是什么好事，我是不是应该关心她一下？我的呼吸在窗子上形成一层薄雾，窗玻璃又冷又硬，硌得我脸好疼。我看了一眼斯普林特，它也正喘着粗气看着我，一副想出门的样子。斯普林特甩了甩尾巴，我咬了咬嘴唇，它看到我没反应，再次朝我叫唤起来。

“你现在可以出来了，那个听墙根的小孩！那个可怕的女人已经走了。”隔壁再次传来莱蒂的声音，这次是我熟悉的莱蒂。

我跑回客厅，假装自己一直都在看电视。斯普林特来到面前晃过来晃过去，眉毛都拧到了一起，急得又要朝我大叫。我凑过去，想捂住它的嘴，没想到它挺直身体、翘起屁股成功躲过我的双手，顺势将两条前腿趴在地上，汪汪汪地叫了三声。那叫声持续的时间并不久，却让我心里很不是滋味。它一直朝我摇尾巴，像在晃动一面旗帜。

“嗯嗯，知道了，我也听到了。”

我站在原地没动。

“你自己玩去吧。”

斯普林特盯着我，哼唧了一声。

我朝它抽了抽鼻子，“好吧，你赢了。”听了我的话，它快速奔向了咱家前门。

莱蒂坐在门廊，背对着我。我走出家门，她没理我；我走出院门，她没理我；我推开她家院门，她还是没理我。此刻我伸手抬起来的门闩，是那位“毛衣开衫”刚刚放下去的吧？

斯普林特冲到我前面，着急地朝莱蒂跑了过去，莱蒂摸了摸它的耳朵。

“吃饼干吗？”她拿出一个铁盒子。

我看着她。

她耸耸肩，“随你吧。”她从盒子里拿出一块饼干，自顾自地吃起来。那饼干看上去不错，非常不错，我的肚子没出息地咕噜噜叫了起来，我这才想起来自己还没吃午饭。“这是我今天新买的，从塞登那家漂亮商店买的。”她指了指饼干盒子。

我拿了一块，坐下来。饼干很美味，非常美味。

她笑了，把盒子递到我面前，我又拿了一块。我一边咀嚼一边看着她，饼干渣掉了一身。我觉得自己得说点什么。

“你……”饼干渣从我嘴里喷溅出来。她瞪了我一眼，我赶紧用手捂住嘴巴，想着还是先咽下去再开口吧。可饼干却一下子凝结成一大块儿，糊在喉咙口，害我不得不使劲儿往下咽，差点没呕出来。

“我怎么？”

“你没事吧？”我嗓子有点哑，但还是继续道，“你还好吧？”

她拨弄着斯普林特的耳朵，也递给它一块饼干。

“我没事。”

“刚才那是谁呀？”

莱蒂把饼干盒的盖子盖好，小心翼翼地放到脚下。斯普林特凑过去一顿闻，她用脚轻轻地把它赶到一边，随后打开箱子盖，从里面拿出水壶。“喝热巧吗？”

我点点头。莱蒂把水壶递给我，我去旁边的水龙头给水壶接满了水。

她用茶匙分别盛了几勺巧克力粉倒入两个杯子，一边加开水一边快速搅拌，勺子敲打杯壁，发出叮当的响声。她把我的那杯递给我，然后从外套里拿出一个小玻璃瓶，拧开瓶盖，将里面的东西倒进自己杯中，然后又把瓶子盖好，塞回到外套口袋。她举起杯，喝了一小口，笑盈盈地看着我。

“有时候需要给生活加点料，今天这种情况尤其如此。”

我闻出了那东西的味道，“威士忌？”斯普林特喷了一口气，把嘴放在我的脚上。

“我很少喝酒的，尤其是白天，但今天我的心情实在太糟了，所以——”

我有点想回家，但杯里的热巧还没喝完，这样走是不是不太礼貌？她靠在椅背上叹了口气，手里端着加了料的热巧。附近有一只噪钟鹊一直在叫，远处又传来码头的嘈杂。虽然她现在只是倒了一小瓶威士忌，但她口袋里会不会还有呢？

“那人是市政厅的，跟我说要进我家里看看。”莱蒂的话吓了我一跳，杯子里的热巧不小心溅到了我的腿上。啊，好烫。我揉了揉大腿，脑海中出现了莱蒂家乱七八糟的样子。

“是你让她来的？”

“当然不是我。”

我们各自呷了一口热巧。

“那为什么？”

“什么为什么？”

“为什么她要进你家里看看？”

“有人把我举报了。”莱蒂恶狠狠地盯着街道。

“举报你什么？”

“说我家有引发火灾、危害公共卫生的隐患。要不然还能举报什么？”

“这话是什么意思？”

“有人觉得我家太脏太乱，容易失火。”

我看着杯子里的热巧。

莱蒂清了清嗓子继续道：“好了好了，你什么也不用说。”

“不是我——”

“我知道不是你。”

我想起刚才那位“毛衣开衫”，她手里拿着登记用的写字板，来回开的都是市政厅的公务车。“那她还会再来吗？”

“会。”

我咬咬嘴唇，“她究竟想要干什么啊？”

"多管闲事呗，还能干什么？"

我从咱家后院可以看到莱蒂家后院，自然也能从咱家闻到莱蒂家的怪味，我知道这下事态严重了。"他们会强行进入你家吗？"

"也许吧。"

"她刚才到底是怎么说的？"

"她给了我一个表格让我填，说是可以帮她了解情况。"她特意学着对方的强调，那感觉非常滑稽。我其实也想知道她家里为什么会那么乱，想问她还知不知道家里地毯的颜色，又或者她家里根本就没有地毯？

莱蒂白了我一眼。"你一声不吭真的很让人恼火，你知道吗？"

"嗯，之前也有人这么说过我。"

她不错眼珠地盯着我，我低下头，晃了晃脚趾，趴在我脚上的斯普林特抬起头蹲坐起来，大脑袋刚好可以挡住莱蒂的目光。"如果你填了表格，她就不会再来找你了吧？"

我用余光看到莱蒂耸耸肩，"那也不一定。"

"怎么不一定？"

"要看我填表的结果吧。"

我再次想起那辆市政厅的公务车，想到大家在莱蒂家附近指指点点，有些人甚至扒着栅栏往里面张望，嘴里念叨着要解决她家难闻的气味。"那你赶紧就把表格填了，没准儿她就不会再来烦你了。"斯普林特的项圈歪了，我帮它正了正。

我能感觉到莱蒂依然盯着我，她清清嗓子回答我道："嗯，或许吧。我可不想让他们对我的生活指手画脚。”她俯下身，拿起饼干盒子，“别担心，小家伙，我会处理好的。”

我没心思吃饼干，再说我已经不饿了。

“他们让你什么时候把表格填好？”

“她临走时说过两天再来。”

那也就是星期三了。星期三的这个时间我应该在学校上课，而利用这两天我应该可以把咱家后院收拾出来，或许，当天上学前，我还可以洗几条床单晾在那儿，再点上一盘蚊香去味儿，或者稳妥起见，干脆一起点四盘。我稍微松了口气，“需要我帮忙的话，你尽管开口。”

莱蒂把饼干盒递给我，我接过来，费了好大劲才打开盖子，挑了一块，拿出来咬了一口。她也拿了一块，“嗯，或许你真的可以帮我干件事。”

莱蒂把那份表格从屁股底下拽出来，将其放在腿上把压皱的地方摩平，然后一条接一条地仔细阅读起来。我瞥了一眼，看到表格上有两个大标题，分别是杂乱堆放的程度等级和积攒破烂的程度等级，看完，我又专心地喝起我的热巧。

她再次把手伸进外套口袋，在里面仔细摸索。我说什么来着？这回我真的想走了，我可不想应付一个喝醉的老太太。没想到她拿出来的是一副眼镜，亮黄色的镜框，于是我又安心地坐回座位，看着她把眼镜架到鼻梁上。

“嗯？”

莱蒂开始出声朗读。“参考以下图片，在最匹配的图案上画圈。”她看着那几页纸，神情呆滞。“给你，还是你帮我填吧。”她把表格推到我面前，“反正你也进过我家。”

第一题问的是厨房，上面有九张厨房的图片，第一个干净整洁，其他图片的脏乱程度依次增加。我逐一研究，第一幅图堪称一尘不染，第九幅图则根本看不出来是个房间，简直就是垃圾堆。我在想拍这些照片的人，是先找了一间洁净的厨房，然后一点儿、一点儿把它弄乱逐一拍照，还是先有一个垃圾堆一样的厨房，然后再一点儿、一点儿把它清理出来呢？不管是哪种情况，投入的工作量都小不了。

我咬着嘴唇努力回想莱蒂家的厨房。要真像图九那样，里面根本进不去人，而我毕竟是从窗子爬进去的，而后又从正门走了出来，所以她家厨房肯定不是图九。另外，她家厨房的窗子清晰可见，所以也不是图八，图八乱得连墙壁什么的都看不见了。我在六和七之间犹豫不决……或许更接近于图七，但我们都不想再把“毛衣开衫”招来……于是，我在图六上画了个圈。

下一组图片是卧室。

“这道题你得自己填。”

为什么？

“我又没进过你家卧室。”

“你进过啊。”

“我没有。”

“你有，你就是在卧室找到我的啊。”

什么？那里竟然是卧室？她每天就在那儿睡觉吗？我仔细看着表格上的图片，没有一幅与之匹配。

“怎么了，你决定不了？”

我认真研究所有图片，嗯，她被压在书架下面，说明空间还足够大，这样一来就可以排除图九。不过那天屋子里很暗……所以我也没看清床什么的，也不知道她有没有床。我努力回想，别的没想起来，倒是想起了屋子里难闻的味道，还有天棚上垂下来的捕蝇纸。我咬咬嘴唇，斟酌了一下各个选项，最终选了图六。

“下一个是起居室，这个我真没去过。”

“但你从门口经过了啊。你从我家正门出去时，右手边那间就是起居室。”

“可是当时门是关着的，我不知道里面什么样。”

“门没关。”

“但是，那儿有很多——”哦，我看了看所有选项，图九满墙堆的都是垃圾，根本看不出是个房间。我犹豫了，当时房间很黑，我又没仔细看……于是，我直接选了图八。

图片题做完了，我接着往下读：四分或四分以上说明房间杂乱，需要介入处理。

莱蒂看着我，焦虑地问道：“我该怎么办？”

我看了看已经圈出的六和八的选项，又看了看需要介入处理几个字，安慰莱蒂道：“咱们还有别的题目，看看能不能把分数提上来。”

下面还有五道题，我看了看前两道，第一题是：如何界定东西过多或堆放不当给你造成的不便及困难等级？第一题是：如何界定你丢弃、出售、回收他人眼中的废弃之物的难度等级？

“这些题目你得自己答了，问的都是你自己的感受，我没办法帮你做决定。”

“那你就帮我读一下题目。”

我清清嗓子，心里的老鼠又开始活动，抓咬着我的左肋。我深吸一口气，大声朗读起来：“每道题目共有从 1 到 9 九个选项，1 是毫无难度，9 为极度困难——”

第一道题目，莱蒂经过一番思考，最终选了 6。“是不是因为我已经习惯了？你在我家来回走，觉得费劲吗？”

我回想起当天在她家的情形，地板上堆得乱七八糟，走到哪儿都会撞到东西，于是回答说：“嗯……”

“那好，那就选 7 吧。8 和 9 的选项，我绝对接受不了。”

我帮她把答案填好。

第二道关于丢弃难度等级那道题目，她先是选了 5，而后又改成了 6。我看了一眼她的口袋，她刚刚把空酒瓶放回了口袋，虽然垃圾桶就在旁边，她还是选择把酒瓶留了下来。她看着我，我看得出她手里正攥着那个小酒瓶。她涨红了脸对我说：“那就选 7 吧。”

我认真填好答案，在选项 7 下面画了一道。

我继续读下面两个题目："从 1 到 9，1 是毫无难度，9 是极度困难，你如何评价自己收集、积攒、购买根本不需要的东西的状态？"

"选 5。"我把答案填好，结果莱蒂咳嗽了一声又改口道："还是选 6 吧。"我把 5 划掉，认认真真地选了 6。我突然注意到自己的指甲，我的指甲该剪了。有时候，你越是不关注对方，越是容易发觉对方的一举一动。就比方说此刻，我虽然盯着自己的指甲，却能清晰地感受到莱蒂的呼吸。

"下一题，从 1 到 9，1 是毫无痛苦，9 是极度痛苦，你如何评价自己无法丢弃或处理家中杂物时内心的痛苦？"

她半天没说话，我也没抬头。我坐在那儿，手里拿着笔，盯着题目的问号，等着莱蒂的答案。我突然觉得耳朵有点痒，不过没关系，一会儿它自己就好了。

"选 8 吧。"她声音很轻。我仔细把数字 8 圈出来，还特意又描了一遍。下面只剩最一道题了。

"从 1 到 9，你如何评价杂乱堆放、积攒杂物、无法及时丢弃等行为给你的生活（包括财务、社交及家庭关系、就业或求学以及日常生活）带来的负面影响？"莱蒂有家人吗？我瞥了她一眼，她双手合十，放在膝上，低着头，手指扭在一起，像是绝望的虫子。我注意到她的指尖呈暗红色，但指甲很干净。

她深吸一口气。"选 9 吧。"她声音很轻，我甚至觉得是自己幻听出来的答案。9 就意味着非常糟糕，怎么可能是 9 呢，如果是9的话，我应该明显感受到她的痛苦啊。我想到了你，想到了你走后的自己。我低头帮她选了9的选项。

我看了一下问卷最后给出的解释。

“怎么样？我的评分怎么样？”莱蒂嗓音沙哑。

我不想回答她。

“怎么样？快说啊。我又不是纸糊的，挺得住。”

我的舌头似乎不太听使唤，最终吞吞吐吐地开了口：“以下分数说明你有非常严重的积攒破烂的习惯，需要介入处理——”

“然后呢？继续读啊。”

我看了看她的答案：7、7、6、8、9。“题目一、二、三的选项为4或比4高，题目四或五的选项为4或者比4高。”

莱蒂靠到椅背上，我不知该如何是好，只好低下头看着她的脚。她的鞋子看上去很舒服，透过鞋面看得出她脚趾的形状。

“那也就是说我是一个破烂王了。”

我抬头看着她，她苦笑地看着我。“没事的，这结果也不奇怪，真的。我家里什么样，我自己还不清楚吗？我当然知道那不正常，如果得出的不是这个结论，那才奇怪呢。”她挥了挥手中的表格，继续道，“可我就是控制不了我自己。”她扭了一下身体，“要不然你以为我为什么整天待在外面？”

我耸耸肩，“我以为你是爱看热闹、爱管闲事啊。”她哼了一声，声音很大，斯普林特机警地从地板上跳了起来。我忍住笑，一脸严肃地继续道：“你还有点不讲理。”

她仰面大笑，我看到了她牙齿的牙渍。她的笑声惊扰了落在小路上的鸽子，也逗得我合不拢嘴。她笑了半天，突然开始咳嗽不止，甚至咳出了眼泪，脸也涨得通红。到最后，我已经不知道她是在笑、在咳嗽还是在流泪了。我收回脸上的笑容，开始担心她死掉，赶紧从箱子里拿出一个杯子，在水龙头那儿接满水，跑回来递给她。她接过杯子，喘息间喝了一小口，接下来又是一通咳嗽。恐惧中我第一次注意到她眼里闪烁的光，那光或许本来就有，并非咳嗽导致的眼泪。她端着杯子，里面的水洒出来一些，不过好在还是慢慢喝下了几口。看到她没事，我这才安心地坐回座位上。

她抹抹眼睛，“我不会有事的，小家伙。”

“我叫蕾。”我提醒她。

她朝我做了个鬼脸，“我知道你叫蕾。我喜欢你，小家伙是我对你的昵称。”

“哦，那好吧。”我心里盘算着该如何称呼她以示我对她的好意呢？如果一个老太太管你叫小家伙，你该怎么称呼她呢？

“我也谢谢你，老家伙。”

第38天

星　期　二

昨晚，我因为担心莱蒂睡得一点儿都不好，这是我平生第一次替你我之外的人焦虑。我心里一直惦记着她家，那房子在我脑海中越变越大，像一头身患残疾的笨拙野兽，蹲伏在咱家隔壁。我也一直惦记着莱蒂，在那般可怜的大家伙的肚子里，她却连一个下脚的地方都没有，她晚上究竟在哪儿睡觉啊？总不会睡在外面吧？到了睡觉时间，她总还是要进屋的吧？毕竟冬天了，外面真的很冷。可是，她家里那么难闻，她睡得着吗？我回想起当初找到她的房间，那里根本不像能睡人的地方啊？市政厅的那位女士周三还会来，到时候莱蒂就得把表格交给人家，可她的综合评价是9分，这样的分数能过关吗？我左眼皮一直在跳，即使闭上眼，电视屏幕的光亮还是会一闪一闪地钻进来。最后，我终于睡着了，醒来已是黎明时分，心里也已有了主意。

我可以在“毛衣开衫”回来之前帮莱蒂把家清理干净，这样问题不就迎刃而解了吗？我们也不用做到尽善尽美，只要能证明莱蒂生活能自理就行，只要能把他们打发走就行。

天光大亮，街对面的房子被照得金光闪闪。我去敲了隔壁的门，莱蒂没在门廊，应该还在睡觉，看来她心情还可以，还能睡得着觉。半天没人开门，我把拎着的一桶清洁用具换到另一只手中，不死心地继续敲。

“你们别再来骚扰了。”回应的声音又高又尖刻。

我提醒自己不用紧张，里面还是我熟悉的莱蒂，这样想着，心情也平静了不少。

我继续敲门，终于门开了。房里的东西太多，所以莱蒂没办法一下子把门敞开，打开不足十厘米宽的缝隙就被什么东西顶住了，我想应该是一摞报纸吧。莱蒂把脸伸出来。

“哦，是你啊。”她瞄了一眼我手里的水桶，“你来干什么？”

“我来跟你一起打扫房间啊，这样那些多事的人就不会来烦你了。”

莱蒂两根眉毛揪到了一起，叹了一口气道：“你今天不用上学吗？”

“现在才六点四十五，两个小时之后走就来得及。”我还不想跟她说自己已经请了假。

“小家伙，我这儿两小时可收拾不完。”

“我们也不用都收拾完。”她挑高眉毛看着我，我假装没看见，自顾自地继续道：“收拾出大概就行，让他们知道你能照顾好自己，不需要他们介入。”

她“嗯”了一声说道：“照你的意思，咱们先从哪里干起？”

这问题我事先已经想过了，“走廊、厨房、卧室。他们肯定先看这些地方，看你吃饭、睡觉的地方干不干净。”

莱蒂一动不动地盯着我，似乎还是很不解，于是我跟她解释道：“这些房间都不大，收拾起来也比较快。”

“好吧，我明白了。”

“那？”我拎起水桶，晃了两下。

“你听我说，我可不想——”

我没等她说完就推门走了进去。

结果刚进门就被绊了一下，客厅难闻的味道一下子涌入我的鼻子和嘴，呛得我直流眼泪。那是腐败、污秽的味道，不是死人的气味，这个我知道。房间里黑咕隆咚、臭气熏天，看着眼前杂乱无章的破烂，我一时间失去了方向。门缝越来越窄，门口照进来的光被慢慢挡在了门外。

“别关门，门就开着吧！”

“你还好吧？”

“我没事，就是绊了一下。”我爬起来，那味道呛得我一直咳嗽，为了分散注意力，我强迫自己盯着门口照进来的那道光线。

莱蒂一下子消失在了黑暗中。我摸到自己带来的水桶，不敢想碰到了其他什么东西。我真该带上两大包垃圾袋。

“给你。”黑暗中莱蒂把什么东西递到我手里。

“什么啊？”

“维克斯达姆膏，你把它抹到鼻子底下。”

“为什么？”

“缓解气味。”她语气有些生硬，看来她也知道自己家里有多难闻。房间很黑，我看不清她的表情，这样倒好，彼此都不尴尬。

“你也用这个吗？”

“我不用，我已经习惯了。”我把手指伸进药膏瓶，在鼻孔附近抹了一些，当时就被呛出了眼泪，但屋子里的味道确实变小了，我也终于站起身来。

“现在，你还想帮我收拾吗？”她问。

“当然。”

“那咱们从哪儿开始，‘总策划’？”

“走廊。”

“从一进门的地方开始，有道理。”

我点点头。我之所以选择走廊还有另外一个原因，这里离门最近，所以味道也最小。“我们就从这儿开始。”我拍了拍墙根儿堆着的一摞报纸。

不到二十分钟她家的垃圾桶就满了。说实在的，要不是莱蒂不死心，扔每样东西之前都要一一确认，她家垃圾桶估计早就不够用了。我跑回家，拿来咱家的垃圾桶，回来时发现她把我扔的一半垃圾又捡回去放在了门廊。

“莱蒂！你不能这样，这样我们永远也收拾不完。”

她好像根本没听我说话，“我只是担心你把有用的东西给扔了。”

“那些都是旧报纸，上面写的什么你早就忘了。”

“所以我才想再看看啊。”

她在这儿简直是帮倒忙。我从她手里抢过一沓报纸，重新塞回垃圾桶。

“这些都是报纸，上面的内容网上也都能找到。”

“这些网上可没有，这都是以前的报纸。”

“对呀，又老又旧，都发霉了，还有什么用？快点扔了吧！”

“但是万一——”

我又抢过来一份，“你上网看看，上面的东西都能查到。我才十岁，都知道这个道理。”

她想抢回去，还恶狠狠地说了句：“不用你教我做事！你哪儿懂什么东西有用、什么东西重要。”她瞪了我一眼，好像有问题的人是我。天已经大亮，时间一分一秒地溜走，按我们现在的进度，一天下来能整理出一平方米就不错了，市政厅怎么可能让她过关？莱蒂从我手中抢回报纸道：“你以为你是谁呀？”

我抢回来，“我是真心想帮忙的人。”我毫不示弱，冲她也喊了一句。她朝后退了一步，好像怕我伸手打她似的。

我们四目相对，我是真想打她啊。

莱蒂瘫坐在一堆垃圾上，“我竟然为了一堆报纸跟一个十岁的孩子大吼大叫。”她脸上的凶狠表情终于消失了，人也温柔了许多，这让我想到咱家前院很久没浇水的花花草草，总是一副蔫头耷脑的模样。

我在她身边坐下，“这就是些报纸，莱蒂。”

“我知道。”

“你要是想查什么，我帮你上网查。这些报纸即使扔了，上面的信息我们也都能再找到。”

“可是，我没有电脑。”

“你可以买一台啊。”不过我想她家东西已经够多了，便迅速改口道，“你可以用我的。”

莱蒂点点头，“你说得有道理。”她嘴上虽然这么说，手里还是紧紧按着身前的一堆报纸。我把她的手拿开，她的皮肤柔软而干燥，跟她手底下的那些旧报纸一样。

我想起有一次你让我把旧玩具扔掉，当时你把一个大纸箱放在我的房间，让我把它装满，还说要是我不收拾，你就自己动手。那些玩具你根本就不玩了，你说得没错，何止是不玩，我连看都不再看它们一眼了，但即便如此，当我把它们一件一件放进纸箱，却感觉丢弃的不是玩具，而是儿时的记忆。那个傻傻的胡萝卜娃娃是你给我买的奇趣包里的惊喜赠品，虽然它现在只剩下一只眼睛，绒毛也都已经磨秃了，可我还是舍不得把它扔掉。我其实很少拿它来玩，只是把它放在床头，但每次看到它都能想起它是怎么来的：那天你带着我在游乐场玩了好几个项目，给我买了三个奇趣包。我因为吃了太多棉花糖，头晕晕的，乘电车回家时还差点吐了。你让我趴在你的腿上，摩挲着我的头发，快到家时你在便利店给我买了一瓶气泡水，这些我都清楚地记得。还有那只大耳朵兔子，好像我生下来它就在咱家了，我给它起名“妮妮”，她现在又旧又破，我甚至不愿意再把它放在床头，觉得它身上有股难闻的味道，还担心它生了跳蚤。可即便如此，有一次我把它弄丢了，你还是带着我绕着社区找了它整整一天。我忘了最终找没找到，只记得最后我实在走不动了，你骂骂咧咧地抱起我继续走。我知道你只是不开心，并不是在骂我。第二天，我一早醒来就发现大兔子回来了，就躺在我身边。再后来，我把它放进橱柜，虽然没再多看它一眼，但实在不忍心将其扔进纸箱。你跟我说咱们要搬家，没办法把这么多东西都带走，但我还是没办法把箱子丢掉，于是它就一直在地中间放着，放了好久。终于有一天，我从外面回来发现箱子不见了，不见的不只是箱子，还有我不常看的书、我贴在墙上的画、我的胡萝卜娃娃，还有我喜欢却已经穿不下的鞋子，统统都没了。你只给我留下了妮妮兔，还帮我洗了，只有它还躺在我的床上。我很难过，最舍不得我的那些书，不过好在不是自己亲手断送了跟它们的缘分，我只是回家后发现它们不见了，所以可以假装它们根本就没存在过，这样，我便不用对它们有任何的挂念。

“莱蒂？”

“嗯。”

“我答应你，我只把报纸扔掉，因为上面的内容网上都找得到，这样可以吗？”

她再次机警地看着我，“只扔报纸吗？”

“对，只扔报纸。”

她点点头，“那行。”话虽这样说，她的手还是不由自主地放在了报纸上。我想还是慢慢来吧，这样她好接受一些。我把报纸扔进垃圾箱，她坐在那儿一动不动，看着我，虽然没有站起来帮忙，至少没再把报纸从垃圾箱里拣出来。我想到自己儿时的纸箱，想到那天我放学后发现它已经不见了。

“我们需要更多的垃圾袋。我在这儿收拾报纸，您能不能去弄些袋子？”

莱蒂苦笑着慢慢站起身。“小家伙，你可真是老谋深算，有没有人这样说过你？”

“老家伙，我再老也没你老啊。”

她拍了我一下，不过脸上一直挂着笑。“别扔别的东西，你说了只扔报纸啊。”

“嗯，只扔报纸。”

就这样，她离开了。

她家所有的垃圾箱都被我装满了，可回收的、不可回收的，所有垃圾袋也用完了。我动作特别麻利，趁莱蒂不在，刚好可以加快进度。虽然我答应莱蒂只丢掉报纸，但扔完第一摞后我便没精力仔细确认了，一沓沓的东西又沉又脏，在我看来一点儿保留价值也没有，所以索性一起都扔了。如果她问起，我就跟她扯个谎，没必要告诉她实情。

莱蒂回来时，我已经把门口收拾得差不多了，门可以大敞四开不说，墙壁也露出了真面目。莱蒂站在门口向里张望。

"哎。"

"怎么了？"

"我都忘了我家壁纸有多丑了。"她把垃圾袋递给我：整整五包，是特别结实的那种。

"你扔的就只有报纸吧？"她语气中透着些许怀疑和惊讶，不相信只扔一样东西就能腾出这么多空间。前后的变化真的很大，光线终于可以从前门一直投射到厨房了，当然，也让我看清了厨房是何等惨不忍睹。虽然扔了很多东西，厨房还找不到下脚的地方，卫生间也是一样。我想，她洗东西用的肯定都是外面的水龙头，每次给水壶接水也是在那儿。有了光，我更加清楚地意识到自己还任重道远，我站在客厅回头看了看墙上的壁纸，心里琢磨要是把走廊清理出来，效果肯定会好一些。

我递给莱蒂一个垃圾袋。

"只扔报纸是吧？"

"对，只扔报纸。"

我们两个继续埋头苦干。

我比莱蒂的速度快很多，她要么停下手里的活儿翻翻看看，要么又把已经放进垃圾袋的报纸拿出来重新确认，一直犹犹豫豫、慢慢吞吞。我心想随她去吧，把走廊的一小堆杂物留给了她，我自己则突飞猛进地往前推进。我一直背对着她，不让她看见我都扔了什么：杂志、纸巾、压扁了的麦片盒子、塑料包装纸，等等等等。如果听到她站起身，我就赶紧往袋子里扔一摞报纸，这样她每次检查我的袋子，最上面扔的永远都是报纸。我又装了二十袋垃圾，而莱蒂才只装了一袋。面前只剩下一堆报纸了，我一捧一捧地把它们扔进垃圾袋，然后再把袋子拖到门外。她家前院本来地方就不大，现在已经堆得满满当当。我事先倒真是没想过这个问题，明天"毛衣开衫"就来了，在那之前，我们该如何把这些垃圾清走呢？她来了，看到门口堆着垃圾会作何感想？这绝对是把双刃剑，既可以说明莱蒂自己能搞定卫生问题，同时也证明了她家之前有多脏乱。还是先别想这些了，我盘算着得把地板清理出来，可肚子真的好饿啊，除了早上吃了点东西，到现在我还什么都没吃，关键还一直在做重体力劳动。我的胳膊和后背都疼得要命，嘴里残留着动物腐尸的味道，不知道回头该怎样把这味道除掉。莱蒂把她装好的那袋垃圾拖去外面，跟其他垃圾堆在了一起。

"这样就行了。"

"莱蒂，我们得把地上的破烂也清走。"

她一屁股坐在门廊的椅子上，"咱们得喝点东西歇会儿。"

她递给我一瓶姜汁啤酒，我接过来，心里却惦记着喝完的酒瓶该扔到哪儿，要知道，所有的垃圾箱都已经装满了。

“你也得吃点东西，咱们吃午饭吧？”

“我可不傻，我知道你这是在拖延时间。”

“拖延时间，这么复杂的词你都会说？你不是才十岁吗？”

我知道她是怎么想的，“你不要转移话题。”

“不过，我们确实需要吃饭啊。”

“那你去弄点吃的吧，我不拦着你。”我瘫坐在她旁边，闭上眼，长舒了一口气。

我能感觉到莱蒂在看着我，“你也得吃饭，不吃饭怎么行？”

“那你帮我带点儿吧。”我伸直两腿，“我想歇一会儿。”

莱蒂迟疑了一下，我真想睁开眼睛看看她的表情。她清清嗓子说道：“那好吧，我们休息一会儿，吃点东西，午饭后再接着弄。”

“好的，没问题。”

“你就在这儿等我吗？”

“嗯。”

“好，”她站起身，“我很快就回来。”

“好的，我真的饿了。”

她站起来，挡住了洒在我脸上的阳光。我仿佛能听到她在心里琢磨什么，“你不用上学吗？”

我没睁眼，心想她这问题问得也太晚了。“今天学校教师培训。”

“哦，你之前没说。”

“我怕你不让我进门。”

她哼了一声，我坐在原地没有动，听到她摆弄了两下什么东西，然后就走下门廊推开院门出去了。我在心里默数了三十个数，然后睁开双眼。她走了，我必须加快速度：我跳过栅栏，没时间搭理斯普林特，径直跑去咱家的工具棚，从里面拿出铲子、可回收垃圾箱还有带轮子的大垃圾桶。要想清理出莱蒂家的地板，办法只有一个，而留给我的时间已经不多了。

我之前已经觉得浑身哪儿都疼了，可待我把她家走廊的破烂铲走一半，才真正明白什么叫疼痛难忍。可我不能停，她很快就会回来，她回来前要是我没弄完地板，肯定不会让我继续搞下去，一定会查看我都扔了什么东西，每样都得经过她的同意。我尽量不去看自己都铲起了什么东西，之前我还以为敞着前门房间里的味道会小一点儿，万万没想到会适得其反。空气流动让难闻的味道越发刺鼻，又或者是我用铲子铲到了什么腐烂的东西。我并没打算把莱蒂家搞得空气多清新，毕竟每家每户都有独特的味道，这或许就是属于莱蒂家的味道。我在鼻子下面又搽了些维克斯达姆膏，然后硬着头皮继续干活。我把铲起来的东西倒进垃圾桶，为了腾出更多空间，还使劲向下按压几下。我继续铲，继续倒进垃圾桶，继续重复相同的操作。我不去想自己都扔了什么，也尽量不去直视，在我的努力下，露出的地板越来越多。我一直铲啊铲啊，手上磨起了水泡，两条腿也疼得要命，但我没空心疼自己，继续拼命清理。垃圾箱满了，我把它拖回咱家门口，剩下的垃圾我统统扔进了可回收垃圾箱。终于，只剩下最后一铲垃圾了，我把它倒进垃圾箱，一切搞定。我把这个垃圾箱也拖回到咱家门口，将其与之前那个沿着路缘石整齐排好，并尽量与莱蒂家的垃圾箱保持一段距离。我带着铲子回到莱蒂家，开始处理她积攒多年的宣传单。我忙得正欢，听到身后她回来了。

“你干什么了？”她声音低沉，语气透着不满。这让我心里的老鼠再次出来作祟，它开始撕扯我的胃，腐蚀我的五脏六腑。

我紧张地咽了一口唾沫，“我把走廊收拾了一下。”

“我的东西呢？”她放慢语速，每个字都说得特别慢，好像我耳朵听不见似的。

“我扔的都是垃圾。”

“你根本就不知道你扔的是什么。”

我又累又热，浑身脏兮兮的，从早上六点到现在都没吃东西，刚刚那一会儿工夫我就帮她清理了四十三铲垃圾，我是在帮她啊。

“我当然知道我扔的是什么，都是没用的垃圾。”我语气强硬，这么大声跟她说话，我自己也吓了一跳，但我还是管不住自己的嘴，“都是些破烂，都腐烂了，破瓶子烂罐子、用过的纸巾、破抹布、破垫子、破塑料袋、打包盒、一次性勺子和筷子、垃圾信件、死蜘蛛、皮筋套、破钢笔、长了毛的水果，甚至还有老鼠屎，好像还有一只死猫。死猫啊，莱蒂！”我心里的老鼠抓了一下我的肋骨，疼得我说话都破了音。我咽下胃里涌上来的酸水，继续大喊道，“一只死猫，脏兮兮的，上面扣着一个纸盘子。”我越说越激动，声音颤动，我从未见过这样的自己。“你怎么能把这些东西放在家里，简直是疯了。”

“猫？”

“没错，是猫！”我气喘吁吁地应道，“死了的，死了的猫，死了的。”我一直重复“死”这个字，想停也停不下来，“死了的。”我走到她身边，身体在发抖。我咬住自己的舌头，强迫自己停下来。我想找个地方坐下来歇会儿。

“你找到我的猫了？”

我捂住脑袋，尽量不去想咱家仓房，也不去想那只死猫僵硬的尸体。这真是个天大的错误，我苦哈哈地干了一整天，结果却只收拾出了走廊，关键是这个疯老太太还不买账。我心里盘算，我就坐下来歇一小会儿，等我有力气站起来就立马回家，让她自己对付市政厅的人吧，就算她被撵出家门又跟我有什么相干。到时候，市政厅的人处理她家的垃圾都忙不过来，肯定没空理会咱家，进过她家的人，鼻子就都失灵了，估计也闻不出你的味道。我一开始就不该掺和到这里来，她又不是我的什么人，我又不需要她臭气熏天的房子！她自己惹的麻烦，让她自己去收拾吧，关我什么事？

“你找到我的猫了？”她把手中的塑料袋放到门廊的箱子上，里面装着越南法棍面包。我瞥了一眼她的脸，她面色苍白，眼睛睁得老大，鼻子两侧的血管特别明显，像是用笔画上去的。“你找到史泰龙了？”

“谁？”

“我的猫。我一直以为它跑了，没想到它——”她一脸惊恐。

我不知道该说什么，扭头望向咱家，看着那个装着死猫的垃圾箱。我想起我铲起那只死猫时好像什么东西闪了一下。“它脖子上戴着什么亮亮的项圈吗？”

她用手捂住脸，“哦，上帝啊。”

我抬起手，想摸摸她的头，但我没有。我把手收回去，塞进上衣口袋。箱子上摆着面巾纸，我蹲下来递给她。她接过去，攥在手里，点点头。于是，我们两个安静地坐了下来，周围一个人也没有，只有我们两个，还有满院的垃圾袋。

“诶？怎么回事？你们怎么有这么多垃圾？”

又是那孩子。奥斯卡骑着他闪亮的绿色自行车停到前门，脸上的表情像是在开玩笑。

“少管闲事。”莱蒂和我异口同声地答道。

他似乎很受伤，“我只是问一下，至于的吗？”

“你来这儿干嘛？你难道不该去上学吗？”

“都四点了，学校早就放学了。”

什么？再过一个小时天就黑了，我们还没想好怎么处理这些垃圾袋。我看着自己拎过来的水桶，里面的清洁剂还没来得及用，就连窗子都没擦一下。

我站起身。

他指着我，惊讶地问道："你怎么了？"

"什么怎么了？"

"你的腿啊。"

"腿？"

"在流血。"他尾音上挑，像是在提问，流露出来的语气像是在跟一个傻子说话。

我低头一看，他说得没错，我膝盖以下的裤腿被血染红了一大片。

莱蒂温柔地把我拽回到椅子上，"我都跟你说了别碰那个甜菜罐子，沾上这个红色根本洗不掉。"

我困惑地看着她，她朝我挤挤眉，瞥了一眼奥斯卡。"哦，是啊，对不起，"我看着奥斯卡一脸担心的表情，内心却十分恼火，"我没受伤，奥斯卡，我和莱蒂聊天呢，所以……"

"哦，那好吧。"他骑着车走了。莱蒂和我坐在门廊没有动，直到他骑出我们的视线莱蒂才轻轻拉起我的裤管。膝盖下面划了一个口子，不是很长，但鲜血还在一直往外流。我看着自己的伤口，顿时觉得后背也火辣辣地痛。

"妈的，"莱蒂一脸担心，这反倒让我更加难受了。"你是怎么受伤的？你自己都没注意吗？"

"我一直忙着收拾，想赶在你回来之前把东西都收走。"我上气不接下气地说。

“咱们得去看医生了，小家伙。”

“不，我不去。”

她坐回到椅子上，看着我的脸。“首先得消消毒，”她看看自己的房子，“我家没有消毒药水。”

“我家有碘伏之类的东西，我自己抹上就行。”我站起身。

“那也行，来，我帮你。”

“不用，我自己可以的，就是一个小口子，没事的。”我走下门廊，走过一袋袋垃圾，它们像是打了败仗的士兵，忧伤地排成了一列。走廊算是清理出来了，但地还没有擦，其他房间还一点儿也没动，房间里的味道站在门外都闻得到。我之前竟天真地以为我们一天就可以搞定，简直太蠢了。我指了指那些袋子说：“这些你得在明天前清理走。”

“蕾。”

“我没事，莱蒂，真的没事。你自己能把这些处理掉吗？今天晚上有人收垃圾吧。”

“当然，你别担心我了。你的腿，自己一定要弄好啊。”她忧心忡忡地抚了抚我的肩膀。

我点点头，准备离开。

“嗯，蕾……”她清了清嗓子，看了我一眼，然后又盯向别处。“谢谢你，小家伙，非常抱歉刚才我……”她朝我挥挥手，我不太确定她想说什么，是关于那只死猫吗？还是她一屋子的垃圾？又或是她自己？其实她也不用多说，有些事本来就不言而喻，不用说得太明白。

“没关系。”我走下门廊。

“我们能过关吗？”

她语气中透着对我的担心，我微笑地看着她，“我们肯定没事的。”

她扶了一下我的胳膊。“谢谢你，小家伙，谢谢你为我所做的一切……”她指了指眼前一袋又一袋的垃圾，“谢谢你帮我。”

“不客气，老家伙。”

她给了我一个大大的微笑，目送我一瘸一拐地往家走。我推开咱家院门，抬头看了看北边方向，奥斯卡正站在自家门口朝这里张望，我假装没看见。

我越往家门口走，越感觉到伤口的疼痛，那痛好像积攒了许久，终于找到时机爆发了一般。我费了好大劲才把钥匙插进锁孔，我知道莱蒂一直看着我，多事的奥斯卡估计也还没进家门。我挺直后背，胳膊的紧绷感好像缓解了，只是手指还不听使唤。我终于打开房门，斯普林特在后院朝我大叫了两声，我轻轻关上房门，低头看着自己的腿。鲜血染红了我的鞋子。那伤口也怪，不知道受伤的时候也没感觉到疼，现在却一下子疼得让人无法忍受。我记得之前有一次，我脚踝剐在铁丝网上，也剐出了一道口子，我疼得直哭，你坐在我身边搂着我，跟我说别害怕，告诉我说不会截肢的，但保险起见，我还是要让你看看伤口的情况。然后，你把我抱进屋，当时我已经是个大孩子了，可你还是愿意抱着我。

你帮我处理了伤口，先是消了毒，然后贴了创可贴，还拿来冰袋帮我冷敷，让我把腿放在小板凳上，最终又帮我泡了一杯热甜茶。

现在的我又渴又累，从早饭到现在我什么也没吃，我会不会流血不止，最终孤独身亡啊。我靠着墙坐下，轻轻地脱掉鞋子。好痛啊。

我多希望能喝上一杯热甜茶，多希望有人能抱我去卫生间帮我处理伤口，多希望家里灯火通明，暖气也烧得热热的，而且有人已经为我准备了餐食，多希望有人告诉我，我不会流血不止，更不会孤独死亡。我多希望你能回到我身边，多希望你能替我做所有的一切，告诉我把裤子脱下来，告诉我只脱掉鞋还不够，多希望你把我抱进卫生间帮我处理伤口。

咱家的走廊阴森森的，斯普林特使劲敲打着后门。我浑身哪儿都疼，像有蜜蜂在我体内不断地蜇我，让我疼痛难耐、心烦意乱。我把鞋甩到对面墙上，虽然光线昏暗，我也清晰地看见它在墙上留下了一个血印子。难道老天是嫌我今天做的清洁还不够多吗？我把另一只鞋也扔了出去，不知落到了厨房的哪个角落，好像还砸到了什么东西。我疯狂地扔东西，你的靴子、我的运动鞋，还有斯普林特的狗绳，扔到哪儿算哪儿，我无所谓。我一个人流着血坐在地板上，这一切你全都就不在乎，我使劲跺了跺脚下的地板，疼痛冲上小腿，一路向上，涌进我的脑袋。我一遍又一遍地跺脚，直到受伤的腿动弹不得，直到我自己气息奄奄。

可你还是不出现。

我坐在墙边，头倚靠着墙壁。天已经彻底黑了，我盯着对面的墙，墙上的鞋印已经看不见了，斯普林特在后门一直哼哼唧唧，我扶着墙站起来，一瘸一拐地走去卫生间，身后留下了一串血印。

我不知道是不是失血过多影响了我的脑子，脑子好像突然清净了许多——身体里的蜜蜂飞走了，疼痛也有了缓解。我打开面盆上方的柜子，拿出碘伏，整个过程手一直在抖……我不知道为什么会这样，我的脑子明明很清醒，我差点笑出声来。我的胳膊和腿都麻酥酥的，像是舔了电池的触电感觉，可我的心却跳得很慢、很稳，血液一股接着一股地涌入胸膛，伤口也随之一张一合。我的大脑很清醒，没有任何胡思乱想。我坐在浴缸边，把腿搭在外面，血染红了浴缸的外壁。我想把裤腿挽起来，但裤腿上沾满了血，很沉，即使好不容易挽上去也会马上滑下来。看来，我只能把裤子脱掉了。我站起身，先脱掉受伤腿的裤腿，再把另一条裤腿也拽了下来，然后把裤子随手扔进浴缸，发出啪嗒的声响。莱蒂家的味道一直留在我的鼻子里，除了她家的味道，鼻子里好像还多出一种黏糊糊的动物味道，估计是我自己身体发出的气味。

我把花洒拽过来，朝着腿部使劲冲水，蜜蜂蜇咬的刺痛又回来了，疼得我龇牙咧嘴。热水把血冲下来，血水打着旋儿在浴缸里流动，碰到里面的裤子，拖着它一点一点流向下水口。我赶紧把裤子钩住，拖到一边，看着釉面上又留下一道血印。伤口还没封口，但流血已经少了很多。我把花洒放下，低下头仔细打量腿上的伤。我用拇指和食指把伤口分开，那钻心的疼痛害得我耳朵嗡嗡直响。伤口里面的肉是粉红色的，伤口没我想象的大，这么小的伤口竟然会这么疼，我真的没想到。伤口应该清理得差不多了，但我觉得还不够，于是拿过花洒，打开水继续朝伤口滋水，再次感到钻心的疼痛。除了疼痛，我的大脑一片空白，终于，我松开手指，水花竟溅到了我嘴里。这回应该差不多了。关掉花洒的那一刻，我恍惚觉得你就坐在我旁边，甚至感觉你的手指正轻轻划过我的后背。我慢慢呼吸，拿起碘伏，拧开瓶盖，一只手扒着伤口，另一只手把药水倒了上去。

等我重新恢复意识，我发现自己坐在浴缸里，身下坐着带血的裤子，内裤都被浸湿了，手里还捏着那瓶碘伏，碘伏在我腿上留下了一道道黄不啦唧的痕迹。小腿一跳一跳地疼，我颤抖地抓起毛巾，把腿上的水擦干，尽量不要碰到伤处。伤口彻底消了毒，它正张着嘴看着我。我之前看过一档手术节目，用我的有限经验判断，我的伤口应该要缝针，要不我就自己缝吧？我想了一会儿，便把受伤的腿拖出浴缸，从水槽下面拿出急救箱。

我从急救箱里找出蝶形闭合条，之前我曾给你用过，也是在浴缸这儿，你当时还说我做得很好。后来，你的伤口真的愈合得很好，结痂脱落后只留下一道细细的银色痕迹，在你戴手表的位置，不仔细看根本看不出来。其实，所谓很好，其实还是不够好。我拿出一个蝶形封闭条和一卷消毒绷带，用它们把腿上的伤口仔细封好，一共用了五个封闭条，伤口被我盖得严严实实。不知道是不是因为看不到了，伤口似乎不那么疼了，只是偶尔隐隐作痛。

就这样吧，我抬起头，看来我处理得还不错，不是一般的好，简直堪称完美。

我看着身边的一片狼藉，好在流血事件主要发生在浴缸附近，收拾起来应该不难。我给浴缸加满水，把裤子泡在里面，然后用毛巾把地上的水擦干，还擦了过道和墙上的水，而后随手把毛巾也一起扔进了浴缸。终于收拾完了，我把斯普林特放进屋来，给它喂了狗粮，然后整个人便瘫倒在沙发上。后背好痛，不止后背，我浑身哪儿都痛，眼睛也火辣辣地疼。这一天实在太累了，我闭上了双眼。

第39天

星期三

闹钟响了我竟然没听见，就连斯普林特舔我的脸我都没有醒。一睁眼，我发现天已大亮，第一节课早就开始了，我甚至错过了网上请假的时限。

突然，你的电话响了，我的心先是一紧，紧接着沉到了脚底。

你的手机连着充电器，在桌上一直闪，对方完全没有挂断的意思，耐心地等着有人接听。

我的胃开始翻腾，舌头也开始不听使唤，好像比之前大了一圈，一直磕碰我的门牙，或者是我的嘴变小了，已经容纳不下我的牙齿和舌头。我及时冲进卫生间，俯在马桶上不断往外呕吐酸水。

我想要妈妈。

电话铃声终于停了，我的呕吐也算告一段落。我趴在坐便器上，塑料质地的马桶圈贴着我的脸，冰冰凉凉。我的呼吸逐渐放缓，手也不再发抖。

房子里寂静无声，家里空荡荡的，什么也没有，仿佛成了一个空壳。突然，我耳边传来斯普林特爪子敲打地砖的声音，它也跑进了浴室，把鼻子凑近我的脸，我感受着它湿乎乎的呼吸。

我坐起身，靠着斯普林特。它的身体随着呼吸来回晃动，像儿时摇动的摇篮。

自从你走后，你的手机从来没响过。虽然我每天都给它充满电，可整整三十九天过去了，它从来没响过一声，一声也没有。

我是唯一知道你离开的人。

应该是吧？

刚刚有人打来电话，不知找你何事。别的事我自己都能搞定，但这件事却难倒了我。

我洗了脸，收拾完厕所里的残局，然后穿上衣服，喂了斯普林特，自己也吃了点早饭，全程我都不敢靠近你的手机。我仿佛听到你在揶揄我：怎么？难道你怕它咬你不成？

时钟显示是上午十点，桌子上的手机还在一直闪。

我一点儿一点儿靠近，手机侧方的小灯仿佛有话对我说。我俯下身，轻触屏幕，上面显示出一条提示：你有一个未接来电。

蕾的学校。

寂静又开始嗡嗡作响。

我盯着那几个字，看了半天。

屏幕终于黑了下来。

斯普林特舔着我的脚踝。

莱蒂，我心里有了一个坚定的答案，莱蒂可以帮我。我梳好头发，又洗了一把脸，对着镜子告诉自己不要紧张。要做到沉着冷静，泰然自若，我耳边响起你的声音。我挺直后背，把手机塞进口袋。

莱蒂一定会帮我的。

一袋袋垃圾仍然堆在莱蒂的前院，不过门廊已整理得很干净，房门半开着。莱蒂的家门竟然能打开了，这是多大的进步啊，我内心的不安似乎有所缓解，还感到一丝温暖和明媚。这都是我的功劳。

“莱蒂！”我微笑着进了门，不小心撞到了什么人的后背，一瞬间还闻到一股玫瑰花的芬芳，那人肯定不是莱蒂了。

“哦！”那人转过身，脸朝向我，那面孔我有点陌生——但那毛衣开衫我倒十分熟悉。她从鼻梁上摘下眼镜，因为镜腿上拴着细链，眼镜直接挂在了脖子上。她盯着我看，我也看着她，那张脸圆圆的，看不出一点儿刻薄，倒还有几分温柔，法令纹像两个括号分挂在嘴两边。她抿了抿嘴，两个括号看上去像是要发脾气似的。

“你好，你是谁呀？”她笑着问我，眼角挤出了几道皱纹。她平时可能经常微笑，所以笑纹有点明显。

我退后两步，撞到身后的门框，撞得我肩膀好痛，心也再次揪到了一起。我把手背到身后，使劲捏着手指，告诫自己不要胡思乱想。

“莱蒂在吗？”我的声音有些发抖。

“我在啊。”莱蒂走出阴影，来到光亮的地方。

“这位是？”市政厅的女士转头问莱蒂，脸上写着惊讶。

“这是蕾，我隔壁的邻居。她和她母亲一直很照顾我。”她转过头看着我，目光前所未有的警觉，“是吧，蕾？”

“我——”

“你看到前门开着，所以想进来看看，是吗？”她的话虽然不中听，但始终面带笑容，不过目光始终警觉，我熟悉类似的状况，知道该如何应对。

还还等我没说话，市政厅的女士倒先开了口，“她家不是你帮忙打扫的吧？”她一边说一边瞥了一眼我受伤的腿。肯定是奥斯卡告的密！

我心里开始发慌，不过这一慌却仿佛拖住了时间的脚步，让我可以好好想想对策。我看着那位女士的眼睛。“怎么可能？开玩笑吧？莱蒂从来不让任何人进门。”我没看莱蒂，不错眼珠地盯着市政厅女士，不过余光还是能感觉旁边的莱蒂松了一口气。

“是真的。”莱蒂盯着市政厅女士，那女士却依然盯着我不放。

“你不是该去上学吗？”

“我生病了。”

“你看上去挺好啊。”

“我有点感冒。”

“你几岁了？父母在哪儿？”

“我十二岁。”我这谎撒得毫不费力。“我妈妈出门了，她已经在家陪了我一个星期，出门前跟我说如果我有什么需要，可以来找莱蒂。莱蒂，我妈妈走之前跟你说了吧？”这次换我警觉地看着她了，这是她欠我的。

莱蒂挥手应道：“当然，当然，她跟我说了。她说你会睡一上午，不过可没说你会到我这里瞎转悠。我看你也好得差不多了，应该可以去上学了。”她上下打量着我，眉头紧锁，“用不用我给她打个电话？”

“不用了，我来你这儿是因为我家没有手纸了，想跟你这儿拿点。”我环顾周围，装出一副第一次进门的惊讶表情。我瞥了一眼市政厅女士，又看了看莱蒂。“不过，你家这会儿好像有客人，我还是直接给我妈妈打电话，让她回家时买点吧。”说完，我准备转身离去。

身后，市政厅女士先开了口，但莱蒂的音量完全压过了对方。“肯定是去看电视了，现在的孩子都这样！生点小病就不去上学了。她妈妈就是对她太温柔了，平时还带她去三个体育课外班，你能想象吗？三个！过于呵护了，培养出了一代胆小鬼！”

我径直走到门口，本来想用老太太的方式朝她微笑的，但心里一直惦记着口袋里的手机，完全笑不出来。时间一分一秒地流逝，学校过不了多久又会打电话过来。我进了家门，听到莱蒂还在那儿唠叨，市政厅女士执意要问她问题，要跟她约一个时间，可莱蒂根本不理这茬。

我着实不知道该怎么办了。我把斯普林特放去后院，让它解决了三急问题，而我自己，则跑回到沙发上躺了一会儿，心想等它挠门我再起来给它开门。它的确过了好一阵子才进来，我带着它走去你的房间，双双在窗边坐下，静静看着外面事态的发展。

我听见她们在说话，但具体说了什么我听不清。再后来，窗外传来开门的声音，然后是关车门和开车的动静。市政厅的女士终于走了，我趴在窗玻璃上，想看看莱蒂是否还在门廊。

谁承想，她正站在栅栏的那一侧朝我这边张望，吓了我一大跳。她微笑地看着我，“小家伙，你可以过来了，她走了。”

我套上你的外套出了门，斯普林特紧跟在我身后。我把咱家垃圾箱拽回咱家院子，把她家的拖进她家院子，停放在一堆垃圾袋中间。

“刚才是什么情况？”我抬抬下巴，指着车离开的方向。

“她说了，不管我个人什么意见，他们一定得派人帮我把家里的垃圾清走。”

“那你是什么意见呢？”

“我？我当然不想让他们派人过来了！”

我点点头。

莱蒂把头歪向一边，看着栅栏边的一袋袋垃圾继续道："当然不想，不过倒也不是完全不想，他们要是能帮我把这些垃圾运走，我还是很愿意的。"

我点头表示明白。

"可我不想再扔别的东西了，家里的壁纸太难看，露出太多我会受不了的。"

我可没心情听她开玩笑。

"你来找我做什么？"莱蒂坐在门廊的椅子上。

"你说什么？"

"你刚才从我这儿落荒而逃，脸上的表情告诉我你有事找我，虽然摆脱了市政厅的问讯，但我一看就知道你心里还有事情。"

"我——"

"咱俩都不愿意被人过多关注。"我尽量回避她警觉的眼神，听着她继续唠叨，"我老了，没办法，但我不想让一个孩子跟我忍受一样的煎熬。快说，到底怎么了？"我耸耸肩，没有应答。"看吧，我就说了，你也不愿意被人关注。"她瞥了我一眼，眼神像喜鹊一样凌厉。"你来找我有事，但看到有人就被吓跑了。现在人走了，你可以说了，到底什么事？"

我觉得自己得坐下来，一只手扔插在口袋里，捏着你的手机。我感觉有点恶心，可能是因为一直惦记着手机的事，担心还没来得及跟莱蒂解释清楚，电话就再次响起。我究竟该怎么做？说服她，跟她撒谎？我还没想好，我本以为自己不用拐弯抹角，现在想想，我到底要不要坐下来跟她说明来意呢？

“快坐下，你都把我搞紧张了。”

我坐下来，斯普林特把脑袋放在我的腿上，棕色的眼睛盯着我的脸，朝我挑了挑眉毛。看着它，我觉得自己稍微放松了一些。

“快点说吧。”

“我想让你帮我打个电话。”我努力正视她的目光，却抑制不住暗藏的心虚。于是，我转移眼神，盯着斯普林特的脑门，还帮它挠了几下，斯普林特开心地舔着我的手腕。我清清嗓子再次开了口：“我想让你帮我给学校打个电话，跟他们说我生病了。”

“你看上去挺好的啊。”

“我确实没生病，可是我睡过头了。”我本来想跟她说我早上吐了，或者说我腿疼，走路不方便，但我想想还是算了，“我醒来时已经过了网上请假的时限，只能让家长填写请假单或打电话去学校请假。”

我没抬头，却能感觉到莱蒂盯着我的眼神。“你想让我帮你打电话请假？”

我点点头。

她咽了口唾沫，靠到椅背上，椅子在她身下发出吱嘎的响动。她两腿交叉，随即又分开来。

我真后悔，当初竟想找她帮忙？我快速站起身，把斯普林特撞了个跟头。我低头盯着莱蒂的脚，“没事了。”说完便朝大门口走去。

“我打电话说自己是谁啊？”

我停住脚步。“你说什么？”

“如果我帮你打这通电话，我跟学校说自己是谁呢？”

我耸耸肩。

“嗯，这个，我还没想过。”

我早就知道这办法根本行不通，我一边想一边往家走。

“我想问你，我要是帮你打这个电话，为了让对方相信我，我必须要装成你的什么人，我装成谁呢？”

我停住脚步，“你愿意帮我？”

“嗯，你昨天帮了我那么大一个忙，我想还你这个人情啊。我本来想给你买份保险，万一你的腿感染了，需要截肢，有了保险你下半辈子才有着落。不过，多为你做点事也无妨。”我偷偷看了她一眼，老太太正自鸣得意地笑着看着我，脸上一扫往日的刻薄。

我的视线一下子模糊起来，低头盯着自己的鞋，尽量不抽搭鼻子。“你真的愿意帮我打电话？”我声音沙哑。

她伸手在上衣里摸索，掏出一部手机。“你有号码吗？”

我看着她。

“到底有没有啊？”

我把你的手机递给她，“你最好用这个手机打。”

她表现得很好，简直比你还要像你。

“……非常抱歉，我们整夜都没睡，早上带她去了医院，忙得忘了给您打电话……不是什么大事，估计一天就能好，但稳妥起见，我想让她明天再休息一天，我看她还挺难受的。嗯，好的，谢谢您，那回头见。”

她把手机递给我，朝我做了个鬼脸。“快把嘴闭上吧，等一下苍蝇都要飞进去了。”她指了指箱子上的水壶，“接点水，咱们喝点什么。”她笑着看着我，“你病了，得多点喝水。”

热巧渐渐温暖了我的心，让我郁结的情绪慢慢疏解开来。我望着咱家门廊，不知为何，今天那明黄色和亮粉色的坐垫看起来格外别扭，花盆里的花又得浇水了，叶子都蔫了，看上去一点儿生气也没有。

“你妈妈去哪儿了？”她说这话时语气非常随意，好像问我当天的天气一般，但眼神却始终没离开我的脸。我怎么没事先想好这个问题的对策，她当然会问我啊，我一个十岁的小孩，为什么要隔壁老太太帮我请病假？她看我的眼神仿佛在说：“我又不是个瞎子。”

我思忖着，她或许已经发现了什么端倪，毕竟她家就在隔壁，或许早就留意到你一直不在家，早上看不到你上班，晚上也见不到你回家。我得跟她说什么才能让她信服呢？她看着我，我回道，“她出差了。”

莱蒂没有很惊讶，“那她没找个人过来替她照顾你？”

我想了想，决定还是实话实说，“没有。”

“嗯，”她点点头，喝了一口茶，继续道，“她好像走了有段日子了。”她的语气依旧很随意，仿佛我是只弱小的动物，生怕惊扰到我似的。她往自己的茶杯里多加了一些糖，我极力保持正常的呼吸，看着她自然的表情，我捏着杯子的手也放松了不少。我一直盯着她的嘴，心脏怦怦地跳，声音充斥着我的耳朵，我真担心如果不看着她的嘴，根本无法判断她是不是在跟我说话。

我呷了一口热巧，很烫，半天才咽下去。我强迫自己问了她一个非常害怕知道答案的问题：“你不会告发我吧？”

她哼了一声，“我跟谁告发？你以为我愿意把市政厅的人再招来，让他们对我的生活指指点点？”

我心里紧绷的弦终于松开了，一下子反倒不太适应，觉得头晕目眩。我把杯子轻轻放到箱子上，把两手塞到屁股下面。斯普林特晃了一下身体，毛茸茸的屁股坐在我的脚上，我希望它的气喘吁吁能掩饰我紧张的颤抖。

“反正，你如果需要帮忙，就过来找我。不过，你妈妈的做法我不太认同，怎么可以把一个九岁的孩子——”

“我十岁了。”

“好，知道了，对不起。怎么可以把十岁的孩子一个人留在家里？但是，话说回来，我也知道，她作为单亲母亲一定有很多难处。”

我想你会认同她的话，但我不想过多地考虑你的事，于是强迫自己关上了思想的闸门。“你为什么给我多请了一天假？”

莱蒂举着茶杯给了我一个大大的微笑，“你需要好好放松一下，精神上的放松。”

我终于把嘴里的热巧咽了下去。斯普林特又把它的大脑袋搁在我的腿上，还碰了碰我的胳膊。我把手从屁股底下抽出来，给它挠了挠鼻子。我知道莱蒂在等着我的回答，老实讲，我明天是想去上学的，今天在家待一天已经感觉很漫长了。“谢谢你。”

“你好像不太高兴啊。”

“我喜欢上学。”

“那你还不早点起床。”她的表情再次严苛起来，我感觉她生我气了。

我拿起杯子，喝了一大口热巧，啊，好烫啊。我咳了起来，眼睛火辣辣地疼。

莱蒂拿起茶匙，在杯子里搅了两下，我听着金属磕碰陶瓷的清脆声音，那声音欢快得令人嫉妒。她甩了甩茶匙上的茶水，用衣角把残留的水渍擦干，然后又把茶匙放回到大杯子里。她靠到椅背上，抬起头对我说：“不管怎样，你多休息一天总没坏处，可以好好养养你的腿。”

“嗯，好的。”

“我可不想给自己惹麻烦，万一你的腿有事，别人该说是我把你累伤的。所以你就再多休息一天吧，行吗？”

我除了同意还有别的选择吗？我瞥了她一眼，希望她不要看出我的真实想法。我喝了一小口热巧，耸耸肩膀表示同意。

“我们可以出门去郊区转转，呼吸一下新鲜空气。”

我想象着自己在寒风中跟着一个老太太在乡间泥泞的牧场跋涉，光是想想，都觉得可怕。

“你也可以把斯普林特带上。”

“怎么去？”

“我开车。”

“你有车？”

“是啊，我有车啊。”

我知道她家没有车库，“那你把车放哪儿了？”

“那边白色的那辆。”她指了指街道对面。

我顺着她手指的方向望去，那里有一辆红色的城市越野、一辆白色的老货车，除此之外还有几辆比较常见的车子。

“那辆老货车吗？”

“我说了，是轿车。”

那里的确有一辆白色的轿车，是一台闪闪发光的丰田普锐斯。

“那辆车是你的？我一直以为是别人的。”

“你为什么那么惊讶？”

“因为那辆车……闪闪发光的。”

“特别闪亮，是吧？”她似乎颇为欣慰，“那车是我儿子买给我的。”

她竟然有儿子？我尽量控制自己惊讶的表情，强装冷静地问道：“他叫什么名字？”

“克里斯多夫。你明天身体没事的话，咱们就出门，我可不想在这儿等着市政厅的人上门。你的大狗，我车的后座它应该能坐下。咱们开车出去转转怎么样？”

她微笑地看着我。

仔细想想，跟她出门似乎也没那么可怕，于是我微笑着点头回应。

莱蒂一口气把茶杯里的茶喝光，砰的一声把杯子放在箱子上。“那咱们就这么愉快地决定了！”

真想不到，我竟然要跟着莱蒂开车出去玩了。

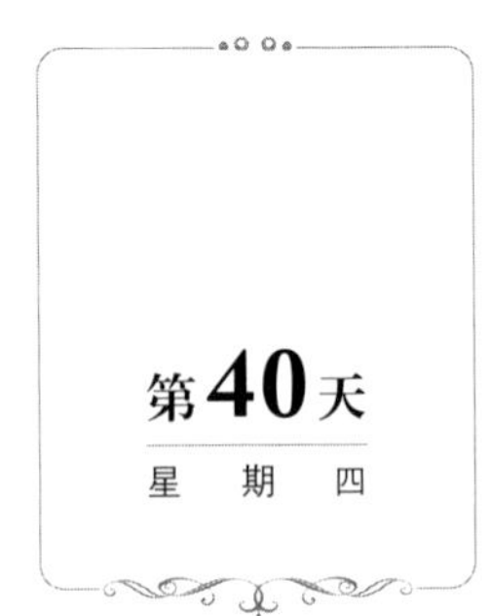

第40天

星　期　四

莱蒂的车子干净得有点诡异，与她家简直是天壤之别，连一丝难闻的味道也没有。我打开后门，琢磨着该不该让斯普林特直接跳上后座。

“快点上车啊！”莱蒂坐在驾驶位上，已经系好了安全带。

斯普林特看着我，使劲地摇尾巴。我犹豫片刻，觉得还是应该在后座铺上个大毛巾什么的。

“怎么了？”莱蒂扭过头，又开始眼露凶光。

“你这车子太干净了……”

“这有什么可大惊小怪的，快点让它上车，咱们赶紧出发！”

斯普林特兴奋地跳上车，坐在后排的中间位置，把头探到前排的座椅中间。

我爬上副驾驶的位置，莱蒂身上还是带着一股她家里的味道，不过我觉得自己已经适应了，不像之前会有反胃的反应。她嘱咐我系好安全带，检查了一下后视镜，然后就带着我们出发了。汽车的隔音效果很好，载着我们一路朝西城门驶去。

出了城我才想起问她究竟要带我去哪儿。

“我先卖个关子。”莱蒂笑着对我说，眼角挤出了好多皱纹。

“很远吗？”

“嗯，得开几个小时。”

她留意到我瞥了一眼后座的斯普林特，安慰我说：“不用担心，我们可以随时停下来让斯普林特下去方便。”她打开广播，里面播放的是古典音乐。“一路上风光很美，我们不着急，慢慢开。你也踏实地坐着，好好看看窗外的风景。”

其实我不太听古典音乐，不过坐在车上听音乐的感觉很好。我望着窗外，莱蒂专心致志地目视前方，我可以随心所欲地无所事事，没有任何人盯着我。我望着一片又一片牧场从我们两侧退去，而后渐渐地消失在远方。

突然，车速慢了下来，我从睡梦中醒来，“我们这是到哪儿了？”

“蕾，我得喝杯咖啡提提神，你要喝点什么吗？”

我摇摇头。

“那你们就在车上待着吧。”车门砰的一声关上，我模糊地记得她回来后让斯普林特下车放了会儿风。我太困了，好不容易睁开眼，看了一眼窗外，斯普林特正在朝着一棵小树撒尿。

接下来，我这侧的车门被拉开了。

“你下来。”

“干什么？”

“让斯普林特坐前面，这样你可以到后面好好躺着睡觉。”

我没有争辩，的确想躺一会儿。没过多久，我就踏踏实实地睡了过去。这种感觉真好，不用时刻保持警惕，路途虽然颠簸，心里却非常踏实。我睡得很沉很沉。

再次醒来时，我们进入了一个绿色的梦幻世界。我从后排座椅上坐起来，头晕晕的，外面的树全都湿漉漉的。斯普林特坐在副驾驶的位置，莱蒂给它也系了安全带。它发现我醒了，扭过头来，朝我挤挤眉，看起来特别平静，不知道的还以为我们俩天天坐车出来玩呢。

“睡好了？”

“嗯。”

“那太好了。”

我揉揉眼睛，“我们这是到哪儿了？”

“距离罗恩还有一个半小时。”

“不是吧？”我指着车外的绿色世界问她说：“那这里是哪儿啊？”

莱蒂笑着回答说：“奥特韦雨林。”

“我们在雨林吗？”雨林不都在热带吗？距离我们住的地方

开车至少两小时……

我望着窗外，天色昏暗，不是因为天黑，而是因为植物过于茂密：高大的乔木、巨大的蕨类，还有其他各种植物——枯败的、蓬勃的——全都纠缠在一起，真是横柯上蔽、在昼犹昏。在这庞大的绿色世界的衬托下，我们脚下的路显得无比渺小，鱼儿在浩瀚的海藻森林里遨游时，应该就是这种感觉。车里很暖和，窗外湿漉漉的树荫把车子罩得严严实实，挡风玻璃上流下一道道手指粗的水痕。

我没听清莱蒂在说什么。

“啊？”

“你以前见过雨林吗？”

我摇摇头。

“小家伙，你得跟我说说话，这条路不好开，我需要你帮我看路。”

她说得没错，我们一会儿上坡一会儿下坡，路窄弯急，紧张得我连大气都不敢出。我怎么会来到这样一个地方？怎么会跟着一个老太太，开着一辆节能车，带着我的狗，跑到暗无天日的雨林？没错，这地方是很美、很玄妙，但也很恐怖。我真想把头探出窗外，大口吸入大自然的味道，那是清凉、湿润、绿油油的森林味道，那味道从通风口传进了车内，我心向往。我想让莱蒂把车停下，但路太窄、风太大，如果真的停车，不知会被从哪个方向驶过来的车撞死。我把手垫在屁股下面，不错眼珠地盯着前方。

"嗯，"莱蒂继续道，"那也就是说，这是你第一次来雨林了？"

"是的。"

"你喜欢吗？"

"喜欢。"我突然觉得脸有点僵，原来我已经不自觉地咧着嘴笑了很长时间。

雨林真称得上神秘莫测，我们不知道它什么时候开始，更不知道它什么时候结束。刹那间，车子驶上了公路，我看到远处一望无际的大海。路两侧有一些人家，但我满眼只有湛蓝湛蓝的大海。我们一路朝着大海的方向驶去，高高矮矮的房子中间，大海时隐时现。紧接着，车子换了一条路，路两侧是绿色的大地，远处是浩瀚的大海。山坡上伫立着咖啡馆、公寓楼和一栋栋小房子，莱蒂突然来了个急转弯，害得我和斯普林特差点被安全带勒个半死。她转头看着我，发自内心的喜悦把那个曾经刻薄的老太太变成了美国电影里的可爱奶奶。

"我们下来转转怎么样？"她摇下车窗，海风吹了进来。毛毛细雨已经停了，太阳从云朵里钻了出来。我闻到大海的味道，并没有想象的那么潮湿，带着淡淡的腥味。偶尔，如果风从海上吹来，在咱们家里也能闻到这种味道，可眼前才是真正的大海，大海的味道扑面而来，那味道是真实的，是鲜活的，吹到脸上温润而轻柔。

广播停了，车窗再次摇了上来。莱蒂挑着眉毛问我："咱们下车吃个午饭吧？”

我的肚子突然咕噜噜地叫唤起来，莱蒂点点头，看来是同意了。她把斯普林特的安全带解开，斯普林特兴奋地舔舔她的额头，她摆摆手把它轰到一边。“下车吧，咱们找个咖啡馆吃点东西。咱们可以坐在露天的位置，这样大头也能跟我们一起。”

走在去咖啡馆的路上我有点紧张，我事先没想过吃午饭的事，身上一分钱也没有，除了斯普林特和它的狗绳，我什么也没带。我看着菜单，最便宜的东西都要十五块钱。

“你想点什么，小家伙？”

“嗯……”我想是不是应该跟她说我不饿，可我的肚子一直咕咕地叫。我换了个姿势，假装是在研究菜单，但明显感觉自己已经涨红了脸。

一位服务员走了过来，“可以点餐了吗？”

我俯下身，转了转斯普林特脖子上的狗绳。

“嗯，我已经饿坏了。”莱蒂给了服务员一个灿烂的微笑。

我低头看看自己的手，又拽了拽狗绳。

莱蒂点了一份煎小牛肉，“你呢？”她挑起眉毛看着我。服务员和莱蒂的目光全都集中在了我身上。

“我还不——”

“我请你，我很久以前就想来这儿了，可我不愿意自己开这么远的路，我要谢谢你愿意陪我来。”

我很想认同她的话，因为我的确饿了，但是——

“再说了，我还欠你一张比萨呢。”

我已经把那件事忘了。

“那好吧。”

莱蒂耸了耸肩膀。

“谢谢你，”我补充说。我点了一张比萨，大份的，吃得一口也没剩，连饼皮都吃得干干净净。

***

我吃得太撑了，真是一点儿也没浪费别人请客的机会。莱蒂建议我们打包一杯热饮，先在外面转转，消化消化再上车。我非常赞同，如果直接上车，估计我很快就会犯困。莱蒂从包里拿出两个杯子，真不知道她包里还藏着什么其他宝贝。她的包是那种草编的大袋子，手提的部分是皮革质地，电视上妈妈带着全家去海边玩提的都是这样的包包。莱蒂给自己点了一杯咖啡，给我点了一杯热巧，我们两个拿着各自的饮料悠闲地朝海边走去。海边没什么人，我帮斯普林特解开绳子，让它可以自由奔跑。我腿上的伤突然疼了起来，我停下脚步，假装在整理鞋带，实际上是想看看包扎的伤口有没有流血，并没有。

莱蒂看到我观察伤口，开口问我道：“你的腿怎么样了？”

“没事。”

“可千万别让伤口感染了，小家伙。”

"真的没事，没流血，只是有点疼，应该是走路走的。"她看着我，我也抬头看着她。

"那咱们就坐下来歇会儿，狗要是想跑就让它在周围跑，咱俩坐下来看会儿风景，怎么样？"

"好啊。"

我们坐在海滩中间的礁石上，望着前方的大海。之前，如果让我设想自己跟莱蒂一起看海，我肯定会觉得尴尬得要死，毕竟我跟她也没有多熟，年龄还差那么多。再加上她刚刚请我吃了午餐，还给我买了热巧，出于礼貌，我势必要绞尽脑汁寻找一些无聊话题，说说天气、景色什么的，或者称赞一下她的鞋子。然而事实是，莱蒂坐在那里一直没说话，我也没说，斯普林特在我俩之间乖乖地坐着，我们各自喝着热饮，凝视前方的大海，一切都很自然。我不用刻意寻找话题，也不用刻意保持沉默。

莱蒂把腿伸开。

我不自觉地撇了一下嘴。我之前没注意到她的鞋子，现在看着实在是太丑了，简直其丑无比。我忍不住盯着那鞋子看了许久，后来才意识到自己这样做会不会太过明显，于是便努力忍住笑看向别处。我用余光看到莱蒂扭过头来看着我。

"怎么了？"

我摇摇头，喝了一口热巧。

她甩了甩脚，我实在忍不住了，一口热巧从我的左鼻孔喷了出来，害得我鼻子火辣辣地痛。

莱蒂拍了拍我的后背，关切地问：“你还好吧？”

我点点头，捏了捏自己的鼻子。

“活该，谁让你笑话我的鞋子。”她语气很生气，但脸上却挂着笑容。

“你的鞋子实在太丑了。”

“对，是店里最丑的一双。”她丝毫没有反对的意思。

“那你为什么还……”

她耸耸肩，“我猜我是替它们难过吧。那么丑，肯定没人买，即使打折了也无人问津。”她把脚摆向一边，端详着鞋帮，“不过，我真的喜欢紫色。”

“还有绿色？”

“对，还有绿色。”

“还有丝绒？”

“没错。”

“还有青蛙？”

“对，青蛙是一种非常警觉的动物。”

“还有闪闪发光的花朵？”

“知道了，你已经表达得很清楚了，这双鞋确实太丑了。”

“那你为什么还买？”

“我也不知道，我猜我就是想做些傻事，不行吗？有时候低头看到脚上穿着离谱的鞋子，那感觉非常奇妙。”她把腿盘起来，重新把目光投向前面的大海，“你看到这双鞋不也笑了吗？”

我很喜欢她的解释，低头看了一眼自己的运动鞋，左脚大拇指的位置都快磨破了，我下意识地缩了缩脚趾。我的鞋子都小了，得买新的了，可我从来没自己买过鞋子。

鞋子的话题终于过去了。

“嗯……”我看了一眼停车场问她说，“你有几个小孩，除了送你车的儿子还有别人吗？”其实我是没话找话，想换个话题聊聊，不过也确实对她的家人挺感兴趣，对莱蒂也很感兴趣。眼前这个女人，开着车带我出来玩，还请我吃了午餐，当了好几年的邻居，我对她知之甚少，只知道她曾经有只猫，死了都没人知道，要不是我，干瘪的尸体现在还压在破烂底下。

“我有两个小孩，一个儿子，一个女儿。”

“他们常来看你吗？”

“不怎么来。”她仔细盖好杯子，“我女儿死了，死的时候才十一岁。”

我不知该说什么，好在莱蒂还在继续讲话，“克里斯多夫已经是个大人了，他有自己的生活，每天都忙忙碌碌的。”

我用余光看着莱蒂，心里盘算着下一个问题的措辞。“他知道……”

莱蒂脸色凝重，“不知道，我也不想让他知道。”

刚刚喝下去的热巧好像一下子凝结成了固体，胀得我胃好痛。我瞥了一眼莱蒂的脸，她虽然神情空洞，却没了以往的刻薄。她脸颊下垂，抿着嘴，那样子很让人心疼。她或许觉得自己的房子丢人，不想让儿子见到自己的那一面，所以一直对儿子隐瞒这个秘密。

我——一个不太熟的邻居——都看过她家里的样子。

她亲生的儿子，反倒被拒之门外。

我心里的老鼠又开始出来啃噬我。

“他从来没去过你家吗？”我声音很轻，感觉这问题一出口就被海风吹走了，于是我清了清嗓子，打算重问一遍。

“没有。”莱蒂没等我开口就给了我答案。

“那你能见到他吗？”

“当然，我都是去他那儿，或者约个别的地方见面。”

我想起她每天坐在门廊的样子。

“你们多长时间见一次？”

“有时候。”

现在我明白她为什么会有一辆闪闪发光的车子了，她肯定每次都开着车去看儿子，她儿子为了方便她出行，所以送了她一辆车。他对自己的母亲究竟了解多少，又或者只是假装什么也不知道？

“他对猫过敏，所以都是我去看他。”

“可你也没养猫啊。”

“我以前养过。”

我们俩心照不宣地对垃圾箱里的猫闭口不谈。

“就是说他没见过——”

“没有。”

热巧喝光了，我把杯子盖拧下来，看着杯底的热巧泡沫，“你想没想过邀请他来看你，要是你的房子能——”

“我觉得他来不来跟房子没什么关系。”她的表情再次空洞起来。

我按了按腿上的包扎继续道：“你的房子已经干净不少了。”

“是啊，是啊。”莱蒂站起身，伸了伸胳膊腿，“咱们走吧，我们带着大狗转一圈，让它撒泡尿，然后上车往回开，争取在天黑之前赶回去。”

我们的车子还没开出罗恩，斯普林特已经趴在后座上睡着了。莱蒂透过后视镜瞥了它一眼。

“看来它今天玩得不错。”

斯普林特睡梦中放了一个长长的屁，它每次吃比萨都会这样，害得我和莱蒂赶紧把车窗摇了下来。莱蒂选了一条与来时不同的路，路边有好几个景点宣传牌。

“这条就是大洋路吗？”

“没错。”

大洋路只有两条车道，我们前面是长长的车龙。

“这么小的一条路为什么叫大洋路呢？”

“大洋路的大是大洋的大，而不是大路的大。”

我看了一眼右边的大海，“嗯，有道理。”

莱蒂打开音响，这次播放的不是古典音乐，可是什么，我分辨不出来。她看了我一眼，又赶紧把目光聚焦到路面，微笑的表情让她的面颊圆润了许多，我仿佛看到了她年轻时的样子。那种感觉不是很好，好像目睹有人从她脸上钻出来了似的，我赶紧扭头看向窗外。

“我也年轻过，你知道吧。我也曾痴迷于音乐，也曾经年少轻狂。”

我看着她握紧方向盘的手，皮肤又薄又松，血管凸出，上面还长着咖啡、梅子汁一样颜色的斑点，有点像我们在学校用来绘制海盗地图的特意做旧的纸，细想想，真的跟她的手一模一样。我看看自己的手，心里琢磨，她的手真的曾经跟我的一样吗？

“你喜欢吗？”

喜欢什么？她不会是问她的手吧？

“音乐。”

“嗯，你放的是披头士，对吧？”我胡猜道。

她笑了。“我们这一代不是只有披头士一支乐队，好吧！”她把音响的音量调大，“这个，小丫头，这是平克·弗洛伊德。”她把光盘的封皮从她那一侧车门的抠兜里拿出来，递给我。“你看，就是这个。你放松地靠在椅背上，好好听听。”

我听从了她的建议。一路往回开，莱蒂把音量调得很大，音乐声撞击着我的脑袋和胸口。我既想把音乐关掉，又想让它继续播放，最好永远不要停。我想闭上眼，又怕把音乐拒之门外，我害怕它的冲击，却又不想让它停止。

我瞥了一眼莱蒂，她瞄了我好几眼，“你还好吧？”

我点点头。

“这是你第一次听《月之背影》吗？”

我点点头。

“是不是有点太劲爆了。”她伸出手想要关掉音响。

我用手挡住开关键，“很好听。”

我闭上眼，继续沉浸在音乐的世界里。

***

整张专辑都播完了，车里又响起车轮碾压路面的轰隆声和风从两侧吹过的低鸣，我们距离墨尔本越来越近，我也越来越觉得这一天仿佛是虚幻的梦境。

中央经济区的高楼大厦在我们眼前缓缓升起，我再次变得紧张而焦灼。我口干舌燥，突然感觉头枕的角度让我的脖子很不舒服。我想到咱们的家，想到无尽的等待，想到厨房里时钟的嘀嗒。

突然，一辆银色的车子插队挤到我们前面，莱蒂大声骂了一句“混蛋！”然后继续道：“我饿了，我一饿脾气就不好，你想吃点东西吗？我请客。我们可以打包带走，坐在威廉斯敦的海边吃，你觉得怎么样？”

我想她或许知道我不想回家，她肯定也不想，毕竟她家草坪上还堆着那么多袋垃圾。

“好啊。”

她把车开进快车道，加快了车速，没过多一会儿又从银色车子前面径直超了出来，驶出了高速出口。那车的司机在我们后面一直按喇叭，莱蒂竖起中指，在后视镜前肆意地摇了几下，咯咯地笑出了声。

威廉斯顿的海滩没有什么人，空气冷飕飕的，我们俩坐在堤岸墙上，尽量不去理会头上盘旋的海鸥，斯普林特则坐在我们前面的沙滩上。我们从小摊买了炸鱼薯条，热热的、油油的，放到嘴里温度刚刚好。

家已经近在咫尺，似乎就在我们背后，它把下午的美好强行遮蔽起来，提醒我明天日子还要继续。我心有不甘地用鞋后跟磕打着身下的堤岸墙。

莱蒂非常缓慢地咀嚼着嘴里的食物，这让我想起自己每次放学拖拉着不想回家的脚步。我不愿想咱家的房子，于是开口问她道：“莱蒂，你的房子会怎样？”

她耸耸肩。

“他们会把您的东西都扔出去吗？”他们会去后院查看吗？

莱蒂把手伸进外套口袋，从里面掏出一张皱了的通知单，把它递给了我。

我仔细看了一眼，还是不明白其中的意思。

“这是什么意思？”

“强制清理。他们会组织一帮善解人意的人来我家帮忙，用废料箱把我不用的东西统一拉走。”

“不会吧？他们怎么可以这么做？”

莱蒂用下巴朝着通知单点了两下，“他们显然有权这么做。”

我又仔细看了一遍通知单，上面写着“引发火灾、卫生隐患、公众危害”等字眼，我问她：“公共危害是什么意思？”

“有人匿名举报，说有一个小孩在我家受伤了。”

听了这话，就连我心里的老鼠都感到惊慌失措。

“什么？”

莱蒂往嘴里塞了几根薯条，又扔了一根给斯普林特。嘴里含着东西，她说话不是很清楚，“我不是告诉你了嘛。”

我把那张通知单放在我俩之间的堤墙上，海风把它掀起，吹到了沙滩上。我们看着它翻滚着落入海中。

“再吃点薯条？”莱蒂把盒子递到我面前。

“谢谢。”我嘴里很干，要费很大力气咀嚼才能把它咽下去，划得我食道疼，疼得我流出了眼泪。我咳了两声。

莱蒂拍拍我的后背，“你还好吧？”

我点点头，打了个嗝，“吞咽困难。”

“什么？”

“吞咽困难，就是吞咽干的食物时会感到喉咙痛。”

莱蒂哼了一声，“这词你是在学校学的？”

“是我自己跟字典学的。”

“你还看字典？”

“嗯，有时会看。”

莱蒂点点头，“很好。”她又往自己嘴里塞了一根薯条，“这个词多简洁呀，吞咽困难，比说吞咽过多食物而引发的食管疼痛要简洁多了。”

我俯身从她面前拿起一根薯条，“是食道。”

“什么？”

“不是食管，是食道。”

“我是故意逗你玩儿呢，你可真难对付，小家伙，没人告诉你不要总给别人纠正错误吗？很招人烦的。”

我把薯条放回盒子，“这个你倒真说对了。”

我声音很小，但莱蒂还是听到了，她把薯条盒子放下，叹了口气。

海鸥飞得越来越近。

“你的腿怎么样了？”

“没事了。”

“有没有红肿？或流脓什么的？”

“没有。”

我把裤腿拉上去，伤口包扎得很好，稍微有一点儿流血，但已经开始愈合了。

“只是稍微有点疼。”

“那就好。”她看着远处的大海继续道，“市政厅的人问了一些关于你和你妈妈的问题。”

我感到头重脚轻，整个人瞬间崩塌，与身下筑造堤岸的岩石融为了一体。

“她跟我要了你妈妈的电话。”

我紧张得动弹不得。

“别担心，我没给她，跟她说别人的事我不愿瞎掺和，现在人都很重视个人隐私的。”莱蒂把什么东西塞到我面前，“但她给了我一张她的名片，让我把它转交给你妈妈。”

我看着那四四方方的崭新名片，无法想象莱蒂竟然还能从她的口袋里掏出这么新的东西。我猜她是想让我把名片接过来，但我的手像被焊在了堤坝墙上，根本拿不起来。她把名片放到我腿上，我低头看了一眼，真希望海风也能把它带走。

莱蒂叹了口气，“小家伙，你不能不当回事，那个市政厅的女人会来调查的。”

海风这会儿反倒消停了下来，名片还好好地放在我腿上。

莱蒂把名片捡起来，“你最好给她打个电话。”

“市政厅的那位女士？”

“蕾，”她一脸严肃，不用看也能想象出来。为什么人们一说到严重的事，就直呼其名？听上去让人很不舒服。“不是市政厅，是你妈妈，你应该给你妈妈打个电话。”

“可是她在工作啊。”我的回答再次被海风吹散。

我能感觉到莱蒂向我投来怀疑的目光。“我不是白痴，快点给她打电话，让她早点回来收拾她丢下的烂摊子，等人家发现她把你自己留在家里，问题可就严重了。”

心里的老鼠紧张得直呕，吐出来的污物腐蚀着我的血管，令我手指抽搐。我看着自己的手回应道：“我不能打。”

“为什么？”

“我联系不上她。”

“什么意思？”

我没回答。

莱蒂凑近我，看着我的脸。我注意到她的眼睛不再清澈，这就是所谓的人老珠黄吧。

“你不知道她在哪儿吗？”

“我知道。”这是实话。

“但你没办法联系她？”

“嗯，没办法。”

“她是在什么静修的地方，是吗？”她坐回到原来的位置。

静修，这个词真好，我点点头。

“这帮嬉皮士就不配做父母。我也同意要让孩子学会独立，但竟然没有联络方式……”她一边说一边摇摇头。

体内的酸性腐蚀物已经涌到了我的眼部，我使劲眨了眨，感觉闭上可能会舒服些，于是就把眼睛闭上了。

“好吧，”她把名片放回到我腿上，我睁开眼看着它，“这次我来处理，但是，等你妈妈回来我得找她谈谈。”她低声嘟囔着：“一天不到的工夫，竟然假装你妈妈帮你打两次电话了，再多来这么几次，我都能像丹尼尔·戴·刘易斯似的，当个演员了。”

我不明白她在说什么。她叹了口气，拿出手机交到我手里。我翻过来一看，她把自己的电话号码写在纸条上，然后粘在了手机背面。我盯着那个号码，莱蒂又开了口：“你们小孩儿手机用得好，知道怎么掩藏来电显示，你帮我弄一下。”

她接回电话，眯着眼看着屏幕，一边看一边用指尖点着上面的数字。我紧张到几乎要吐出来，但是没想到电话一通，她老气横秋的声音立即变了，那嗓音既年轻又有活力。我看着她，简直不可思议。她说话简洁明快，像播报新闻的记者，措辞也很讲究：欠妥、私隐、骚扰、社会意识、邻里之间、公民义务等。说了大概有五分钟，我听到电话那头的人连连道歉，并且对她能致电表示万分感谢。

我瞠目结舌。

“你是怎么做到的？”

“我不是跟你说过了，我不是生下来就是一个生活在破烂中的老家伙，我曾经也是个人物噢。”

“好了，你到家了。”莱蒂把我放在咱家门口，我把斯普林特哄下车，莱蒂扭过头问我道：“你没事吧？”

我摇摇头。

“那就好，我去把车洗洗，让他们把车里面也吸一下，省得留下狗身上的跳蚤。要是现在不做，我担心……”她开车走了，我们俩的目光都刻意回避了她家的房子。

我跟她摆摆手，莱蒂把车开走后我看到奥斯卡朝我走过来，朝我挥手问好。

我瞪了他一眼，“你还真有脸来啊。”

他站在原地，打招呼的手还举在半空。

“你说什么？”

“别装出一副无辜的样子。”我指了指莱蒂的车，又指了指她的房子。

“我不明白你是什么意思——”

“不明白就不明白吧。”斯普林特在他脚边闻来闻去，我把它拽过来，拖着它走进院门，回身把大门狠狠地关上。

奥斯卡在我身后开了口，“不是我说的，是我妈妈，她也没有恶意，”他指了指莱蒂的房子，“她家本来就有问题，本来就需要帮助，现在大家可以帮助她了啊。”

“或许她不愿意让人帮忙呢。”

“这与愿意不愿意无关，她需要帮忙，站在街上都能闻到她家散发出来的臭味，我上次去你家时也闻到了。”他吸了一下鼻子，“我现在站这里都能闻到。”他噤着鼻子继续道，“一股腐尸的味道。”

我的心仿佛停止了跳动，不是因为我内心的恐惧，倒是因为一些他应该害怕的东西。我转身面朝向他，好在我俩之间隔着一道院门。“你根本什么也不知道，什么也不懂。”他朝我眨眨眼，我继续道，“你自以为聪明，好像什么都知道，总想对别人的生活指手画脚，人云亦云，鹦鹉学舌地重复你妈妈的话，其实你一点儿自己的想法也没有。”他被我的攻势吓到了，向后退了一步，我看着他棕色的眼睛，“你有自己的思想吗？我深表怀疑，你有吗？奥斯卡？你没有思想，也没有朋友，快点滚回家吧，别再来打扰我们了。”

他涨红了脸，好像刚被我扇了一巴掌似的，眼睛睁得大大的，马上就要哭出来了。我不用看也知道他是这副表情，根本不用看。我朝咱家门口走过去，拿出钥匙，打开前门，进门后砰的一声把门带上。

***

我给香薰喷雾机加满精油，整整一天不在家，精油都已挥发殆尽。我等奥斯卡走了才再次来到门口，在门廊点上两盘蚊香，又给挂着的花盆浇了点水。

莱蒂已经坐在她家门廊的椅子上，斯普林特把头凑到栅栏边，想让莱蒂摸摸它的脑袋。

“你还好吧，蕾？”

“嗯。”我继续给花浇水。

“想喝点热乎的吗？”

我没说话，继续浇花，弯腰拔了几株杂草。要不是斯普林特明显已经累坏了，我会带它出去遛遛。我真想出门转转，想到要跟她坐在门廊聊天，我心里有种异样的感觉。

“不了，谢谢你。”

“好的，没问题。”她站起身，凑到栅栏边，摸了摸斯普林特，“我刚刚去洗车时看到你跟那个爱管闲事的孩子说话了。”

“那又怎么样？”

“我就是想说，你不用帮我说话。”

我想到自己的腿，想到市政厅女士看我的眼神，想到我为了清理她家的破烂累得浑身酸痛，我顿时火冒三丈，愤愤地将一棵植物连根拔起，扔到地上，还用脚把它踩进土里。

莱蒂叹了口气，“你看啊，小家伙，我不是不懂感恩，我知道你帮了我很多，我也知道你想帮我，但你看看我这儿，”她指指自己的房子继续道，“我把家里弄成这样，就是有问题，对吧？”

我没有回答。

“或许你没发现，我跟你讲，我这个人就是不太擅长扔东西。”她把我逗笑了，“他们觉得能帮我整理，那我就跟他们谈谈，看他们能帮我整理成什么样。”

看来不是我妄想，真的会有人来帮忙。是啊，那份调查问卷，她选出的答案不是 8 分就是 9 分，怎么可能假装什么问题都没有呢？只是，当初我以为，如果我能帮她把房子收拾出个大概，如果她家里不至于太惨不忍睹，莱蒂就可以证明她生活能够自理，也可以说服市政厅不必派人来帮忙。

我的想法真是太愚蠢了，怎么可能呢？过日子又不是拍电影，怎么可能由我决定剧情的走向?

“嗯，没关系的，莱蒂。你待着吧，我先进屋了，我还有很多事情要做。”

第41天

星期五

我躺在沙发上，听到外面垃圾车哔哔哔地响，然后是车后翻斗重重落地的声音。我从你的卧室向外张望，一个大破集装箱放在了莱蒂家门口，那个大家伙以前应该是蓝色的，更早还可能是橙色的，现在却沦落成一个落满灰尘、生了铁锈的大垃圾箱。把它放下的卡车已经驶远。

清洁人员已经就位。

我没想到他们来得这么快，我本来以为他们下星期才会来，至少也是几天之后。我赶紧换上校服跑去厨房，从水槽下面拿出几盘蚊香，又从炉子旁边的抽屉里找出那个紫色的打火机，出门去了后院。不知道为什么，我的大拇指总是从打火机上滑下来，打了好几次也打不着，终于，经过不懈的努力，我终于把所有蚊香都点燃了，害我手指疼了半天。我把一盘蚊香放在后门口的桌子上，一盘放在后院的铺路石边，还有一盘带着铁盒放在你仓房的门口。蚊香发出的味道和浓烟呛得我直流眼泪，我闭上嘴，用鼻子缓慢呼吸。你的味道还在，是那种甜酸味的腐臭味，点多少盘蚊香也盖不住。那味道直冲进我的喉咙，呛得我退后了好几步。我又点了一盘蚊香，把它放在栅栏边。斯普林特打着喷嚏摇摇头，我把手伸进它的项圈，将它拽回家。这会儿，我不敢留它在院子里，担心它的叫唤引起别人的注意。我打开厨房窗户，把插了几炷熏香的罐子放在外面的窗台上，每个罐子我都恨不得插入半包熏香。我把熏香统统点燃，将窗子虚掩着，尽量不让熏香的味道飘进屋。太过兴师动众了吧？或许吧，但这样至少可以为我争取几小时的时间，再说了，除了这样做，我还能有其他什么办法？

我提前出了门，莱蒂正站在前院朝四个刚从车里跳下来的人大喊大叫，那四人穿着白色防护服，车子后面拖着一个笼式挂车。那几个人朝莱蒂挥了挥手，她站在大废料箱旁边狠狠地瞪着他们。又一辆卡车从街角拐了过来，又送来一个大废料箱。我默默祝福那些清理垃圾人员好运，之前的担忧似乎有了少许缓解。他们今天无论如何也不可能清理完莱蒂的房间，等收拾到后院不知将是猴年马月了。

“你们跟我招的哪门子手啊？咱们又不是朋友。”莱蒂怒气冲冲地朝来人喊话，那语气简直比清晨寒冷的空气还要冰冷。

听到她这话我笑了。

如今，上学已经无法缓解我的焦虑了。范老师问我身体好些了没，我回答好多了。她说我落下了很多课程，需要尽早补上，而后又给了我一张学校宿营活动的通知，上面说学校将组织学生去巴拉瑞特的一个废旧金矿参观，费用是 89 元。一天下来，我具体做了什么我有点记不清了，脑子里只留下一些片段。反正，老师让我们做什么我就照做，至于每项活动是如何开始、如何结束的，我一点儿印象也没有。

我一直惦记着交钱的事。我要不要交呢？ 89 元，够养活我和斯普林特十来天呢，我可不想再吃发霉面包做成的三明治了。但是，如果我不交这笔钱，不参加营地活动，就会招来别人的关注。我仔细看了一眼通知单，我纠结的问题似乎迎刃而解，上面清清楚楚写着所有人都得参加，我也就不用左右为难了。美术课上，我把颜料弄了一手，赶紧跑去洗手间清洗。其实，这笔钱学校可以帮我支付，但那样就意味着我要填写很多表格，还要被询问父母的状况，主管学生福利的老师也会介入此事。洗手间里几个低年级的小孩正在嬉闹，互相往对方身上泼水。我必须去，这样才不会引人关注。到了外语课，我跟全班同学一起背诵了中文。可是，如果我去宿营，谁来照看斯普林特呢？可是想想，宿营活动只需要在外面住两晚而已。我靠着椅背坐在自己的位子上，宿营是两个月以后的活动，钱也是几星期后才交，现在纠结这些根本没意义。我在笔记本上抄下黑板上老师的板书，耳边有个声音提醒我根本没必要担心：两个月以后我的钱早就花光了，还担心这个做什么？笔记本被我用笔戳出了一个洞，一直戳到了桌面。我真的不知道该怎么办了。

“蕾，你说什么？”

我抬起头，原来我在自言自语。

我涨红了脸。

“你没事吧？你的脸很红。”

“没事。”我嗓音沙哑，像是有东西卡在喉咙里，“就是有点兴奋。”

范老师看着我，一脸的关心，像是在问我“你怎么了”，她开口道：“你需不需要去医务室看看？”

“不用！”所有人都把目光投向了我。“不用，”我压低声音，“不用，我真的没事。”

她欲言又止，我知道她还在替我担心。为了让她放心，我问她说：“我可以出去喝杯水吗？我嗓子特别痒。”我揉了揉脖子，希望她没看见我大脖筋剧烈地跳动。她挺挺胸，好像悬着的心终于可以放下了：她判断得没错，我确实身体不适，需要喝杯水缓解一下。

“当然了，蕾，快去吧。”

我立即站起来，走出教室。

到了下午，我也是强打精神，无论做什么都心不在焉，心一直揪着，根本放松不下来。

回家路上，我感觉太阳穴疼得厉害，胳膊腿也酸痛无比，像刚刚跑了两次越野。

我太累了，甚至没有精力玩数数、同义词的游戏，只想早点回家闭上眼好好睡一觉。

“别碰那个！”莱蒂的声音打破了混沌的空气。她站在自家前院的小路上，拦在一位清洁人员面前——那人怀里捧了一大捧东西，是什么呢？我眯起眼睛想看个仔细，像是一大桶浴缸塞。

“我都说这个不要动！”她的嗓音听起来十分陌生，又细又尖，就算是之前跟市政厅女士据理力争或愤怒地斥责我不懂礼貌时，她的声音也没有这样过，当然，与冒充我家长帮我打电话时更是有着天壤之别，那时候的她简直自信沉稳到了极致。听到莱蒂破了音的嘶喊，我只想躲进房间角落里悄悄地落泪。我想那是她儿时的嗓音吧，她一定是吓坏了。我站在前门口，僵在那里，不知该如何是好。

一位戴着口罩的清洁人员看了我一眼，我赶紧俯下身假装查看信箱，然后快速穿过大门，蹑手蹑脚地朝家门走去。我目视前方，打开房门走进去，然后把门轻轻关好。我走进客厅，斯普林特跟在我身后，我打开电视，然后走进你的房间。我把窗子推开一个小缝，坐在窗下听外面的动静。

莱蒂的嗓音里透着不安，我知道她一定在从垃圾箱往外捡东西，每样东西丢掉之前她都要过目检查。那些人一看就训练有素，讲起话来慢条斯理，好像很有经验。他们心平气和地跟她讨论她家是否真的需要五个马桶刷，毕竟她只有一个卫生间。最终，莱蒂同意只留下两个，都是全新的，连包装都没拆。他们和颜悦色地跟莱蒂讲道理，莱蒂虽然被说服了，但我能从她焦虑的脚步声中听出她内心的不安，她在门廊、走廊、后院踱来踱去，内心一定非常气愤。我听见两个人在靠近栅栏的位置说话，商量说，等回到院子其中一个人就大声召唤莱蒂，让她跟自己一起去后院看看，看她想把哪些花盆留下。他们这招十分奏效，我果真听见莱蒂跟着清洁人员朝后院走去。

“你说留下哪些是什么意思？那些都是好花盆，全都有用，我一个也不扔。”

我听清洁人员回了句什么，具体内容没听清，不过莱蒂的回答我听得非常清楚。

“你们别碰我的花盆，也别靠近我的小棚子。你什么意思？那里哪有什么味道？根本就没死过什么老鼠，怎么可能有尸体味道？我里面放的都是有用的东西！你们不要动，你们已经把我家搬得差不多了，还不够吗！市政厅根本没说我的小棚子有问题！你们没权利动它！”

对方态度依然平和，低声跟莱蒂商量了几句。然后我听到其他清洁人员都回去了屋里……开始收拾厨房的破烂。

我呆坐在窗下，听着外面嘈杂的响动。几声巨响过后，莱蒂的破烂被统统扔进了废料箱。趁莱蒂不在，他们的效率有了大幅提升。

暂告安全。

他们现在清理的是她的房间，之后一定会处理她的后院。我紧张得口干舌燥，斯普林特把脸凑到我面前，舔了舔我的耳朵。我把它推开，恨自己愚蠢。家里已经没有蚊香了。

它哼了一声，用爪子轻抓地面，我知道它想出门。它想得没错：我们不能在这里坐以待毙。

我坐在窗下，继续探听外面的动静。

没过多久莱蒂就回到了垃圾箱那边，我又听到她在走廊跑来跑去的脚步声，鞋子敲打着地板，那是我帮忙清理出来的地板。她的声音听起来让我心痛，她很焦虑，不断跑出来看他们都扔了什么，看能不能想办法偷偷拿回去几样。听着她的一举一动，我内心也越发惶恐。她需要那些破烂，那是她的宝贵记忆，如果东西都被拿走了，她的脑子是不是也就空了，记忆的长廊是不是也就空了？我不允许自己胡思乱想，不去思考同义词，不去默念数字，不去想作业或购物，不去想我偷来的花盆和靠垫，不去想账单，不去想按部就班的生活，不去想永远闪着亮的电视……如果这一切都没有了，我会变成怎样？如果没有了这些分心的东西，我的思绪该如何安放？

我不能一直蜷缩在你的窗下，我要伺机而动。等所有人都进了莱蒂的屋子，我迅速带着斯普林特跑出院子，结果，没跑几步就被莱蒂逮了个正着。

“蕾！”她站在一堆全副武装的清洁人员中间朝我大喊，紧接着快速跑到院门口。“他们从早上七点半就一直在这儿收拾，”

我盯着她，“他们这是要把我所有的东西都给搬走啊。”

我几乎认不出她来了，仿佛一下子老了许多。她无比虚弱，伸出手来想要扶住我的胳膊，好像我是唯一可以保护她的人。那些戴口罩的人饶有兴致地盯着我俩，斯普林特想透过院门舔莱蒂，我当即甩开她的手。

“你这是自作自受。”

她松开扶我的手，我拉着斯普林特的绳子带着它跑开了。我跑过咱家院门，跑过趴在自家栅栏上呆头呆脑目睹一切发生的奥斯卡。

“嘿！蕾！”

我假装没看见他，径直朝河边跑去。我心头的怒火点燃了我的双脚，让我越跑越快。都怪他。我感觉他的目光一直追随着我，丝毫没有放弃的意思。

我没在河边待太久，那边有很多人骑车，斯普林特总爱追着他们玩儿。我们折返方向，沿着弗茨克雷和塞登跑去了亚拉维尔。我带着斯普林特走了好几条街，脑子里一直琢磨解决问题的办法，心想等太阳下山了我再回家。

终于，太阳下山了，我们偷了好多花花草草，郁郁葱葱，有的还开着花。三色堇、紫罗兰、秋海棠是我从公园里偷来的，此外，我还从别人家的花园甚至花盆里顺了几棵，根上还带着花土。我从你的外套口袋里拿出你一直塞在里面的尼龙口袋，把花花草草统统扔在里面，有些索性直接塞进了你的口袋，但想着尽量别碰坏它们的枝叶。我很讲究战术，那些亮灯的人家我都不去招惹，这样才安全。我来到一块公共菜地，看到一种类似西蓝花的菜，还有甜叶菜——公共菜地，没人精心打理，只有这些菜才能茁壮成长，老实讲，就连这些菜也处于一种半死不活的状态。我把甜叶菜放进尼龙袋，然后又带着斯普林特去了亚拉维尔公园，那边总会种一些新鲜的植物。虽然我知道斯普林特很想去狗狗的活动区域，但我没带它去。我们在灯光昏暗的区域转了一圈，拔了很多植物。我看到一棵天竺葵，于是蹲在地上，想把它扒拉出来。

"嘿！你干什么呢？"身后传来一声呵斥，"我们这儿可不是你家苗圃，总有人来这儿偷植物，我真是受够了！"

我抬起头，手下是还没拔出来的天竺葵，紧张的心扑通扑通地跳。一个白头发老头叉着腰站在花坛边，手里攥着狗绳，像极了动画片里的将军。他肯定经常把犯错的小孩一路送回家，然后向他们的父母狠狠告上一状。

我只想到一种对策，于是回答道："我在撒尿。"

他从我后面绕到我前面，看着我的脸。

我把身体蹲得更低些，重复道："我在撒尿。"过了一小会儿，我又补充说，"你是想要偷看吗？"说这话时我一点儿底气也没有。

他往后撤了几步。

他想开口解释，又马上闭了嘴。"没有，我……"他依然很气愤，但脸上却闪过一丝疑虑，快速瞥了一眼我的屁股和腿。

“你就是在偷看！”我蹲得更低了，指望着天黑他看不清我脱没脱裤子。再说，你的外套很长，应该能帮我挡一挡。斯普林特从后面的树丛里跳出来，低着头，我终于看到了机会。“你就是在偷窥我！”我提高了调门。

“我没有！我——”他又后退几步，举起手来，回头看了一眼狗狗乐园。

我蹲在原地没有动，俨然一个被吓坏的小孩，连裤子都忘了提。即使天光昏暗，我也能看清他紧皱的眉心，他知道我在撒谎，但又没有十足的把握。他低头看我，我两手围着一朵天竺葵。

“你还看！”

斯普林特跑到我身后朝他叫了两声。

我提高嗓门，大声喊出每一个字。“你就是在偷看我！还在看！”我的声音又尖又细，以前从来没有这样过。“你快别看了，别在偷看我了！”我深吸一口气，做出要大喊的架势。

“快回家吧你！”他语气生硬，但说完就转身走了。

我拔出天竺葵，尽量小心不会伤到它的根部。

我不想再继续冒险了，决定这就带着斯普林特回家，再说我口袋里已经塞了好多植物。

莱蒂没在门廊，两个大废料箱也已经被拉走。我没有仔细往她家那边看，蹑手蹑脚地回了咱家。电视依然开着，我把浴缸塞塞好，往里面注了一些凉水，然后轻柔地把植物从你外套的口袋里拿出来，扔进浴缸。天色已晚，我没做饭，给斯普林特的狗食盆里倒了些狗粮，然后给自己烧了一壶热水，晚餐又得吃泡面了。我坐在沙发上，裹着你的被子吃泡面。

可我还是好冷。

朝向后院的窗子还开着。

屋子里充斥着你的味道。

第42天

星 期 日

我人虽然没醒，脑子却已经清醒了。其实，昨晚就连睡梦中，我的大脑都没休息，一直在默默盘算。按照我的推算，我大概还有两天时间，最多两天，清洁人员就能搞定莱蒂家里堆积如山的破烂，然后他们就会收拾她家后院。我没心思琢磨莱蒂的事：她昨晚是否待在门廊，回屋后是否睡得着，还有我的话是否伤到了她，这些我都不愿去想。

我索性起床不睡了。

我先给自己泡了杯茶——俄罗斯茶，特意加了牛奶和蜂蜜。以前，每到周日，如果天气寒冷，你总会给自己冲一杯这样的茶，一边喝一边坐在沙发上看书。茶水冒着热气，味道甜甜的，我慢慢地喝完，之后又给自己冲了一杯。我端着茶杯站在厨房，看着后院睡美人的花园，太阳还没有从东边升起，天光昏暗，整个世界灰蒙蒙的。野草已经长到你仓房门的一半高，我努力寻找各种飞虫，它们的数量明显不如以前，看来它们也睡了，有些甚至已经开始休眠。你走后的第一周我就发现了很多虫子，先是苍蝇，令我十分困扰，之后又出现了各种腐食小动物，我想我应该是在替你担心。我用谷歌查了能过冬的昆虫，也正是那时学会了“休眠”一词。那段时间，“休眠”这个词一直萦绕在我心里，我觉得自己某种意义上来说也休眠了，与外界彻底隔绝了联系。直到那天，我开始跟莱蒂说话，外面的世界像融化的雪水再度流入我的心里，我的生活才又有了生气。野草已经长到了仓房门口，门缝下面塞着的毛巾不知道还在不在。

我必须做点什么。我穿上一条旧裤子，又套上去年学校发的运动上衣，脚上穿了一双橡胶靴子。我打开后门，斯普林特从我身后窜了出去，在草丛中一顿蹦蹦跳跳，黑暗中我看到它尾巴摇得像一杆破旧的旗子。

我眼里都是泪，那位穿防护服的女士说得没错，这里确实太难闻了。我站着原地，好好想想你能做什么。我无法阻止你发出味道，但我或许可以……让别人觉得这味道不是因你而起，而是别的东西造成的。嗯，我可以找个无伤大雅的原因。我低下头，盯着自己的脚，全神贯注地思考到底有没有这样的办法。

眼前什么东西动了一下，是晾衣绳上的毛巾。那毛巾当初是你挂上去的，现在你把它留给了我。我心里的老鼠又开始闹腾，咬牙切齿地撕扯我的内脏，火辣辣的疼痛让我不得不弯下腰。我穿过草丛，好像踩到了狗屎和斯普林特吃剩下的骨头，我却无心理会。我从晾衣绳上把毛巾拽下来，毛巾硬邦邦的，落满了尘土。我想把它折起来，可它一点儿也不听话，咔吧咔吧地直响，折成了一个怪异的小帐篷。我又折了一遍，毛巾还是不听话，执拗地维持着挂在晾衣绳上的形状。我随手往后门一扔，却根本没扔多远，它硬生生地落在草丛里，没准儿正好砸在了一坨狗屎上。

我的手很烫，浑身都很烫，心里的老鼠在我体内上蹿下跳，冲破了我的肺，甚至要冲进我的大脑。它几近疯狂、怒不可遏，它或许想借助我的眼看看外面的世界，看看这后院、这混沌和咱们这个家。

当然还有你。

它发出一声声嘶力竭的吼叫，想冲破我的喉咙钻出我的身体。斯普林特傻站在那里一动不动，一股力量从我体内往外喷涌，让我狂呕不止。我双脚站定，深吸一口气，把昏暗的空气吸入身体，呕吐物喷射而出，我面部扭曲，脸颊火烧火燎地痛。喉咙撕扯，头晕目眩，好在这种感觉持续不久便终止了，寂静重新占据了我的心。我站在草丛里，不停喘着粗气。那老鼠又回到我的体内，我的五脏六腑灼烧般疼痛，它在里面无休无止地撕扯。

我想把那掉落在草丛里的毛巾踢到门口，刚一抬腿，发现膝盖疼得要命，一不小心还把脚上的靴子甩了出去。靴子扑通一声落在后门附近，我一屁股坐在了草丛里。周围一片寂静，我只听得到自己的呼吸声，还有栅栏边窸窸窣窣的动静，应该是真的老鼠在活动。我用力按住自己的双眼，直到眼冒金星，点亮了脑子里的昏暗。我坐在地上，继续按压，眼前的一切凝聚成了一个个小亮点，越来越小，小到我可以将它们吞咽下去，小到我可以将它们遗忘。

斯普林特跑到我身边，在我耳边呼吸，呼出的气暖暖的。我放下蒙着眼睛的手，世界又恢复了宁静。它舔着我的脸，在我旁边坐下，我们可能坐在了狗屎上，不过无所谓。我看着咱家后院，身心俱疲，一动也不想动，斯普林特靠在我身上，长长地叹了一口气。

眼前的灰暗慢慢变成了绿色和棕色，我在地上坐得太久，裤子都被露水打湿了。但我没心情多想，我有更重要的事要做。我首先要把草割了，割草之前我得先把草丛里的狗屎和骨头处理干净。我从工具棚取出水桶和铲子，弯着腰在草丛里仔细查找，只要发现目标就铲起来扔进桶里，装满一桶后再把它们倒进边上的垃圾箱。重复同样的动作，我又捡了一桶。我一趟一趟地在草丛里搜寻，直到最后走到栅栏旁边。不过，你的仓房，我没有靠近。

地上终于干净了，我踉踉跄跄地把咱家那台老割草机从工具棚里推出来。我尽量不看你满窗蜘蛛网的仓房，我记得你说过那房顶铺的是他妈的石棉。

我不太会启动割草机，拉动引擎需要很大力气，而我的胳膊本来已经很疼了。我拉动引擎线的速度始终不够快，拉了好几次都启动不了，最后我咬紧牙关，一只脚踩在引擎上，用尽吃奶的力气拽了一下，因为用力过猛，我一屁股坐到了地上，不过引擎终于启动了，斯普林特兴奋地绕着它打转。

我开始割草，咱家后院不大，很快就割完了。

你仓房附近的草丛和荆棘我没有碰，它们或许会像《野玫瑰》里讲的一样，有一天自己就消失了。斯普林特总爱跑到你那边闻来闻去，我每次都把它喊回来。割草机工作时发出浓重的汽油味，声音很吵，我倒是很喜欢。看到土里的蚯蚓，我告诉自己不用害怕，它们藏在土里只是为了过冬。可是，它们在地下吃什么呢？我曾在油管上看过一个视频，讲的是类似蚯蚓一样的东西竟然活吃了一整只鸡。我甩甩头，不要再想这些没用的了。割草机终于消停下来，我又费了九牛二虎之力把它弄回到工具棚。

突然，莱蒂家的前院传来说话声，还有叮叮咣咣放下新拉来的废料箱的动静。清洁人员竟然这么早就到位了。

我取来园艺用的小铲子和手套，确认了你之前弄来的那一大袋猪血和骨头还放在原处。你之前说要种菜，不知从哪儿弄来这袋东西，说是要用做肥料，但种菜并不容易，所以你还没开始就放弃了。

我把浸泡在浴缸里的植物拿到后院，在地上挖了很多小洞，把它们一株一株种进去后再把土填回去拍平，最后又给它们浇了水。就这样，咱家有了一个崭新的花坛，里面种着各种花草，还有花椰菜和甜叶菜，站在莱蒂家那侧也能看到。有些花草已经打蔫了，但后院很避风，再加上土壤肥沃，我想它们坚持几天应该不成问题。不用太久，几天就够了。

我走进工具房，打开装满猪血和骨头的袋子，天啊，太臭了，臭到令人作呕。袋子很沉，我把它拖到外面，斯普林特凑过来使劲闻，我想把它推走，但它很不听话。它呼哧着鼻子，发出猪一般的叫声，突然打了个喷嚏，给自己熏出了对眼，那样子简直滑稽。我提着袋子，把里面的东西倒进栅栏边的垃圾，把斯普林特拽到一边。我从工具棚里拿来耙子，把那一堆恶臭的东西铺散在植株周围，最后还剩下一些，我索性一股脑倒在了草丛里，一点儿也没浪费。斯普林特兴奋得简直要晕过去了，由它去吧。我把工具收好，放回工具棚，没忘记把门关好。

我站在咱家后门口，看着自己的壮举，花花草草一看就是刚种上去的，我翻了土，也施了肥，虽然味道难闻，但里面没有一点儿垃圾，没有狗屎也没有斯普林特吃剩下的骨头，再加上刚刚修整的草坪，简直堪称完美。斯普林特还在忘我地打着滚，我把它薅起来，拖进屋子关上房门。

这样应该不会有人怀疑了。

斯普林特想跑去沙发那儿，可它浑身是泥，还散发着恶臭，我赶紧拉着它的项圈把它拖去了洗手间。为了防止它再跑出去，我第一时间把门关好。我得给它洗个澡，稳妥起见，我先脱了自己的衣服，等一下肯定会被溅一身水。我一把搂过斯普林特，把它按进浴缸，它伸着腿挣扎，爪子在浴缸壁上一通乱抓。我用腿和胳膊按住它的爪子，把它控制在浴缸里，然后自己也爬了进去。我叉开腿，一只手紧紧抓着它的项圈，斯普林特的眼神告诉我它知道即将发生什么。我打开花洒，它疯狂地甩头，好像花洒里流出来的不是水而是硫酸似的。我蹲下身，胳膊肘撞到了浴缸内壁，疼得我一口气差点没喘上来。我强忍疼痛，始终不肯放开抓着斯普林特项圈的手。我跟它一直较劲，不让它往浴缸外跑，它伸出爪子四处乱抓，我的胳膊、小腿甚至大腿都遭到了袭击，不过我始终坚持，不肯放手。

水渐渐热了，斯普林特也终于放弃了挣扎。镜子上蒙了一层雾气，我用你奢侈的香波给自己洗了头，又给斯普林特洗了澡。你的香波真好闻，是天然的花草香味，我给斯普林特用了整整一瓶，还有很多不小心洒在了地上。

斯普林特倒像是后知后觉地享受起来，它静静地坐在浴缸里，平缓地喘着气，我一边给它打香波，一边往它身上冲水，最后它竟然心满意足地长舒了一口气。我冲掉自己身上的泡沫，迈出浴缸，然后塞上浴缸塞，想让它在里面多浸泡一会儿。洗手间里雾气蒸腾，我坐在地垫上，头靠着它的脖子，它身上充满了你的味道。

我俩终于都洗完了。为了把它擦干，我用了家里所有毛巾，最后还用了你的梳子，我把它的皮毛梳得无比顺滑，它从来没有这样光鲜亮丽过。我穿好衣服，一切收拾妥当，还有什么理由继续待在家里呢？

隔壁继续发出叮叮咣咣的声响，前门口的废料箱又装满了。不知莱蒂会不会在门廊，想到这个，我的心几乎跳到了喉咙口。我不敢想她脸上的表情，上一次见到她时她那么痛苦无助，而我却说了那般无情的话。斯普林特舔了舔我的手。

“咱俩收拾得这么干净，是不是该出门转转啊？”

斯普林特摇着尾巴表示赞同。我给它戴上项圈，牵着它出了门。我瞥了一眼隔壁，莱蒂没在门廊，可我的胃还是抽搐了一下，不知是因为失望还是因为松了一口气。

我不知道该带着斯普林特去哪儿，回头看了一眼莱蒂家，清洁人员正往外一袋一袋地拖曳破烂。于是，我掉转方向，拉着狗绳，让斯普林特赶紧跟上。

“你要出门吗？”

说话的是奥斯卡。他趴在自家大门上向外张望。难道他就无事可做，非要整天待在那儿看往来的行人吗？他抬起下巴看着我，两手紧紧抓着栅栏。

我并未停下脚步，“你说呢？”

“我说是。”他身体晃了一下，笑容非常牵强。

“你觉得怎么样？”

他收起笑容继续道：“那边清理的如何了？”

听到他这话，我停住脚步。“什么？”难道他一直在监视我？

“清理破烂，就是那个老——”他看着我，“哎呀，就是你家隔壁的老太太，她家清理得如何了？”他噘着鼻子，那表情好像又闻到了难闻的味道。

我这才松了一口气，大脑也放松了警惕。“哦，那个啊。”他显然把我的回答当成了对他的鼓励，竟然推开门朝我走过来。他走到我面前，伸出手，斯普林特在他手上舔了半天，最后是我把它拉开它才作罢。

“你住她家隔壁，肯定很高兴有人帮忙处理她家的垃圾吧？”他语气轻松，但我知道他内心是紧张的，因为他说话时一直看着我，迫切希望得到我的认同。“我就是想说，你肯定特别高兴有人介入吧。”他说到“介入”一词时语气特别骄傲，好像在说“你看，我聪明吧”。

“这个词你是从你妈妈那儿听来的吧？”

他的脸腾一下子红了，我看到他隐隐皱了一下眉头，但还坚持着直视我的目光。“她家太乱了，简直是卫生隐患，市政厅早该插手管管了，这么说总没错吧，真的非常危险，我妈妈说了——”

“我妈妈说了。”我用小宝贝的口气重复着他的话。

“本来就是！”他满脸通红，一时间忘了要说服我的初衷，开始大声冲我嚷嚷，念叨的自然还是他妈妈的想法。他妈妈跟他是一样的人，总爱自以为是，总爱对别人的生活指手画脚，竟然还跑去相关部门举报？之后，市政厅又派来什么米兰妮还是翠西的，敲开人家的门，嘴上说着为了人家的幸福和安全着想，实则是在把人当猴耍，根本不了解实际情况，却妄图操控人家的生活。这帮人全都是自以为是的蠢货。

我看着奥斯卡，他眼里闪着光，似乎非常得意染指莱蒂家的事，还装出一副关心人家的样子。“她是个成年人，照看不好自己是一回事，但如果影响到他人，那就不对了。她家里不仅味道难闻，还有引发火灾的隐患，很可能对公共安全造成危害。”他终于住了嘴，眼睛却依然盯着我。我毫不示弱地瞪了他一眼，没想到他还没讲完，“还有老鼠！她家还招来了老鼠，到处都是，你家后院也有，简直太不负责任了，又自私又恶心。”

我想到莱蒂对我的好，想到她请我吃的午餐、给我冲的热巧，还有假装成我的家长帮我打的电话，她还带着我和斯普林特去了热带雨林。我想起她跟我一起完成市政厅问卷时脸上的表情，想起她曾经竭尽全力地帮我，想起她寻求我帮助时脸上的无助。

奥斯卡还在那儿没完没了地磨叽，说着什么不妥、危险、恶心之类的话。

我拉紧斯普林特的狗绳，愤愤地回了他一句：“你根本就什么也不懂！”

“我当然知道！她就是非常危险！”

“她才不危险！她本来过得好好的，是你告发她的，是你毁了她的生活。”

“她危不危险你看看自己不就知道了？”他一边说一边指了指我的腿。

“什么？”我冷静地盯着他，“你说什么？”

“你的腿呀。”他又指了我一下，“你不就是在她家受的伤吗？”

“你根本就不了解情况。”

“我知道！我看到了，还告诉了我妈妈——”他一副若无其事的表情。

“是你告发我的？”

他一脸迷惑，看着他的表情我真想上去给他一拳。“我告发的不是你，是那个老太太。”

“都是你的错！”

“我的错？要不是我，怎么会有人帮那个生活在垃圾堆里的老太太清理破烂？她家是卫生隐患，这一点你能否认吗？日子过成这样的人根本不配有家，我上次去你家时都能闻到她家的臭味！”

还没等我反应过来，自己的拳头已经落到了奥斯卡的脸上。我看到他捂着鼻子，再加上自己手指关节的疼痛，我这才忽然意识到自己做了什么。我低头看看自己红肿的关节，又看了一眼奥斯卡，他把手从脸上拿开，我看到他指缝中沾着鲜血。

“你竟然打我。”他一脸错愕，对眼前的一切表示难以置信。

他低头看看手上的血，重复了一句：“你竟然打我！”

我内心毫无愧疚之意，但我也不傻，知道此地不可久留。

于是我迈开双腿，带着斯普林特拼命向前奔跑。

等到我们偷偷潜回家，天色已近黄昏。一下午，我带着斯普林特沿着江边走了很远，一直走到铁轨那边，然后又原路返回，走到最后我两腿僵直，就连斯普林特也没了精神，回来时一路耷拉着脑袋，吐着舌头。我们经过奥斯卡家，我发现他家亮着灯，一切正常，不过我还是尽量躲得远远的，并下意识地加快了脚步。我走到咱家门口，家里漆黑一片，不过前院很漂亮，彩色的靠垫非常抢眼，虽然和偷来的椅子根本配不成对，但也别有一番情趣。从外面看，这家人应该过得不错，日子过得井井有条，会定期打理花园、按时支付水电账单。

我不知道当初挑选这些靠垫的人是怎么想的，看到它们摆在自家门廊，他们会是怎样的心情？出门发现靠垫被人偷了又会作何感想？现在，它们摆在咱家门廊，让咱家看起来有人打扫，或者还可以说……我努力在脑子里搜索一个更合适的词，对，打理。现在咱家门廊就像宜家的宣传照一样，看上去像有人精心打理过。虽然很多植物打蔫了，但也无伤大雅。眼下，我还有重要的事情要做：我开门进了屋，拿起你的手机，紧接着又出了门，来到莱蒂家黑洞洞的门廊坐下。

门前的废料箱已被拉走，不知明天会不会有新的运来。斯普林特用它干巴巴的舌头舔着我的手，我知道它渴了，于是把它带到旁边的水龙头那儿，打开开关，任它肆意拍打着喝水。我往莱蒂家窗户里面张望，隔着窗子仍然能闻到呛人的味道。莱蒂家里一团漆黑，跟咱家一样，但不知为何，我总觉得待在她这儿让人更踏实，仿佛她这儿有一只木雕狗，会静静坐在那里等着主人回来。我打开箱子，从里面拿出水壶和杯子。斯普林特终于喝饱了，我把水壶接满水，烧开后给自己冲了一杯热巧。

我踏踏实实地坐在莱蒂家门廊，坐在平时莱蒂坐的椅子上，斯普林特蹲坐在我面前。黄昏已过，天色彻底暗了下来，我一边喝手中的热巧，一边望向街道，这不就是莱蒂的日常生活吗？也没有多糟啊。斯普林特在一旁打起了呼噜，街上走过一个人，我看着她，尽量保持冷静。

是莱蒂。我揪着的心放了下来，但愧疚感却未减丝毫。

“你在这儿干什么呢，小家伙？”

“等你啊，老家伙。”

莱蒂哼了一声，叉着腿在对面的椅子上坐下。“嗯，你踏实坐着吧，我们可能得待一会儿。”

“什么？”

“没什么。”她俯下身摸摸水壶，“水还热吗？”我耸耸肩膀，“还热。”

她给自己冲了一杯热巧，动作娴熟，我不知自己为何突然热泪盈眶起来。斯普林特听到勺子磕碰杯子的声音立即醒过来，站起身舔了舔莱蒂的手腕，莱蒂轻轻把它推开，“听说你遇到麻烦了。”

我喝了一口热巧，“嗯”了一声。说话时眼睛一直盯着地面。

她晃了一下身体，椅子发出吱吱嘎嘎的声响。“跟我有关系吗？”

我看到自己的眼泪沿着鼻梁淌下来，一直流进我的热巧。你以前总是说加点盐的热巧更好喝，不知道是不是真的。“对不起，莱蒂。”我声音很轻，但透过她沉静的表情我知道她听清了我的话。我清清嗓子，瞥了一眼她的下巴，继续道：“我为昨天说的话向你道歉。”

她点点头，“我知道你说的是这件事。”

我看着她，她朝我挤出勉强的笑容。

“对不起，我那么说太过分了。”

“嗯，不过，你至少没上手揍我啊。”

我想笑，但是笑不出来，“你是怎么知道的？”

“他妈妈来找你，看你家没人就来找我了，好像你跟我是一伙似的。”

我的胃开始抽搐，刚喝下去的热巧变成了一把锋利的刀子，割得我心痛，让我心乱如麻。

我吞了口唾沫，我不想哭，却控制不住我自己。悲伤的情绪喷涌而出，嘴唇止不住地颤抖。

“我觉得她是想找你妈谈谈，结果你家没人，于是她就敲了我家的门，还质问我知不知道你们人在哪儿。”

我把眼泪憋了回去，全神贯注地盯着我的杯子。“那你跟她怎么说的？”

“我说你俩都不在家，去上芭蕾课了。”我抬头看着她，她朝我挤了挤眼，“谁能想到一个学芭蕾的孩子竟会对人大打出手！”

我不知该说什么，开口道了句“谢谢”。

莱蒂靠在椅背上喝了一口热巧，斯普林特把头搭在她腿上，大声喘了一口气，莱蒂轻轻抓了抓它的后脑勺。我内心十分纠结，不知该作何选择。

“那女人一看就不是善茬，”莱蒂说，“她这样的人我见过，”她一边说一边露出笑容，却不是那种开心的笑，“她还会再来找你的，蕾。”我虽然始终盯着莱蒂抚摸斯普林特的手，却能感觉到她在看着我。

“莱蒂，你能帮我给她打个电话吗？”我下意识地摸了一下口袋里的手机，但并没掏出来，两只手再次捧起热乎乎的杯子。

“我都已经告诉她了。”

“不是，我是说——”

“我知道你什么意思。”

“那可以吗？”

她叹口气道：“我知道你什么意思，既然我已经冒充你家长帮你打了两次电话，也不差这一次。”我点点头，内心充满了期待。

“可是，我觉得这次这么做没有用，知道吗，小家伙。”

“为什么？你之前不是帮我打过电话吗，这次有什么不一样？”

“我之前就不该这么做，”这次换莱蒂低下了头，“而且，这次不一样，那女人就住在隔壁，她不可能让你用一通电话解决问题。”

“可我之前也帮过你啊。”我指了指她的房子。

莱蒂点点头，“你说得没错，我非常感谢你的帮忙。”我放松地笑了。“我也感谢你想方设法阻止市政厅上门。”她眼神凌厉起来，我心里突然又没了底，不知道她心里到底是怎么想的。

我指着自己的小腿，声音颤抖地继续道：“我没有告诉任何人我腿受伤的事。”

“所以我说我特别感谢你啊，我当然知道不是你告发我的……”

“可是……”

“……无论如何，我都感谢你的用心良苦。”

“那就是个爱管闲事的女人，你之前不也这么说嘛。”

“没错，可我现在没什么可藏着掖着的了，她还能对我怎么样？”

我心里觉得老天对我太不公平了，气得手直发抖。“你不要以为你家收拾干净了，你就高人一等了，难道我就不能有什么难言之隐吗？”

她挑高眉毛，那表情令我心跳加速，“你一个小孩子有什么难言之隐？”

我愤愤地放下杯子，杯子啪嗒一声摔到箱子上，我没有看她，反正我也不需要她的保护。

“你为什么就不肯帮我呢？不记得我曾经帮过你吗！”

“小家伙，你知道这么做没用，你知道我帮你打了电话也无济于事。”

“莱蒂，求你了——”

“你应该给你妈妈打个电话，让她尽早回来收拾这个烂摊子。”

我牵起斯普林特的狗绳，把它从地上拖起来，“既然你不愿意帮忙，那就算了，谢谢你。”

我气冲冲地离开，莱蒂默默点点头。我把她家院门重重关上，感觉门闩都被我撞坏了，那又怎么样？！

我努力不去想莱蒂、奥斯卡和他那多事的妈妈。我给自己做了面条，还煎了一个鸡蛋，给斯普林特喂了狗粮，然后把暖气打开，房间里虽然暖和了，却弥漫着灼烧的味道，于是我又过去把暖气关掉。我清理了厨房，水槽内壁挂满了油污，一道一道的，我擦了好几遍，先用了洗碗布，后用了餐巾。我从水槽下面掏出一块白色海绵，沿着水槽的不锈钢内壁一圈一圈地擦拭，终于之前的污渍不见了，擦过的地方再次闪亮起来。这时，水龙头里滴下一滴水，落在我刚擦好的地方，水滴一圈一圈晕染开去。我把水龙头拧紧，用了很大力气，攥得我手生疼。我把刚刚落下的水滴擦掉，然后继续重复一圈一圈的擦拭动作，直到擦掉所有污渍，直到咱们家的水槽焕然一新。

水槽清洗完毕。我坐下来，独自面对这个空荡荡的家。今晚要不要上床去睡呢？我已经很久没有在床上睡了，估计床单被褥都已经潮了，会发霉吗？我不知道。于是，我还是选择了沙发。

角落里的电视虽然静了音，但屏幕发出的光打在墙上非常刺眼。我躺在沙发上，心里应该很踏实才对，毕竟干了很多活儿，危机也算暂时解除，应该很快就能睡着。然而，不知为何，恍惚中我觉得咱家变成了一个广阔的大舞台，无尽的虚无令我毛骨悚然。我把身体往下缩了缩，盖好被子，调高了电视音量。电视里，为了达到某种娱乐效果，几个穿着讲究的成年人正在合伙欺负另一个人。我换了台，这台节目是关于白色污染对鲸鱼造成的伤害。老太太说得没错，我要是等她来拯救我，那恐怕要等到猴年马月了。我习惯了她的门廊，习惯了她给我冲的热巧，甚至忘了自己在这世上只是孤身一人，不论发生什么事，我能依靠的只有我自己。

斯普林特跳到沙发上，趴在我旁边，脑袋搭在我的肚子上。你的手机还在我的口袋里，硌得我腿疼。我把手机拿出来，手机已经没电关机了。刚才莱蒂就算愿意帮忙，其实也无能为力。斯普林特朝我眨眨眼，对啊，我为什么不能自己打这通电话呢？莱蒂不愿帮忙没关系，我可以学着她的样子自己打电话啊，我也可以假装成别人，这有什么难的？

第43天

星　期　日

今天，我一早就起床出了门。我洗了脸、刷了牙，穿着冬天的外套，鞋带也系得好好的，甚至还给自己戴了一条围巾。斯普林特看到我出门，哼唧了好几声，可我不能带着它。我系好外套纽扣，拍拍口袋，走出院门。

他家前院根本没有咱家的整洁，应该是这两天正在打理，小路上散着落叶，花盆里戳着一把小铲子，铲子旁边还搭着一只园艺手套，另一只放在旁边花盆中间的支架上。我经过时，感觉那两只手套是在跟我挥手问好。我没空想这个，径直走上台阶，敲响了他家大门。

“你好。”开门的是奥斯卡的妈妈，她没有笑，但表情也算不上刻薄。房间里一股热气扑面而来，我闻到面包、煎蛋还有咖啡的味道。

“你好，夫……夫人——”我不记得她的名字，使劲掐了自己一下，真该事先练习一遍。

“我叫露西。”

我真想喊她一声“事儿妈”，不过，我还没有失去理智。我清清嗓子开口道：“你好，露西夫人。”

她微笑地看着我。“你不用喊我夫人，叫我露西就好。”我看着她，她的笑容又慢慢收了回去，“蕾，你找我有事吗？”

我挺直后背，后面的话我已经想好了，“奥斯卡在家吗？我想找他说几句话。”

奥斯卡从门后走出来，这个胆小鬼，肯定一直鬼鬼祟祟地躲在门后。

我朝他笑笑，并不太明显，像是苦笑，是那种充满歉意的笑。我盯着他的眼睛，他的眼睛眯成了一条缝。

“对不起，我打了你，奥斯卡。”他没说话，我等在那里，心想他可真没教养，不是应该马上说句“没关系”吗？不过我也有对策，毕竟事先预想了好几种结果。我深吸一口气，给他鞠了个躬，然后继续道：“都是我的错，不管什么原因，我都不应该打人，请你原谅我。”我低头看着自己的鞋，希望奥斯卡的妈妈能感受到我的诚意，也想给奥斯卡足够的时间接受我的道歉。可他还是一言不发，我透过睫毛偷瞄了他一眼，他眯着眼睛看着我，抬手揉了揉自己的鼻子。我又看了一眼他妈妈，她也没说话，她不是最爱插手别人的事了吗？这会儿怎么不说话了？我强忍着怒气，把手伸进口袋，真希望掏出一把枪，看他们还敢对我置之不理！

“你为什么要那么做？”

我抬起头，“嗯？”

“你为什么打我？你明知道打人不对，为什么还要那么做？”他抬起下巴，我真想再给他一拳。我揣在口袋里的手已经握成了拳头，目不转睛地盯着他。事情发展到现在这种程度跟我事先预想的完全不同，我又看了一眼他妈妈，她歪着脑袋点了点头。

“这个问题问得很好，蕾，我觉得你确实欠奥斯卡一个解释。”

我努力控制自己的表情，不让自己流泪；我绷住自己的身体，即使怒火中烧，也不能再有过激的行为。我知道他们想要的答案是什么，因为我控制不了自己的情绪，因为我是一个坏孩子，因为我妈妈不像你妈妈那么明事理——

“因为你太过分了。”我也没想到自己会说出这个理由。奥斯卡朝后退了半步，我就喜欢看到他这个怂样子。

我逼近他家门口继续道：“你对莱蒂非常过分，你对她的生活一无所知，却给她造成了无尽的痛苦。你不仅不感到抱歉，还说了那么难听的话。”我稳住自己的身体，朝后退了一步，飞速瞥了一眼他妈妈。她脸上的表情有点尴尬，我压低声音继续道，“我知道莱蒂有她的问题，但她一直对我……和我妈妈很好。”我直视着奥斯卡妈妈的眼睛，“我妈妈说了，无论她是什么样的人，我都应该接受她、尊重她，我对她一辈子的经历一无所知，应该给予她足够的同情，而你——”我指着奥斯卡继续道，“你却骂她又老又脏，还说她是什么公共危害和耻辱，你拿她和她的房子开玩笑，说她妨害到了你的生活。那些清洁人员去了她家，进进出出搬走了她很多东西，她心痛得都快要死了。你知道为了你所谓的正确，她付出了多少艰难的努力，你知道她的心里有多痛苦吗？而且你还——”我指着他的胸口，向下按了一下，像要捻死一只虫子一般——“你还不以为然，简直可笑至极。”

我看着奥斯卡的眼睛，他高高抬起的下巴又低了下去。

“那天我听说是你告发她的，你从来不跟她说话，也没想过帮她的忙，只会背后打小报告。要不是你，她不可能这么难过，可你却毫无歉意，还说她恶心、精神不正常，说她很危险，不配有家，听你说了这些话，我才动手打了你。”

我越说越气，喘了一大口气，忽然想起自己来这儿的目的，于是赶紧闭上嘴、低下头，心跳也慢慢恢复了正常。我看着他，他整个人都颓了，缩着脖子，不再挺拔，像又被我揍了一顿似的。这种感觉真好，不过好像又不太对劲。我隔着衣服掐了自己一下，这会儿要是带着斯普林特就好了。我看着他的脸，最后道了一句：“打了你，我非常抱歉，非常惭愧。”

我说的是真心话。他确实欠揍，不过我也确实感到抱歉。我抬头看着他妈妈，她也正盯着我。我提醒自己来这儿的初衷，要按剧本来啊，我继续道：“是我妈妈让我来找你道歉的，她说我要对自己的行为负责，做错事不该逃避责任，要勇于承认错误。我觉得她说得对，所以就来了。”我又看了一眼奥斯卡，他满脸通红，根本不敢跟我对视。“我非常抱歉，特别特别对不起，奥斯卡，我错了，无论如何我也不该打你。”

这是我的真心话。我把手伸进口袋，掏出我的制胜法宝。“这是我的一个小礼物，”我拿出一本书，“请接受我的道歉，接受我的这本书。”我硬着头皮把书递给他，“这是我的最爱。”这确实是我最喜欢的一本书。

奥斯卡接过书，看了一眼。

“你妈妈在哪儿？”露西回头看了一下咱家的方向，“我以为她会亲自过来。”

“她说我必须自己来，自己犯下的错误，就要自己面对。”

她意味深长地点点头，像在脑子里认真做了笔记。你好像从来没有如此认真地对待过我。“你妈妈还说了什么？”

我咬着嘴唇继续瞎编道：“她说一个月不许我上芭蕾课，也就是说我将错过汇报表演，她说这是对我的惩罚。”我继续低头看着自己的脚。

奥斯卡的妈妈面露难色，“哦，是吗？其实也不必这样——”

“她做得没错，这是我应该承担的后果。”

“哦，”我看着她，看到她先是红了脖子，而后又涨红了脸，“嗯，那倒也是。”

我忍住笑，摸了摸鼻子，“我无法想象如果那天打人的是奥斯卡，挨打的是我，我会怎样。”我看着他拿着我的书，再次鞠了一躬，“奥斯卡，真的对不起。”

露西绽放出灿烂的笑容，“嗯，既然来了，你先别急着走，就在我家多玩一会儿吧。”

我一脸严肃地回答道：“不行，我妈说我今天的任务是帮助莱蒂，这样她才会原谅我。”

“去她家帮忙吗？”

她难掩一脸嫌弃的表情，我知道奥斯卡为什么会有那样的态度了。我整理了一下外套，“是给她读书，在她家门廊。”我也绽放出我最灿烂的笑容，“她的视力不如从前了。”我心想着如果莱蒂听到我的话会作何反应，不禁笑了起来，这次是发自肺腑的笑容。哼，老太太，你活该。

“嗯，那好吧，那下次你再来玩。奥斯卡，你说呢？”

“嗯，当然欢迎，过去的事就让它过去吧。”他嘴上虽然这么说，脸上的表情却充满疑惑。不管怎样，我算是把他妈妈糊弄过去了，我微笑着跟他们母子挥手道别，蹦蹦跳跳地回了家。我打开前门，糟了，我这一天真的要陪着莱蒂了，不用回头我也知道，奥斯卡的妈妈肯定还站在门口向我这边张望。

***

斯普林特看到我这么快就回来了，兴奋地冒着傻气，在我身上一顿闻，然后又绕着我转着圈地扭屁股。我开门让它跑去前院，回屋换上你的上衣和一双运动鞋。

莱蒂没在门廊，没办法，我只能硬着头皮去她家找她。我知道奥斯卡在偷看，我可千万不能回头。

我不知道是该敲门还是该坐在门廊等莱蒂，通常这个时间她应该已经出来了。不过，之前她家可能太局促，没地方待，所以她才一早就出来；现在，她家空间大了，她不会就此待在家里了吧？斯普林特蹲在莱蒂的椅子边叹了一口气。

我敲敲门，门开了，开门的正是莱蒂。她面无表情，没有笑容，也没有愁容。

“你怎么这么早来找我。”

“对呀。”我耸耸肩。

“欢迎来串门。”

我低下头，想着是不是应该离开。

“该死的，”莱蒂声音很低，一边讲话一边挠了挠自己的后脑勺，“你看啊，小家伙，我并不是在怪你跟我发火，换作是我，可能也会这么做，但是你要知道，我不帮你打电话是为了你好，我知道那么做没用。”她清清嗓子继续道，“我喜欢你，真心想帮你，不希望你觉得我是个讨厌鬼，你知道吗？”

“嗯。”我不敢看她。

“你是一个好孩子，蕾，应该有人好好照顾你，可那个人不该是我。”

“你也不错啊。”

莱蒂笑了。“谢谢你的认可。”她机警地看着我，“我绝不会被你的甜言蜜语蒙蔽双眼。”我知道她接下来要说什么，于是面无表情地看着她，身体靠着她家门框。“我知道，我说这话又可能惹你不高兴，可我还是得问，你给你妈妈打电话了吗？”

“打了。”

莱蒂一脸怀疑，挑高眉毛问我道：“真的吗？你真的跟她说了？”她还不太相信。记得你以前总说我这个人有多疑的毛病。

“真的，我真给她打电话了。”我不敢直视莱蒂的眼睛，好像盯着我的不是一个人，而是一只老山羊，除了眼睛不是偏向两侧，她的眼神简直跟老山羊的一样尖锐犀利。你以前总带我去儿童乐园，那里有我最爱的动物，当然，也有我最怕的动物。

“她不是在静修吗？你是怎么联系上她的？”

“对，我就给她静修的地方打了电话，请他们帮忙找我妈妈，后来就联系上了。”她没有打断我，她知道我妈妈的手机在我手上，静修的地方本来就不让带手机。我之前在奈飞网看过一档豪华旅游节目，讲的就是静修之旅。

“那她后来给你打电话了？”她的眼神依旧犀利。

“对啊。我跟她说，大家都知道她出门了，所以她得尽早回来。”

“然后呢？”

“她说她很快就回来了。”

“什么时候？”

“下星期。”

“下星期？”

“对。”

“老天，那好吧，回来就比不回来强，”她摇摇头，“不过，我对她还是很有意见。”看来莱蒂相信了，我强迫自己保持严肃的表情，“要是她下周再不回来，我就要给儿童保护中心打电话了。”

“到时候她一定会在家陪我的。”我这话说得谁也挑不出毛病。

莱蒂挺直后背回应道：“她最好能说到做到。”

我看着她，好不容易挤出点笑容。下周的事下周再说吧，“嗯，这会儿我得读书给你听。”

“为什么？什么意思？我自己又不是读不了书。谢谢你，不用了。”

“嗯，我刚刚去给奥斯卡和他妈妈道歉了，跟他们说我妈妈让我对自己的行为负责。”

“你妈妈确实说这话了？”

“我要是跟她讲我打了奥斯卡，她肯定会这么说的。”这也是实话。

“嗯，这我倒不奇怪，可这跟给我读书有什么关系？”

“他妈妈让我别急着走，让我在她家多玩一会儿，我跟他们说我得回来给你读书，”——说这话时我嘴唇直抖——“因为你视力越来越不好了。”

“你跟他们说了什么？”

“我说你都快瞎了。”

“你这个小兔崽子，你是嫌我在他们眼里还不够一无是处吗？”她狠狠白了我一眼，“我看你就是故意的。”

我开心地笑了，“我就是故意的，你活该。不过，谢谢你不生我气了。”

她后撤了几步，叉着腰看着我，“哦？谁说我不生气了？”

“你就是不生气了。”

“你怎么知道？”

“因为你一直在笑啊。”

“我那可不是冲着你，这是肌肉记忆，你让我想起了一个人。”

“谁啊？”

“没谁。”莱蒂看了看奥斯卡家的方向，收起脸上的笑容，“那你快进来吧，免得隔墙有耳。”

***

我曾亲眼目睹她家原来有多乱，但没想到眼前的一幕却更令人错愕，整间屋子十分破败，依然有股难闻的味道，看来清洁人员并没有让这里变好。我走进门，莱蒂一直看着我。

“这是你第一次见到我家四面的墙壁吧？”

我看着莱蒂家的墙壁，旋涡图案的壁纸上满是污渍，好像长了青苔，又好像没长。我迈过地上一个猫咪身形的污迹，莱蒂看到了，脸上闪过一丝痛苦的表情。她挥挥手，向我展示她拥有的宽敞空间，壁纸上还留存着曾经高高垒起的破烂的印记，一团团的灰色印记让人感觉破烂是一下子凭空消失的，而非穿着防护服的清洁工人一点儿一点儿搬出去的。

“他们说还没弄完，壁纸什么的他们会来处理，反正那个壁纸拆了我也不心疼。他们说之后刷一层涂料就行了。”她摆摆手，“据说那样有利于去味……现在这味道已经渗入每个角落，是真正的无孔不入，壁纸、地毯、地板砖……哪儿哪儿都是。”她盯着地上一块黑色印记，“这块污渍，他们说用砂纸能清理出来，然后再打上一层丙烯抛光剂就一点儿也看不出来了。”

她的表情从最初的难过、尴尬变成了此刻的无奈和接受，一切来得太快，我不知道哪个才是她内心真实的感受，又或者所有的情绪都纠缠在了一起，她一个人就演绎了一部老电影。

书柜还靠墙立着，我走过去，“嗯，我给你读一本什么书呢？”

莱蒂耸耸肩，一副无所谓的表情。“他们连一本杂志或报纸都没给我留。”

我想到自己把她成堆的报纸和杂志扔进垃圾桶的情形，道了句：“没留最好。”

她嗔怪地看了我一眼，朝第一排书架走过去，当初她好像就是被那个架子压在了下面。我看到窗边有一把椅子，旁边是一个小咖啡桌。

莱蒂用下巴点了点那套桌椅，“是新的，清洁人员给我的，当然是二手的。我家里的很多老东西，他们都给拿走了。”

我看着那套桌椅，“这儿之前不是你睡觉的地方吗？”

“是，也不是。”

“什么意思？”

“我之前是因为卧室塞了太多东西，没地方睡觉了才在这儿睡的。”

“哦。”

“嗯，对了，卧室已经被清理出来了，他们还帮我买了一张新床。”

“那多好。”

“是啊。”

我们俩盯着书柜，上面的书摆得整整齐齐、满满当当。她用手指捋着书脊，想找一本合适的书给我，我趁这工夫又四处打量一番，发现莱蒂家比我之前想的要大，想想也合理，清理出去那么多东西，空间自然宽敞了许多。

莱蒂拿出几本书，翻了翻，把其中一本递给我。“这本书应该比较适合你的年纪。”

我看了一眼，书很旧，不过的确是一本儿童读物，封面是一个小姑娘和一匹马，我想这书没准儿是她女儿的。我打开那本书，翻了几页，里面的味道让我想起莱蒂被书架砸在下面的那天晚上，是一种刺鼻的腐败味道，油腻腻、臭乎乎。

莱蒂注意到我的反应，脸上现出忧伤的表情。“是我把这些书给毁了，我本来是想好好保存才把它们放在书架上的。”

“没关系，通通风味道就没了。”

莱蒂摇摇头，“没用的，纸张最吸味儿了，一旦染上味道就很难去除。”她把手伸进后面一排书中，“我想这些书早晚也得被清走。”我以为她会把那些书扔到地上，但她并没有。她站在原地，双手依旧搭在后面一排书上，像是在跟它们拥抱。

“我们可以想想办法啊！”我提议道，“咱们把它们拿去外面，让它们通通风，还可以喷点空气清新剂什么的？桉树味儿的？”

莱蒂叹口气问我说：“能有用吗？”

我看着莱蒂的书架，上面的书是全屋唯一归置整齐的老物件，都是适合小女孩的儿童读物，这可能是莱蒂唯一的念想了。我想起了我的念想——穿着你的大外套，我觉得特别温暖。

“当然有用了。”我从书架上抱下一捧书，“快点吧，试试又没坏处。”我抱着书径直走出门，不知道她有没有跟在我身后。我把书放在门廊，整齐地摆在木板上，书脊朝上，书页像无数条散开的小腿，不仅能撑住书的重量，还能让风吹进来。

我给斯普林特套上绳子，把它拴在莱蒂的椅子上，省得它到处乱跑把书撞倒。它肯定喜欢这味道，我可不能冒险。最后，书铺满了整个门廊，只留下一条通向椅子的狭窄过道。端着这样一本书出声朗读，已经让人很痛苦了，我可不能让自己被围得死死的，连喘息的空间都不留。

莱蒂的书全都趴在门廊的地板上，像长途跋涉后累得瘫倒在地的士兵。有些书书脊朝上，有些则摊开在地上，书页被风吹得哗啦啦地响。有些尺寸较小的书根本立不住，看来我得发挥我的聪明才智才行。我把精装书的封皮插在小书中间，把四本小书围在一起，看上去就像一窝四方形的小猫，正依偎在一起安睡，落满灰尘的小尾巴和胡须还在风中来回忽闪。

“干得不错。”莱蒂瘫坐在椅子上，回头看到奥斯卡和他妈妈正在自家花园戴着手套除草。

“他们伪装得也不错。”莱蒂朝我瞥了一眼，“好吧，你打算给我读哪一本啊？”

“我想读这个，可以吗？”我拿起莱蒂最初递给我的那本，封面是一个小女孩和一匹马。

“嗯，”莱蒂点点头，“这是拉娜的最爱。”

“谁是拉娜，你女儿吗？”

“对，我女儿。”

“她怎么了？”

“她死了。”

莱蒂一动不动坐在那儿，眼神空洞，没有要冲茶的意思，甚至没有晃动脚趾或抓抓斯普林特的后脑勺，她只是一动不动地坐在原地。我看了一眼手中的书，心想到底该不该问拉娜是怎么死的，这样问礼貌吗？又或者，我什么也不该问，应该直接朗读书里的故事。我这样想着，翻开了第一页。

“她走时只有十一岁，我之前跟你说过的。”

我点点头，把手指塞在第一页故事开始的地方，不知道她会不会继续给我讲她女儿的故事。她依然面无表情：脸部肌肉下垂，嘴角也往下耷拉着，倒不是因为生气，而是重力长年作用的结果。她的目光穿过我的左肩，看向我的后方。我转过头，后面除了一扇门什么也没有。我低头翻看书上第一页的内容。

“她不幸患上了流感，你肯定不信吧？十一岁的小孩本来是很有抵抗力的，我也以为她快好了，症状什么的都在慢慢消失，可是谁想到她又突然发起了高烧，然后就不停地咳嗽。我让她卧床休息，给她喝了药水，还吃了扑热息痛——能试的办法我都试了，可她的情况却越来越糟，到后来，我只能喊来了救护车，可一切为时已晚。我们那会儿，要是孩子生点小病——类似感冒、发烧什么的——你就带去医院，很多人会觉得你有问题，都会劝你理性点，不要小题大做。我当时就是这么想的，觉得她已经好转了，即便发烧可能也只是有点小反复。都怪我，我不该在她还没好彻底时就让她下床的。”她一边说一边揪裤子上起的球，拽出了一根又一根线头。“谁想到，后来她温度越来越高，甚至开始神志不清，于是我赶紧给医院打电话，他们说相关医生正在做手术，等做完手术就过来。我还是不放心，赶紧叫了救护车。我知道她不对劲了，当初真该早点送她去医院。后来医生也问我，为什么不早点联系他们？我错了，真的错了，我得到了教训，”她把薅起来的毛线头捏在指尖撕扯，“可是一切都太晚了。”

她看了我一眼，继续道：“她特别喜欢看书。”她眼睛抽搐了一下，只有一瞬间，我甚至怀疑是不是自己看错了，“所以，这些书我无论如何也舍不得扔。”

我扭头看着周围一地的书，这一刻对莱蒂仿佛有了全新的认识，比我之前对她的所有了解都要深入。

“那你儿子呢？”

她笑了，“他不爱看书，克里斯很少踏踏实实坐下来看书，他喜欢做手工什么的。”

“我不是问这个——”

“哦，”她点点头，“你是想问我女儿的死对他有什么影响吗？”

“嗯，大概差不多。”

“我女儿走后，我们这个家再也无法像以前那么温馨幸福了。先是他父亲离开了家，然后我也离开了。当然，我并非真正地离开，我的人还留在家里，但……我的魂儿，不知道去哪儿了。我把克里斯看得紧紧的，但还是没看住。我对他寸步不离，他成了我唯一的亲人，可我并未真正替他着想过，这一点他也明白。他学习非常刻苦，成功考取了悉尼的大学，从那以后便再也没有回过这个家。就好像一个人一直想脱离苦海，后来终于得偿所愿，所以无论如何也不愿再故地重游。那种感觉我知道，我不怪他。”

“但他送了你一辆车啊。”

“嗯，是啊。”她微笑着看了一眼街对面那辆洁白无瑕、晶光闪耀的车，“他不仅送了我一辆车，每次我生日他还会送我礼盒，母亲节也会送我花，到了新年还会送来气球、香槟什么的。”

“他还会送你气球？”

“嗯，都放在——”她指指房子，笑了。她自己也察觉到了自己的表情，有点尴尬地继续道，“都在里面呢。”她捏了一下自己的手背，看了我一眼，又笑了起来，这次竟然撇着嘴笑出了声。“都是些傻大傻大的气球，金光闪闪的。他是个有幽默感的孩子，我要是早点知道就好了。”她抠着指甲继续道，“不过现在知道也不算晚。”

“你总能见到他吗？”

“有时能见到，比如我过生日的时候。每年，到了拉娜的生日，他也会给我打电话，如果他来城里，还会带我出去吃饭。我儿子人很好，他只是不愿意回家而已。”

“现在你的房子收拾干净了，没准儿他愿意回来了呢。”

莱蒂笑了笑，那笑容有点奇怪。“小家伙，收拾好了他也不见得回来，他并不是因为房子不整洁才不回家的。他不回家是因为拉娜走后家里的一切都变了，东西虽然还在，还跟以前一样，家具、味道虽然都还在，但房子却已经成了一个空壳，完全没有了家的感觉。所以啊，房子哪怕收拾得再好，对他来说也都一样。”

我突然僵在那里，我很想跟她说她讲得没错，想告诉她自从你走后咱家也不再是家了，像一下子被掏空了，干涸了，曾经的温暖都已不知去向，咱们的家成了不堪一击的空壳。我每次醒来都有这样的感觉，房子里空荡荡的，甚至比外面还要空荡。我不知道这个家还有什么继续存在的必要，在我看到你吊在绳子上的那一刹那，咱家的房子不是明明已经消失在迷雾之中了吗？我继续若无其事地活着，在空荡荡的房子里活着，带着斯普林特，它是我心里唯一的温暖。

我看着她，她没有看我，依旧在薅袖子上的线头，脚趾蜷在斯普林特温暖的身子底下，我之所以知道是因为斯普林特慢慢地摇晃着尾巴，后腿还一耸一耸的，只有在被人抓肚子时才会这样。

我想开口讲话，却口干舌燥，连呼出的热气都透着局促不安。我能说什么呢？说我理解她的感受吗？然后呢？跟她说出你的秘密？她抬起头，看到我正盯着她。斯普林特也坐了起来，一脸可怜巴巴的表情。我闭上嘴，瞥了一眼手里的书，低下头假装读了起来。

听了她的故事，我却什么也不说，这样很失礼，但我能说什么呢？我虽然手里拿着书，但知道自己根本看不进去，脑子已经开始胡思乱想。我偷来的靠垫和植物，我脑海里的记忆，我累积的那些被我打磨得像闪亮宝石的美丽辞藻，一下子都涌了出来。是这样啊？我想问她，但并未说出口。我低下头，看着手里的书。那一刻，我们谁也没说话，只听见斯普林特啪嗒啪嗒舔着自己的肚子。

莱蒂啪的一声拍了一下自己的大腿，“行，不说这些了，咱们泡杯热的喝，你准备好给我读故事了吗？我去接壶水，回来你就可以开始了。”

“莱蒂？”

“怎么？”

我屏住呼吸，弱弱地问了一句：“你家里的水壶现在还不能用吗？”

她停住脚步，手里举着水壶。“嗯，对呀，应该可以了。”她耸耸肩，朝着水龙头那边走过去，“不过，我已经习惯用这个了。”

我点点头，书上的字迹突然模糊起来。其实，我也有许多改不掉的习惯。

这一天过得不赖。给别人读书让我想起了你，以前我生病了，或者刚搬到新家我不敢一个人睡时，你也会给我读故事，也给我读过一个关于马的故事：那些奔驰的马儿逃脱了战场，自由地驰骋在山野。有些事我差点都忘了。你读故事时总是给不同角色配上不同的声音，故事发展到紧张时刻你的语速就会越来越快，到了可怕的部分，你又会压低声调、放慢语速，每次我都会吓得抱住你的大腿。每到这时，你就会停下来，朝我眨眨眼，告诉我这只不过是个故事。

给莱蒂讲故事时我没有变换声音，我想她已经是大人了，没有必要那样做。莱蒂坐在椅子上，眼睛盯着街道，听得十分认真。她脸上的笑容让我感觉她回忆起了往事。她给我冲了太多杯热巧，害我时不时就得停下来去趟洗手间，我当然是回自己家上厕所，她提议我去她家的，说她家洗手间已经清理出来了，可我一想到那里之前的样子，还是做了舍近求远的选择。

莱蒂也无所谓，就安静地坐在那儿等我回来。她又拿出了饼干，还是在塞登高档商店买的那种，吃起来甜美绵密，入口即化。她还准备了水果，到了中午，水果就成了我们的午餐，因为我们俩一直在吃饼干、喝热巧，所以一点儿都不饿。她特意为斯普林特买了猪耳朵，斯普林特趴在地上靠着她的腿，津津有味地咀嚼，一点儿也没有浪费。

傍晚时分，整本书也已接近尾声。故事越到后面越精彩——我读得全神贯注，甚至忘了莱蒂的存在——就连露西朝我们走过来，我和莱蒂都没注意。

“这本书好看吗？”

我赶紧住了嘴，莱蒂抬头瞥了一眼这位不速之客。

“抱歉打扰二位，你们俩正读到兴头上，是吧？”她满脸堆笑，是大人那种有点刻意的假笑，用你的话说就是交际名媛的职业笑容，我一直不明白你这话是什么意思。

“你有什么事吗？”莱蒂咧了一下嘴，挤出一丝笑容。

“我只是想跟蕾说句话。”

“那你说吧。”莱蒂点点头，身体靠到椅背上，手放在膝间，眼睛一直盯着露西。

露西脸上的微笑虽然还在，但明显已经僵掉了。她转身朝我开口道："我还是想跟你妈妈谈谈，蕾，她这会儿在家吗？"

我不自觉地合上书，一天下来的好心情彻底跑去了九霄云外，阅读的快乐、饼干和热巧的美味享受，统统都不见了，只剩下我灼烧的胃。她和奥斯卡几乎一整天都待在园子里，知道我家进进出出的根本没有别人，她这么做一定是故意的。

我张开嘴回答她说："在。"我并没撒谎。

"哦，那太好了。"露西微笑着朝我家走去，我紧张得胃里直翻腾，感觉刚吃下的饼干和热巧马上就要吐出来了。我强忍着，琢磨着该用什么理由阻止她。我能说什么呢？

"你千万别去。"莱蒂开了口，语气强硬，之前对市政厅女人说话时她也是这种语气。

露西停住脚步，"你说什么？"

"她妈妈累坏了，正在家休息呢。"

"她病了吗？"露西把头歪向一边，眉头紧锁。她不会要煮好汤再次登门吧。莱蒂这是在做什么啊？简直是在帮倒忙。

"她身体很好，但她这个星期每天都在熬夜加班，跟国外的客户开会什么的。要我说呀，他们这么安排时间就是离谱，但可能也没办法，跟国外做业务就是有时差问题，这就是所谓的全球化吧——对有孩子的父母实在太不友好了，对吧？"莱蒂一边说一边摇了摇头。

“哦，是吗？她太可怜了，肯定是累坏了。”她朝我瞥了一眼，“她到底是做什么工作的？”

莱蒂笑了，“谁知道呢？什么虚拟、数字的，反正我是不懂！”我吃惊地看着她，她怎么一下子又从一个职业女性变回了一个傻老太太，转换得还如此自然，我简直要爱上她了。

“嗯，那好吧，那我就不去打扰她休息了。”她看着我继续道，“蕾，你回头告诉你妈妈，等她有空了，我还是想找她谈谈。”

莱蒂清了清嗓子，看了我一眼，我赶紧会意地闭上嘴。“当然没问题，我告诉她给你打电话吧？她下星期应该没那么忙了。”

露西笑着回应道：“那太好了，”说着从口袋里拿出一张名片，“这是我的电话号码。”

我站起身想去拿名片，结果腿上的故事书滑到了地上。“谢谢，我会把这个给她的。”

“你真是个好孩子，在这儿给莱蒂读故事。”

“嗯，她真是好孩子。我喜欢读书，可最近视力……”莱蒂无奈地耸耸肩。

“我看你还能开车是吧？”

莱蒂笑了，看来她很喜欢跟对方斗智斗勇。“嗯，白天我还敢开车，戴眼镜什么的，”她从口袋里掏出她那副黄色眼镜架在鼻子上，“可是看书太费劲了，字太小，那些字大的书，又都特别沉。”

露西点点头，一边与我们挥手告别一边朝自己家走去。

莱蒂从我手中抢过那张名片，“你差点就露馅了，小家伙。”她打了个口哨看了看手里的名片。

“上面写的什么？”

她递给我，名片上写着：露西·格迪斯，卫生公共事业部，儿童保护中心，主管。

我从地上把书捡起来，重新坐回到椅子上，两手一直在发抖，好不容易才找到刚才读到的位置。翻书的过程仿佛让我的心慢慢静了下来，莱蒂把名片塞进自己的上衣口袋，靠在椅背上朝我眨了眨眼。

我低头看着手里的书，这本书曾是她女儿的最爱。

“莱蒂？”

“什么？”

“之前我跟露西说你快瞎了，我跟你学这段话时，你为什么笑啊？”

“为什么问这个？”

“是因为我让你想起了拉娜吗？”

她哼了一声，“不是，你这个小笨蛋，你让我想起了我自己。”

她的话我不太明白，心里却莫名感到一丝安慰。

第44天

星期一

一大早隔壁就已人声鼎沸，刚刚六点半他们就开始叮叮咣咣地搬东西。我把斯普林特放出后门，把它的狗食碗也放在了门外。今天我不想把它锁在家里了，反正他们已经知道咱家有条狗。后院一看就是被人刚打理过，不过安全起见，我又往栅栏边倒了些猪血和骨头。这主意真不错，唯一的问题就是斯普林特一直往前凑，总爱摇着尾巴闻来闻去，开心得简直要飞上天了。我知道，留它自己在园子待一天，估计它会把血和骨头撒得到处都是，甚至可能把我刚刚种好的花草都毁了。唉，真是可惜我费了那么大力气才打造出来的花圃。莱蒂家的清洁人员应该不会起疑，毕竟咱家这花圃看上去跟别人家的没什么两样，只是被狗毁了而已。我趁斯普林特不注意关上了后门。

我提前到了学校，给自己带了午餐，作业也都完成了。我低下头，微笑不由自主地爬到脸上。一天下来，我表现得很好，堪称模范学生。终于，放学了。

经过奥斯卡家门前，我特意加快了脚步，目视前方、大步向前，直到抵达咱家门口我才停下脚步。莱蒂家门廊上站着一个穿着防护服的清洁人员，正举着高压水枪往前院滋水。我真搞不懂他们做事的逻辑，门廊周围明明是莱蒂家最干净的地方，为什么还要在那儿耽误工夫。莱蒂没在外面，我听到她房里传出大功率吸尘器的巨大噪音。我径直去了咱家后院，不出所料，斯普林特已经没法看了，浑身污浊，还散发着恶臭。它看到我，朝我扭了扭屁股，想凑近舔我的手，我赶紧把它推开，踮起脚尖窥探栅栏那边的情况。

莱蒂家后院整齐堆放着原来留下的几件家具，上面罩着防水布，从形状上判断应该是三个书架、摆放在门口的咖啡桌椅，另外还有几把椅子、几个箱子和一张床。后门附近摞着几个塑料储物箱，莱蒂坐在之前放在门廊的椅子上，我环顾四周，没看见穿防护服的清洁人员，后院只有莱蒂自己。

她朝我挥挥手。

“你在这儿干什么呢？”

“你看我像干什么？干坐着呗。”

我朝她翻了个白眼，“我是问你为什么坐在这儿？”

她四下看看，然后回答道：“这儿不挺好的吗？”

我打量了一眼她的后院，是不错，曾经杂草丛生的草坪被修剪成了一寸高，割下来的草一堆堆地码放在院子边上，院子中间还有一个供小鸟喝水的水盆，青草的香气沁人心脾。可即便如此，我还是能感受到她家里的乌烟瘴气。我趴在栅栏上暗自窃喜，各种味道混杂，再加上我这边猪血和骨头的臭味，应该没人闻得出其他异味了。

“为什么要把家具摆在外面？”

“他们正在全面翻修我的房子，壁纸都撕下来了，还重新刷了涂料，回头还得再刷一层乳胶漆！他们还帮我打磨了地板，一边打磨一边用吸尘器清理，这样灰尘不至于太大，可以同时进行下一道刷漆的工序。”她摇摇头继续道，“预计今天就能抹完第一遍勾缝剂。”

“今天一天就做了这么多事？”

“是啊。他们在我这儿整整待了一天，在我房里用了超强去污剂，味道特别大，那味儿还散着呢。估计我得在这儿待一晚上了。”

“哦。”我刚要说话，看到一个全副武装的清洁人员从后门往我这边看，于是便落下脚跟，回到咱家院子。

斯普林特一直围着我脚边绕来绕去，今天它没出门，我知道它想干什么。我吸了一下鼻子，着实不想靠近它，但也不想继续待在后院，于是盘算着带它出门遛遛也无妨。我对斯普林特说：“我可不再帮你洗澡了。”我看它凑到我身前，“对啊，这不都是你自找的吗？”

我给它戴上狗绳，领着它走到前院，把它拴在栅栏上打开浇花的水管往它身上一顿猛滋。隔壁的几个清洁人员竟然停下了手里的工作，把口罩扒到下巴上咧着嘴看着我俩。我朝他们挤出笑容，同时加快了手上的动作。我把拴着斯普林特的绳子解开，重获自由的它使劲甩了甩身上的水，结果甩了我一身，隔壁传来同情的笑声。我不仅衣服湿了，身上还染上了一股臭味，我可不想继续成为众人的焦点，赶紧拉着斯普林特出了门。经过奥斯卡家时，他妈妈正在门口停车，我就假装没看见，带着斯普林特径直朝狗狗乐园走去，心里的老鼠又肆无忌惮地在我体内啃噬起来。

***

狗狗乐园里没什么人，我把斯普林特放开，任由它四处乱跑，自己则找了个阳光地儿坐下，漫无目的地东张西望，尽量不去想即将到来的灾难。留给我的时间已经不多了，最多一个星期，一个星期后天恐怕就要塌了。莱蒂周日之前应该不会给你打电话，不过万一露西多事，那就不好说了。学校安排了旅行，需要交钱，另外还有水电费和房租，我不知道你账上的钱还够不够。我背靠围栏坐着，好累啊，感觉一闭上眼整个人就会瘫软下去，与身后的栅栏融为一体。我揉揉眼睛，强迫自己保持清醒，万一在这里睡着了，会不会引起周围人的注意？管他呢，哪怕是睡一会儿也好啊。

斯普林特在我身边窜来窜去，喘着粗气，浑身散发着难闻的味道。它应该是饿了，至少已经渴了。附近陆续有车子停下，大多是家长带着孩子和狗来这儿玩耍的，玩一会儿就会带他们回家吃晚饭。我站起身，给斯普林特戴上狗绳，带着它朝河边走去。

来到河边，我和斯普林特并排坐下，看着河水缓缓流淌。一个老人正坐在栈桥上钓鱼，身边放着一个水桶，那桶里估计没什么东西，半天了都不见那人动一下，应该是没有鱼咬钩。不远处是一个货柜码头，非常嘈杂，隆隆的轰鸣声伴着跨运车发出的倒车警报。跨运车非常有用，有了它，货柜就可以集中到一处统一处理了。我记得咱俩刚搬到这里时，我半夜总能听到码头的声音，吵得我根本睡不着，每天夜里我耳畔都充斥着道路维修、大楼建造的噪音，叮叮咣咣、轰轰隆隆、噼里啪啦，听上去像房子快塌了一样，让我十分害怕。于是，我总是跑到你床上，想钻进你的怀里，每一次都会把你吵醒。你总是长叹一声收留我，直到有一天，估计你实在受不了了，朝我大声嚷嚷起来，你让我滚回自己床上，不要再打扰你睡觉。我本来想跟你解释一下的，可没等开口就见你把我的枕头扔到了门口，劈头盖脸地骂了我一顿。外面的街灯透过窗帘缝隙映照在你身上，让你看上去面容扭曲，你像一只愤怒的猛兽，口沫横飞地向我发起了进攻。

我跑回自己床上，用枕头蒙住脑袋。虽然我依旧惧怕外面的声响，但更怕把你从睡梦中弄醒。几小时过去了，我还是睡不着，这时，你轻轻来到我身边，问我为什么一直把你弄醒。我不敢告诉你实情，但你自己猜出了答案。于是，天没亮你就带我来到了这儿，我记得自己当时还穿着睡衣。我太害怕了，内心比看到你发飙还要恐惧，但你细心给我解释了这些声音的来源，告诉我那不过是巨大的跨运车发出的声响。它们夜以继日地工作，连圣诞也不休息，简直比蜜蜂还要忙碌。

那天以后我便睡得着了。如今，我每次半夜醒来听到货柜码头传来的隆隆隆、哔哔哔的声音，一点儿也不害怕了，我一边听着这些动静一边想象着跨运车工作的样子，它们真的很忙。然而，活在这世上，有谁不忙呢？大家都在忙自己的事，就算我一直低头坐在这里，也不会有人注意到我，就像现在，我、斯普林特和那位钓鱼的老人，我们都无声无息地坐在河边，对于喧嚣的世界来说，我们微不足道，甚至不值一提。我们坐在河边，像一个个孤魂野鬼，其实，身边路过的人也是孤魂野鬼。

我一直盯着那个钓鱼的老头，心里想的却是你，想着当初你站在这儿，牵着我的手。我也想到当时的我自己，我当时就在想，这世上没有比你半夜三更冲我大喊或是往墙上扔东西更可怕的事了。哦，对了，还有一件事也很恐怖，那就是你有时在床上一躺就是一个星期，我真的很害怕。眼前的一切都成了鬼魂，那钓鱼的老人钓的也不是鱼，而是河边浪荡的鬼魂。他上个星期也在这儿，下个星期还会来，他钓的不是鱼，是鬼魂，包括他自己的鬼魂和所有来过这里的人的鬼魂，譬如你、我、司机、渔民、码头工人和纯真的小孩，还有千百年前的故人。那时这里还是一片沼泽，后来才变成草地和河流。所有来过这里、眺望过对岸的人好像一下子都复活了，不清楚眼前是什么情况，像当初穿着睡衣站在这里的我，你牵着我的手，用力捏着我的手指，然后对我说，你看，是不是根本没什么可怕的？

那位老人收了线，检查了一下线上的鱼饵，然后又把鱼线抛了出去。突然，我意识到天色渐暗，还感觉到一丝寒意。天并没有黑透，但阳光不知被什么东西没收了。我回头一看，原来是一大片乌云，正黑压压地向西边涌来，像空中挂着一块青紫色的伤痕。

大风袭来，老人的水桶翻到了河里。

看来，我们真得回家了。

奥斯卡坐在咱家门口的台阶上，我绕过他走上门廊。斯普林特舔了舔他的手，奥斯卡伸出手想拍拍它，结果闻到了它身上的味道，于是放弃了本来的想法。我憋住笑，他看了我一眼，手里拿着我送他的那本书。

我想等他先开口，结果他却等着我。我们算不上朋友，但说不是朋友也不准确。

“谢谢你的书。”

我看着熟悉的封皮，“你留着吧，这是我送你的礼物。”我从口袋中掏出家门钥匙，心里盘算着怎样才能让他离开。

“我很喜欢这本书，很有趣。”他笑着说。

“是啊，可能因为这本书很新，是本世纪的产物。”

那笑容立即皱成了霜打的茄子。妈的。我往他家那边瞄了一眼，黑暗中，透过树枝能看见他家亮着灯的窗户。我又看了看奥斯卡，他还坐在原地，手里拿着我的书，一副忧伤的表情。

“你喜欢就好，上次打你的事，真的很对不起。”我瞥了一眼那本书，“你都看完了？”

“是啊。”

“啊？你都不睡觉的吗？”

“要是有本好书，我真的会为它熬夜。”

这我理解。他再次把书递给我，我推脱道：“我都说了，这是送给你的。”

“不用了，我读过就行了，我知道这本书对你来说有着特别的意义。”他翻到标题页，把书举到我面前。其实他根本不用给我看——我知道上面写着什么——亲爱的蕾，我最勇敢的女儿，祝你十岁生日快乐，爱你的妈妈。可是现在，这些文字已经失去了当初的意味。

“没什么特殊意义。”

“如果你这么说，那我可就留下了。”他从台阶上站起来，指着其中一把椅子，做出一副“你不介意吧”的表情，然后就自顾自地坐了上去。

我把钥匙放回口袋，风呼呼地吹，吹得院门咣咣地响，不过马上就停了，留下栅栏在风中瑟瑟发抖。我对付他的办法是保持态度友好，但又不能太友好，我可不想让他待太久。我无奈地坐到另一把椅子上，觉得自己俨然成了第二个莱蒂，我要不要请他喝一杯热巧呢？

他抽了一下鼻子，“什么味道？”

“猪血和骨头。”

“哦，对。我还以为又是从——”他瞥了一眼莱蒂家那边。

“你不是说自己懂园艺吗？”

“我们家用的都是鸡粪。”

“你说什么？”

“用鸡粪给蔬菜施肥啊，那是有机肥料。”

“你吃的食物是从鸡粪中长出来的，竟还好意思打电话给市政厅告发莱蒂家里有异味？”

听了我的话他笑了，这我没想到，我本来是要讽刺他的。

“你妈妈工作好像特别忙。”他的语气不像是在询问。

“是啊。”

“那你一个人在家不会孤单吗？”

“不会。”

“我不是要……我只是想说，嗯，我有时会有一点儿孤单。”

“你还孤单，你爸爸妈妈都在家，上学放学还车接车送的，他们还带着你一起种菜，你还说你孤单？”

他耸耸肩，低头盯着自己的脚。“我在学校的朋友都住得很远，”他抬起头继续道，“所以我想，等你有了时间，咱们可不可以一起玩，比方说去公园什么的？”

我没想到他会跟我说这个。

“我们也可以一起遛狗、踢球，或者……玩别的什么？”

我不知道放学后跟别人玩是什么感觉，不知道跟同龄的小朋友一起打发日子是什么感觉。他会不会上咱家来找我，会不会想顺道看看你？

“我就是不想一直待在家里，你懂吗？我妈妈对我特别好，不过她有时候晚上得出门工作，我爸爸只要不是周末，总是很晚才回家。那种感觉你一定懂，你妈妈不也整天忙着工作吗？每当这个时候，如果有朋友，可以跟朋友一起出去玩儿，就可以换个心情，对吧？”

我看着他，难道他觉得自己跟我同病相怜吗？

“我可以告诉我妈妈咱俩是朋友，说你妈妈让我问问她，问我可不可以经常来你家玩，你看怎么样？这样一来，我妈没准儿就不会总想着跟你妈妈谈谈了。”

看来他也没有那么蠢。

我感觉自己的脸都僵了，“那我得问问我妈妈。”

他笑了，好像我已经答应了他似的，拿起一个我偷来的靠垫评价道：“这个真舒服。”

我耸耸肩。

莱蒂家砰的传来一声巨响，我俩同时扭过头去张望。两个清洁人员正在把一台大功率地板打磨机抬到前院，另外还有几个人进进出出了好几趟，把水桶、巨型拖把什么的统统搬了出来，看来地板勾缝已经完成了。

莱蒂来到门廊，门廊上的椅子和箱子已恢复了原状。

她朝我点点头，“小家伙。”

“老家伙。”

她看到奥斯卡，转回身坐在自己的椅子上，背对着我们。刚刚那位抬打磨机的清洁人员在她旁边坐下，拿出一根香烟，点了好几次才点着，风有点大，打火机总是被吹灭。莱蒂给他冲了一杯热茶。

我以前只见她给我冲过热饮。

我转回头看着奥斯卡，他也正看着我。

“为什么你能喊她老家伙，而我喊她什么，你都觉得不对？”

因为她是我的莱蒂。当然，这话我没有说出口。

“重点在于尊重，你明白吗？我跟她很熟，所以可以相互开玩笑，这是爱的表现。而你说的那些话，就只有恶意。”路灯亮了，我借机问他道，“你还不回家吗？”

他一点儿离开的意思也没有，“没事，我妈妈知道我在你这儿。”

是啊，不用说我也知道。

“好吧，今天就干到这儿，第一遍勾缝已经完工。”又有三位清洁人员来到门廊，中间一位站在那儿跟莱蒂交代进度，另外两位忙着把各种工具搬上车。“接下来的六个小时你不要在地面走动，我们明早七点半左右再过来，给墙壁刷最后一遍墙漆，然后再把地面做最后的处理。等到都弄完了，我们会帮您把家具搬回原处，争取明天晚上能大功告成。”

“那——”莱蒂的语气不太友好，显然她更喜欢刚刚一边抽烟一边跟她喝茶的那位。我忍不住笑了。

“你所有家具都放在后院，已经苫好了。”莱蒂没再说话，对方继续道，“另外，我们还给您准备了一台洗衣机，还有其他一些东西。”

“好吧。”她微笑着点点头，我瞠目结舌地看着他们。

抽烟的那位把没喝完的茶水沿门廊边倒掉，用鞋底把烟捻灭，然后站起身把烟头扔进垃圾箱。“今晚你有地方睡觉吗？”

“当然有了。”她警觉地看着对方，“难不成我大冬天的要在门廊待一宿吗？”

“那就好。今天天气真他妈的糟透了，那咱们明天早上见了。”他追上前面的人，跟着大家上了车。

“好的，明天见。你说话时注点意，这儿还有孩子呢。”她往我和奥斯卡这边指了指，却并未回头看我们一眼。

“哦，抱歉！”

她朝那帮人挥手道别，而后又专心地喝起了自己的茶。

风越吹越紧，越吹越凛冽。奥斯卡站起身，“我得回家了。”

“那再见了。”他好像还有话要说，但我已经站起身转向了门口。

他走了，我打开房门，点亮门廊的灯，奥斯卡还是把我的书留在了椅子上。我看了一眼莱蒂，她还坐在椅子上喝茶，不过戴上了手套，穿上了大衣，腿上还盖了一条毯子。

风很大，我提高了音量，“你今晚不是要在外面待一晚吧？”

她哼了一声，“那有什么不行的？我的外套可暖和了。”

我竟唐突地冒出下面一句话：“你愿意来我家凑合一夜吗？就今天一晚。”

我被自己的好意吓了一大跳，不过想想又觉得在情理之中。

莱蒂摆摆手，我站在门口，总觉得不能把她自己留在外面，但又不知该不该一再追问。就在这个当口，天边的乌云散了开去，吹过来一股妖风，震得窗玻璃哗啦啦地响。雨水溅进门廊，淋湿了我的书，大风又把靠垫吹到地上，我赶紧把书捡起来塞进外套口袋。

我看着莱蒂，看到雨水打在她的脸上。

“快点吧。”

“你快回去。”她让我赶紧回家，我看到雨水顺着她的脸颊一直往下淌，她却仍若无其事喝着杯子里的茶。

“莱蒂！”

“我没事。”她大声地回应我道。

“你都湿透了！”

“没事的。”

“怎么会没事！”我用尽力气朝她大喊。

她看了看街上，“好吧，我还是别不识好歹了。”

就这样，莱蒂成了除你之外走进咱家的第一位成年人：她也是个顽固不化、脾气火暴的家伙，进门时也被淋成了落汤鸡，看来只有这样的人才能住进咱家。

进门时，莱蒂已经浑身湿透。我给她拿了一条毛巾，还从柜子里拿了你的洗面奶和浴液。她刚开始有点不高兴，不过闻了闻浴液的味道便改了主意。我把她推进洗手间，在外面大声地告诉她洗发香波放在什么地方。

“我看见了，你给我记住，我并不是真瞎。”

她开始洗澡，几分钟后我偷偷溜进去，把她脱下来的衣服从地上捡起来，统统扔进了洗衣机，特意多放了些洗衣液。我从你的柜子里翻出一条运动裤、一件T恤和一件套头衫，还找来一条你的棉质内裤和一双厚袜子，还有一件你的胸衣，我不知道莱蒂穿上合不合适。我把你的胸衣拿在手上，撑起罩杯，努力回想莱蒂的胸有多大，这也太诡异了，索性给她拿一件你的背心算了。

我把这些东西整整齐齐地放在洗手间门口，然后给香薰喷雾机填满精油。斯普林特一路跟着我，兴奋得像个孩子。自你走后，这个家从未像今天这般忙碌、这般热闹过。斯普林特身上还是臭臭的，我去洗衣间翻出你去年冬天给它买的除臭剂，打开后闻了闻，确定比它身上的味道好闻，便认真读了一遍说明书，按照说明往它身上一顿涂抹，整整一罐都被我用完了。我仔细帮它梳理了皮毛，效果很令人满意，斯普林特又恢复了曾经的闪亮。它自己也很开心，喘着气惬意地趴在厨房地上，我趁它消停的工夫赶紧把地上的狗毛清理了一下。

莱蒂还没洗完，我把一团狗毛扔进厨房的垃圾桶。已经到了晚餐时间，我给莱蒂做点什么呢？方便面和煎蛋？我从冰箱和橱柜里翻出几样食材，有鸡蛋、黄油，还有一个不再坚挺的西红柿和几个皱巴的蘑菇。我先给斯普林特喂了食，然后把灯和暖气打开。你如果还不回来，我真要没钱付电费了，我心里犯起了嘀咕。不过，另一个声音告诉我不必庸人自扰，何必担心电费呢？反正过不了多久天都要塌了。

我站在那儿盯着板凳上的食材，不知晚餐究竟能做点什么。

洗手间的水声终于停了。

“我的衣服呢？”莱蒂听起来很是生气。斯普林特兴奋地爬起来，叫唤着跑到洗手间门口，我跟在它后面，隔着门冲里面大喊。

“我把你的衣服扔洗衣机里了，等洗完了我给你烘干。”我真是把所有费电的事都做了。

“那我穿什么啊？”她的语气虽然依旧透着不满，不过似乎稍微消了气。

“我放了一些衣服在里面，你穿那些就行。”

里面没再说话，然后传来吹风机吹头发的声音。

莱蒂走进厨房，面颊红润，头发也很蓬松。

你的运动裤有点长，她把裤腿挽起了一截，刚好垂到脚踝那儿，上衣的袖子也挽了好几道。她穿你的衣服还算合身，但跟你穿的感觉完全不一样，仿佛根本不是一件衣服似的，我心里倒轻松了许多。

莱蒂四处打量，使劲吸了一下鼻子，“为什么有一股橘子和肉桂的味道？”

“那是香薰的味道，我家有点潮湿，这个可以盖住不好的味。”

“哦。”莱蒂又闻了两下，溜达到后门附近。

“你饿了没？”我一手拿着方便面，一手拿着刚从冰箱拿出来的速冻千层面。

“你不用那么大声，”她转过身看看我手里的东西，“你就想给我吃这个吗？”一个两天之前连一个正经厨房都没有的人，竟然好意思这么问我？“哦，不要一副难以理解的表情，既然你收留了我，应该换我给你做顿像样的饭啊。”

我本来想跟她争辩，但想想还是算了。

莱蒂非常自如地在厨房忙活起来。她打开抽屉，找到需要的东西，接着又试了试烤箱和煤气灶。

“你这橱柜里什么也没有啊。”她打开后院的灯，透过大雨看了看我的园子，“你种了甜叶菜！”

她拿起一把刀打开门去了后院，我根本没来得及阻止，只能站在门口看着她，紧张得瑟瑟发抖。

“哎呀，外面实在太臭了，还有猪血和骨头。好在下雨了，否则你的草坪都得让那些东西给烧死。”

她站在后门的雨搭下，手里攥着一捆甜叶菜，身上又被淋湿了。突然她打量起咱家后院，深吸一口说道：“我感觉你家仓房里或许死了老鼠什么的，”她想往外走，“或许还不止一只。”

“别动！”我有点声嘶力竭。

莱蒂停住脚步，吓了一跳。

我不能让她靠近仓房，必须让她马上回来。“你别到处乱走，该把我的园子踩坏了！”我听得到自己的声音透着惶恐，莱蒂盯着我，手里还拿着刀和甜叶菜。我觉得自己马上就要哭出来了，但我强忍着继续道，“再说了，你家什么味道我又不是没闻过，你就别再对我家说三道四了。”

“好吧，你的话有几分道理。”她虽然白了我一眼，但还是乖乖地进了屋。

她在水槽边清洗甜叶菜，我坐在一旁的小板凳上陪着她。我把两手垫在屁股下面，这样她就看不到我手抖得有多严重了。我知道莱蒂一直看着我，但她却假装成一心一意做饭的样子。我的呼吸慢慢和缓下来。

“好吧，我这就开始做饭。”她忙着切菜、炒菜，全程把我当成了她的下手。

“这个东西放哪儿了？”

“把那个给我拿来——”

“你家有没有——”

她做顿饭却把我忙得团团转。厨房雾气腾腾，弥漫着食物的香气，是非常好闻的味道。莱蒂把头发掖在耳后，脸色愈发红润，她抬头看到我盯着她，开口问我道：“你笑什么？”

“没想到你还会做饭？”

莱蒂盯着我，“真不知道我该笑，还是该揍你一顿。”她摇摇头继续道，“你也别闲着，快过来帮忙。”她把一盒鸡蛋推到我面前，“打四个鸡蛋到这个碗里，”她认真看着我，“可不要把蛋壳弄进去哟。”

她回身打开冰箱，“你有意大利干酪吗？或是酸奶油也行？”

“没有。”

“你家怎么什么都没有？你就靠吃方便面过日子吗？”

我没理她，继续打我的鸡蛋。

莱蒂看着我，“你挺在行嘛，打得不错。”

***

莱蒂坚持要在桌子上好好吃顿饭，非要让我把桌子收拾出来，还告诉我把杯子摆在刀叉的上面。她自己家里乱成那样，不得不整天待在门廊，到了咱家却穷讲究起来，竟然教起我餐桌礼仪了。

晚餐很好吃，简直美味至极。她把甜叶菜和洋葱切碎混在蛋液里做成了煎蛋饼。太好吃了，盘子都被我舔得干干净净，心里琢磨为什么自己没想到园子里的菜可以拿来吃。

吃完饭我负责洗碗，莱蒂负责把它们擦干。再后来我们一起看了电视，斯普林特也爬到沙发上挤在我俩中间。

“你竟然让狗上床？”

“对呀。”我用一种理所当然的语气回应道。

“你妈妈知道吗？”

我开始对她警惕起来，“你看我妈在家吗？”

她被我的话逗笑了，“那好吧。”她拍拍斯普林特，然后看了一眼自己的手，闻了一下，“你给狗身上抹了什么东西？”

“除臭膏。”

“老天啊，竟然还有这种东西？”

“对呀。”

她又闻了闻自己的手，“味道还行。”说着用手心搓了搓手腕。

我俩看的是新闻节目，据报道，不知哪里又死了很多人。

“蕾？”

“什么？”

“咱们俩看个做菜的节目怎么样？厨艺比赛什么的？我很久没看电视了，这会儿还挺想看的。”

当然可以。我帮她找到一档厨艺节目，等播完了，我俩又在卫星频道看了几档类似的节目。

九点了，莱蒂打了个哈欠。“我累了，蕾，我得睡觉了，我可以睡沙发，你去睡床吧。”

“可是我想——”

莱蒂看了一眼沙发靠背上的枕头和被子。

“哦，”她语气温柔，“看来不止我一个人愿意在沙发上睡觉啊。”我们俩谁也没看谁，她继续道，“那我睡哪儿？”

要是你下周真的回来我该怎么办？不过，现在我只能让她睡你的床，我看了一眼你的被子，叠得整整齐齐放在沙发靠背上。上一个在你床上睡觉的人就是你自己，所以被褥上还残留着你的味道，至少保留了一段时间，只可惜后来染上了潮气。“你睡我妈妈的房间吧。”我站起身，把你的被子从沙发靠背上拽下来，抖了两下，上面的狗毛应该不太多。“我帮你把电热毯打开。”莱蒂一直躺在一堆破烂中睡觉，尽管你的床很久没人睡了，可能有点潮，她应该不会介意。

莱蒂站起身跟着我进了你的房间，“那你睡哪儿？”

我回头看了一眼沙发，“我睡自己的床。”

我把莱蒂的衣服放进烘干机，然后爬上了自己的床。我躺在床上，听见烘干机隆隆地响，觉得整个房子都暖和了起来。

卧室的门我没有关，斯普林特跑进来躺在地上，没过几分钟它就呼呼地睡着了。

我仰面躺着，感觉有点诡异，身下的床单凉飕飕的，还有点潮。我闭上眼，听着屋里的动静：有斯普林特缓慢的呼吸、烘干机发出的低鸣，还有莱蒂野兽般的呼噜，全部混杂在一起，仔细听还能听到远处货柜码头的嘈杂。

第45天

星期二

这一夜睡得很安稳，早上七点二十五分我俩才醒。

我已经很久没睡到这个点儿了，我想莱蒂也是如此。她一起来便四处乱窜，嚷嚷着要找自己的衣服，还说什么要尊重他人隐私，不要对人过多干涉。

我从烘干机里把她的衣服拿出来，她一把夺了过去，却没有换上的意思，依然穿着你的衣服。穿就穿吧，留着还能做什么呢？

我们俩一起吃了早餐，都没怎么说话，气氛有点尴尬。说是早餐，其实就是面包片，家里的牛奶也不多了，勉强够加入两杯茶。莱蒂闷闷不乐地喝完自己的茶，我跑回房间穿上了校服。我需要给她准备一把牙刷吗？她已经开始收拾自己的东西，我看到她从厨房找来一个绿色袋子，把自己的衣服一股脑儿地塞了进去。

既然这样，牙刷就免了吧。

“清洁人员马上就到，我得赶紧回去。”

“好的。”

她在门口停下脚步，“对不起，我这臭脾气。”她指了指自家的方向继续道，“谢谢你，蕾，我昨晚过得特别愉快，有你做伴真好。”

“哦。”

“我只是太久没跟人共处一室了。”

我点点头。

“那好，再见了。”

“再见。”

她出了门，从外面把门关好，房子里又只剩下了我和斯普林特，它一直在门口转悠，没完没了地哼唧。

我把暖气关掉，坐在厨房的餐桌旁，时针指到了八点。我拿出作业，再过四十五分钟出门就来得及，我刚好有时间把作业赶完。

回家进门前我一通忙活，倒了垃圾，还给喷雾机加了精油。用不了十分钟奥斯卡就会来找我，所以我得加快速度。斯普林特倒是很开心，因为我已经给它戴上了狗绳。我后退着出了门，刚好撞到外面的来客，回头一看，天哪，简直比奥斯卡还要糟糕一百倍，来人是他的妈妈露西。

“嗨，蕾，你妈妈在家吗？”

"嗨，露西。"我绽放出最灿烂的笑容，假装没听到她的问话，随手把前门关好。斯普林特挡在她前面，不太友好地把她推下门廊，一路推到了小路上。"我正要带斯普林特出去转转呢。"

"你妈妈在家吗？我想跟她说句话。"

"我妈妈每周二都要工作到很晚。"

对方又流露出那种不满的表情，"她就这样把你自己留在家里吗？"

"我都快十一岁了。"我挺直后背继续道，"放学后的这段时间我能照顾好自己，所以也不用去托管班什么的。"哈哈，这话说得好像我以前去过托管班似的。"我妈妈说了，只要我在她回来之前把作业做完，上床之前我就可以看会儿电视。"你以前跟我说过，要想别人相信你的话，就要提供一些无关紧要的细节。

"我也会帮着照看一下。"说话的是莱蒂，她正靠在栅栏那一侧，微笑地看着露西。她可真是个多事的老太太。

"哦，是这样啊，那好吧。"露西朝莱蒂挤出笑容，随后又转头看向我，"告你诉妈妈，让她有空了找我聊聊，行吗？"

"当然了，这个周末没准儿我们有空。"我已经想好了，反正我周末不会在家待着。

她走了，关上院门的刹那露出一种让人讨厌的表情，我目送着她，直到她回到自己家。

"不管你跟她的孩子玩得多好，也躲不过她要找你妈妈的执念。"

我瞪了莱蒂一眼。清洁人员还在她家干活，不知什么时候就会神出鬼没地冒出来。

我正琢磨着，一个清洁人员出现了。“莱蒂，弄好了，你现在可以在地上走动了。”那人没戴口罩，其他清洁人员也都没戴，四人站在门口正咧着嘴往外看。“所有家具也都搬进去了，洗衣机也帮你安在了洗衣房。”他们依旧开心地咧着嘴。

我知道莱蒂的小眼珠正在脑子里滴溜溜地转。那些人的嘴还没合上，我感觉他们热情得有点过了头。

“快进来看看！”他们瞄了我一眼，“你的小朋友也可以进来看看。”他们欢欣雀跃地看着我，我迈开脚步，离开倚靠的栅栏。

“她可不是我的小朋友。”

我的脸腾一下子红了，转身想走。哼，这个莱蒂又来劲了。

“她是我的朋友，做人不能倚老卖老。”

“抱歉，莱蒂。”四个大人像刚挨了批评的孩子，跟她乖乖地认错道歉。

我嘻嘻地笑，莱蒂转头朝我做了个鬼脸，“快，进来看看。”

***

我简直认不出来了。

墙壁粉刷一新，地板一尘不染，家具也都摆得规规矩矩。东西不多，但应该够用了，一个小沙发、一把扶手椅、几个书架还有一个边桌，卧室里有一张床和一个梳妆台，厨房里有餐桌餐椅，还有几个空架子。

所有破烂都被清理走了，尽管当初莱蒂哭着喊着不让人动她的东西，现在她的宝贝还是都统一处理了，一样也没留下。

“莱蒂。”

她看着我的脸，下巴微微抽搐，不过，她很快做出刻薄的神情。“没什么值得大惊小怪的，他们是清理了我所有的东西，不过我的那些书还都留着。”她指了指朝阳的房间。

“只剩下书了吗？”

“当然还有些杂七杂八的东西，不容易腐败或是……”

“都放哪儿了？”我四处打量，面儿上看什么东西也没有，就连一个罐子、花瓶或是杯垫都没有。我看着那些穿防护服的人问道，“你们把她的东西都扔哪儿了？”

“现在多好啊！”

“不好！”

他们一脸错愕。

“你们把她东西都扔哪儿了？那都是她的东西，你们凭什么随意处置？”我再次看见第一次我要扔莱蒂报纸时她脸上的神情。我看着她，她眼神空洞，跟她现在的房子一样空洞。

“你们把她的东西放哪儿了？”

“别激动，小家伙，是我让他们拉走的。”

“你说什么？”

“我见不得他们那么粗暴地对待我的东西，所以我一直待在外面，不过我事先都跟他们交代好了，跟他们说了哪些东西不能扔，遇到拿不准的东西，他们还会喊我来看，看完了我再出去等着。经过一番折腾，现在终于都收拾好了，我的书还有其他一些东西都还在，分门别类地放在箱子里了。”

她走到床边，掀起被子，床底下整整齐齐码着一排透明箱子，里面都塞得满满当当，其中一个装着大大小小的毛线团，另一个放着一摞摞的纸，还有一个装着小孩玩具和相册一类的东西。

“就只有这些了吗？”

“不是，客房里还有很多这样的箱子。”

“可是为什么要装在箱子里？为什么不摆出来呢？这和收走有什么区别，跟处理掉有什么——”

“蕾，他们做得对，本来就应该把它们收纳起来。”

“为什么？”我瞪着那些穿防护服的人。

“没关系的，蕾。”

“不行，就是不行。他们擅自闯进来，替你做主，处理了你的东西。这儿可是你的家啊，东西也都是你的东西，他们只是来帮忙的，不能……不能随意抹杀你的过去。”

“蕾。”

“莱蒂！”她竟然如此冷静，这越发让我抓狂。我气得直跺脚，她怎么可以如此无动于衷！我使劲眨眨眼，把即将流出的眼泪忍了回去。

“蕾，那是他们的工作。”莱蒂抚摸着我的胳膊，一旁的清洁人员都一脸尴尬。

“不是的，他们只是来帮忙的，这对你来说太不公平了——”

“蕾，我的东西都太难闻了，大家已经尽力为我保留更多东西了，可是有些东西尽管做了蒸汽处理，还放在外面通了风，味道依然很重，所以——”

“你以前也没觉得难闻啊！”

“蕾。”

“别再说这样的话了，别再说了！别再假装你一切都无所谓了！”我一边说一边擦掉眼泪。

“我真的没事。”

“不是，你才不是呢！”

“那些东西并没有扔。”一个“防护服”终于开了口，“我们用了除味喷雾、碳酸氢钠还有樟脑球——或许过段时间味道就没了，到时候还可以把它们摆出来。”

“乖，小家伙。”莱蒂微笑地看着我，我生气地把她的手甩开。她再次伸手递给我一张纸巾，我低头看着她的脚，她还穿着你的袜子。她叹了口气，“好了，你在这儿等着我，我去送送他们。”

那些人出了门，我没有看他们脸上的表情。

他们在门廊说话，我只听到只言片语……她很在乎你，想保护你……然后是莱蒂的声音：对呀，她是一个好孩子。

我朝床下的一个箱子狠命踢了一脚，它嗖的一声窜到了最里面，撞到了墙壁。刚刚被莱蒂掀起来的被角滑落下来，遮盖住了床下的一切。

房子里静悄悄的，莱蒂从门外走了进来。

她又递给我一张纸巾，“别哭了，小家伙，我带你看样东西啊。”她带我走向客房，打开门，里面放了好多透明的储物箱，每个都装得满满的，存放着各种破烂，从地板一直码到房顶。当然，窗户那儿没放东西，所以房间里很亮堂。一排排的箱子中间还留出了过道，方便通过，感觉像超市一样。

她笑着说：“你看？”

“所有东西都在这儿？”我擤了一下鼻子。

“也不是。”

“其他东西都扔了？”

“只是扔了一小部分。”

我挑起眉毛表示怀疑。

“其实扔了很多。”她脸上的笑容渐渐消失。

我抽了一下鼻子，“现在确实整理得很干净，”我看着接近房顶的箱子，“好在还给你留了一些东西。”

莱蒂笑了，“你还没看到我的仓房呢，里面的东西更多。”

“你看，现在我在家里也能烧水了。”莱蒂从厨房拿出一个全新的电水壶，在我面前晃了两下，“咱们在这儿坐着喝点东西？”

她的厨房的确收拾得很漂亮，桌子、椅子也都发挥了其原本的功能，就连地板也焕然一新，只是闻上去有股化学试剂和油漆的味道。冥冥中，我还能闻到原来的臭味，还有点刺鼻，像是什么东西熟到了即将腐烂的程度。我不知道那味道是真的存在，还是我调出了自己残留的记忆。

我跟她说我还是愿意坐在门廊。

她点点头，跟着我出了房门。她给放在箱子上的旧茶壶接上电源，打开烧水的开关。

“你不难过吗，莱蒂？”

她看着正在烧的水，“我不知道自己为什么继续待在这儿，真的。现在房子虽然干净了，但我的感觉并不好，就好像你记忆中一直有一个地方，可等你回去寻找时却发现那地方已经不存在了。”

我静静地坐在那里听她发表感慨。

“记忆有点像我们住的房子，你不觉得吗？承载了我们所有的一切。仔细打理，把东西好好安置，你会觉得安全舒适。每走进一个房间，你的记忆之门就会随之开启，你会想起它们之前的样子。与记忆相比，房间反倒显得没那么真实，它们不过是墙壁围起来的空间罢了。我们经历的很多事都成了回忆，有些已经变得模糊，变得不再清晰，但只要你走进的那栋房子还能让你有家的感觉，那就足够了。我们都是稍纵即逝的沧海一粟，好在曾经拥有过的一切都可以留在记忆的深处，那些回忆能让我们心安，让我们知道自己初心未改。同样地，回忆也会告诉我们一切都将归于尘土，未来的生活并不会有什么实质性的改变。”

她回头看了一眼自己的家。“过去的就让它过去吧，逝去的再也无法挽回，与其无谓地纠缠不如放手让它们离开。”她微笑地看着我，好像突然意识到自己的听众不过是个小孩，“嗯，你想喝茶吗？”

我看着她，感觉周围的声音越来越遥远，茶匙搅拌茶杯的声音像是从水底传上来的。我耳边的呼吸声泛起了涟漪，荡漾在我的脑海，与我不断地低语，像粉碎机一样一点一点消磨了我脑中的声响。我眼前出现了很多光斑，像给我的眼睛蒙上了一层迷雾，无论我怎么使劲眨眼，还是看不清外面的世界。我脑子嗡嗡地响，呼吸像一张巨网，即将把我吞噬。我仿佛又一次失去了你，又一次见到那晃动的绳子，又一次听到门砰的一声关上，又一次感受到风拂过我的脸庞。

时间静止了，我卡在过去与现在之间的某个时刻，时光分外温柔，我重新闻到你的气息，是那个活生生的你的气息，带着甜橙味身体乳和香波的味道。我感觉你又牵起了我的手，轻柔地跟我说我从不曾离去。

突然我恢复了意识，感觉自己的腿上好重，手心里全是汗。我攥着拳头，握着暖暖软软的东西。我终于又听到了别人的呼吸声，缓慢而潮湿，紧接着是一声大喘气。啊，是斯普林特。我睁开眼，看到它正在舔我的手指。

莱蒂正轻柔地跟我讲话，她身体前倾，凑到我面前，看着我的眼睛跟我说，“呼吸，慢慢呼吸，蕾，对了，别着急，咱们又不急着去哪儿，对，就这样，缓慢地呼吸。我们就在这儿坐着，哪儿也不去，好吧？就在这儿静静地坐着。”

我低头看了一眼斯普林特，它把大脑袋靠在我腿上，我把手指插进它脖子上的绒毛里。这样过了几分钟，看我平静下来莱蒂才靠回到椅背上，我听到她拧开一个大罐子，勺子磕碰着罐子的内壁，叮叮当当地响。

“来，再来点蜂蜜。”她递给我一杯茶，闻起来像青草的味道，“甘菊茶，来点儿。”

我喝了一口，喝起来也是一股青草的味道。当然，因为加了蜂蜜，感觉还是甜甜的。

“你刚才怎么了，蕾？”

我耸耸肩。

“你想跟我说说吗？”

“不太想。”

“你今天吃东西没？”

“当然吃了，我没事。”

莱蒂哼了一声，似乎对我的答案不太满意，“你想听听我的感觉吗？”

我一边揉搓斯普林特的皮毛一边问她：“可以不听吗？”

“不可以。”她语气温和，“蕾，我觉得你的内心并不像你表现出来的那么强大。”

“我真的没事，莱蒂，我就是……就是有点累了。”我确实累了，累得动弹不得。如果她不说话，我估计自己坐在这儿就能睡着。

“我是不是该给你妈妈打个电话，让她尽早回来，你说呢？她回来了，你心里是不是会舒服一点？”

我闭上眼睛，不想让眼神出卖自己，“我真的没事。”

“你有事。”我从来没听过她这样的语气，极尽所能地温柔，像睡前与我道晚安一般温暖，像帮我盖好被子后亲吻我额头一般轻柔。

我压抑着内心的波涛汹涌，装作若无其事地看着她说：“你不要管我，莱蒂，求你了。”

她一脸的担心。

我喝完自己杯里的茶站起身，“我没事了。”我咧嘴笑对着她，同时朝斯普林特挥挥手。

她看着我们，目送我回到家，目送我关上房门。

第46天

星　期　三

放学路上，我又看到奥斯卡趴在自家栅栏上，他看到我开口道：“我可以跟你一起去遛狗吗？”

“不行，”我指了指书包，继续往前走，“我今天有很多作业要做。”

他冲着我的背影大喊道：“你还给莱蒂读故事吗？”

“为什么这么问？”我停下脚步，却懒得回头。

“我可以跟你一起吗？”

我连装也不想装了，“不行。”

“为什么？”

“她不喜欢你。”我继续往前走。

“我妈妈今天问我了，问我上次我见到你妈妈是什么时候。”

我再次停住脚步，“你怎么说的？”

“我说周一好像看到她往车站那边走了。”

我点点头，“嗯，她那天很早就出门了。”

“那我可不可以去找你玩呢？”

我转身看着他，“你喜欢我送你的书吗？”

他似乎看到了转机，“喜欢啊，你的书很不一样，我很喜欢。”

“你没有类似的书吗？”

“没有。”

“那我什么时候去你趟家，看看你都有些什么书。明天或者哪天？今天不行，我今天有好多事情要做，作业也很多。”

“当然可以了，”他开心地回答，“那到时候见了。”

“太好了。”我继续往家走。

没想到我还挺受欢迎，我刚到咱家门口就看见莱蒂站在她家前院，趴在栅栏上，一看就是在等着我回来。

“你今天怎么样？”

我耸耸肩。

“要不要一起喝点东西？”

“不行，我今天作业特别多，谢谢啦。”我一边说，一边推开家门。

“我买了你爱吃的那种饼干，还给斯普林特买了猪耳朵。”

斯普林特从我身边冲过去，直奔栅栏，疯狂地摇着尾巴。我朝它吹了个口哨，它却置之不理，一心想要跑到莱蒂那边去。

莱蒂挑高眉毛，朝我晃了晃手里的饼干盒子。我从来没去过那家店，没想到只是看了一眼饼干盒子，肚子竟不争气地叫唤起来。

“好吧。”我把书包放在走廊，紧接着就出了门。

“你可不要勉强啊，饼干我自己也吃得完。”

我知道她在讽刺我，却根本不往心里去。我敞着院门，让斯普林特先出去，它非常积极，一路狂奔到莱蒂家，跑在小路上差点摔个跟头。我跟在它身后，来到莱蒂家的门廊，顺手拿了一块饼干，然后在椅子上坐下。

“我就知道你经不住饼干的诱惑。”莱蒂笑呵呵地打开电水壶的开关。

我一边咀嚼美味的饼干，一边揶揄莱蒂道：“我这可是在救你，你年纪大了，不能吃太多甜食，很容易得糖尿病的。”

“那我还得谢谢你了？”

我又吃了一口，“可不是嘛。”

“你一个十岁的小孩，究竟是跟谁学的这么牙尖嘴利的？”

“跟非常厉害的师父呗！”

“是你妈妈吗？”

“不是我妈妈，是你，我是跟你学的。”

莱蒂听了哈哈大笑，笑得直咳嗽。我赶紧给她泡了一杯茶。

我们俩一直坐在门廊闲聊，这时路边停下一辆车。我就知道她还会再来，她走上小路，穿着正式的毛衣开衫，脚上是一双舒服的低跟鞋。这会儿我已经不能走了，否则太像落荒而逃，但我也知道，此地不可久留。

“我不掺和你俩的事了，莱蒂。”我把杯子放下。

“好的。”莱蒂示意我赶紧离开。

市政厅女士走上台阶，拦住我的去路，“你是叫蕾吧？”

我点点头。

“嗯，我前两天跟你妈妈通过话了。你经常到这儿来吗？”

“也不是很经常，也就是给莱蒂读书时我才会过来。”

她看了看莱蒂，问她道：“你是眼睛不太好吗？”

“不是，不是，”她瞪了我一眼，“她就是想在有听众的情况下练练朗读。”

“你每天都练吗？”她把目光转向我。

“也不是每天。”我绽放出灿烂的笑容，努力让眼睛放出明亮的光。

莱蒂恨不得踢我一脚，市政厅女士问她道：“这是你们每周固定的安排吗？”

“不是，不是。”

她又转向我，“你妈妈知道你给莱蒂读书的事吗？”

“我们每次都坐在外面，每次朗读的时间也都不长。”

“嗯，你妈妈现在在家吗？”

我心里琢磨着该怎么答复她，之前我跟露西的那套说辞恐怕很难在这个女人身上奏效。市政厅女士看着我，像是在合计我的体重。

“嗯，你在哪儿上学啊？”

妈的。我没办法，只能告诉她，脸上还堆着笑。

莱蒂清了清嗓子，“你还不回家吗，蕾？我这边有客人来了。”

我自然明白莱蒂的好意，嘟囔着有作业要做之类的话，一溜烟跑回了家。

路上我还查看了咱家信箱，里面有你一封包裹单，让你携带有效证件去邮局取一个包裹。我翻到通知单背面，如果邮递员已经在上面签了字就意味着这个包裹非本人也取得出来。还好，已经签了字。除了通知单，信箱里还有一封信，很厚，寄信的地址是房产中介，我把信拆开，看到第一页上写着“拖欠租金”几个字。

我抬头看到市政厅女士和莱蒂正看着我，于是一脸从容地笑着朝她们挥了挥手。

您的租金已经拖欠十四天，再过十四天不交，我们将要求您腾退住房。看来我要被撵出去了，我把信塞进口袋，带着斯普林特进了家门，想不到自己的腿还挺听使唤，竟然还能把我带回家。

我在包裹单上用印刷体写上自己的名字，然后又模仿你的笔迹签好你的名字。虽然刚刚吃了饼干，但我感觉胃一下子又空了，五脏六腑电闪雷鸣般搅缠在一起，心里的老鼠开始不断翻滚撕扯。耳朵嗡嗡地响，我必须集中注意力，我找到自己的学生证，还有你的电话和我的帽子。我给斯普林特戴上狗绳，带着它走出前门，故意没有回头，如果莱蒂和“毛衣开衫”在看我，就让她们看好了，我什么也不想管。

下雨了，虽然只是毛毛细雨，但我很快也被淋成落汤鸡。这样的天气我倒是喜欢，路上没什么人，我把斯普林特拴在邮局门外的栏杆上，它在雨中坐下，那样子有点可怜。我前面有几个人在排队，有一位推着购物车的老妇人、一位身穿西服的先生，还有一个抱着一大堆包裹的人，包裹码得很高，挡住了那人的脸。邮局只开了一个窗口，一位身穿格子外套的女士正在一个接一个地给小包裹称重，称好后又逐一推进柜台里面。

斯普林特在外面一直叫，叫得我内心非常焦虑。前面那位女士终于称完了最后一个包裹，排队的每个人都往前迈了一步。推车的老妇人只想买邮票，可付款时掏出一堆硬币。这时，柜台里面走出来一个人，走到门口关上了邮局的自动门，原来是到了五点下班的时间。老太太终于买完了邮票，我们每个人又前进了一步。门已经关了，老太太找人帮她把门打开，我透过玻璃门看了一眼外面的斯普林特，它一直哼哼唧唧地看着我。西服男买了一个特快专递的信封，接下来是抱着一堆包裹的家伙，他踉跄着走到柜台前，把东西统统放到柜台上。快到我了，我低头看了一眼自己的包裹单和学生证。

“下一个。”

怎么这么快？我抬头一看，原来又增加了一个窗口。我耳朵一直嗡嗡地响，竟然还能听到有人说话，也真神奇。我走上前，把包裹单和学生证递给里面的人。

她跟我说了句什么话，我没听清，但我一直盯着她的口型，希望能猜出她说了什么。对方见状又对我说了一遍："你这个包裹得让你家大人来取。"

"那是寄给我妈妈的。"我指了指包裹单上收件人的名字。

"所以需要她本人来取。"

"可是她来不了。"

"嗯，反正我没办法给你。"

"她不都在上面签字了吗？还写了我的名字，这是我的学生证。"我放慢语速，想跟她慢慢讲明道理。

"十分抱歉，但我还是不能给你。你回去让你妈妈亲自来吧。"

"就是她让我来取的。"

"这里必须有大人的签字。"

我指了指你的签名，当然那是我替你签的。"她不是已经签了吗？她自己来不了，所以才让我来的。"

"那你也可以让别的成年人来。"

我尽量压低音量，"可是我家没有别人了，只有我和我妈妈两个人。"

邮局所有顾客都走了，只剩下我一个，两位工作人员把目光同时投向了我。

"是我妈妈让我来取的，她已经在这儿签字了，你看啊？"我又指了指你的签名，"而且我也带了证件。"我把证件从柜台上拿起来给她们看，虽然内心不断告诉自己要保持冷静、保持理性，可我实在无法理解她们为什么不能把东西给我，对她们来说不过是举手之劳而已。

她们二人对视了一眼，而后又开口道："我们真的——"

我真想朝她们大喊。

"哦，孩子，别哭，回家让你妈妈来就好了。"

"可是她来不了，她还在上班，所以才让我来取。"我擦掉眼泪，正视着她们的目光。

"那你可以让别人来——"

"没有别人！"我声音哽咽，还吹出了一个鼻涕泡。我压低声音，我不知道她们能不能听见："她都签了字了。"我指着上面的签名，感觉嗓子好痛。我尽量调整呼吸，咽了咽唾沫。

隔壁窗口的柜员看了一眼我面前的柜员，说了句"那我去后面了"。

我看着她离开，她是要给什么人打电话吗？她看我面前柜员的那一眼究竟是什么意思？我把目光转回我面前的女士，她拿起了电子签名板。

她看着我，像是怕我听不懂似的，语速放得非常慢："那请你在这儿签上名字。"——她指指屏幕——"得用这个，"她又拿起一支电子笔，"只能签大人的名字。"

这时候，另外一位柜员又回来了，把一个信封放在柜台上后再次消失不见。我看着那信封，收信人的位置写着你的名字。我抬头看了看柜台后面的女士，好像看到她对我眨了眨眼，太快了，我也不是很确定。她把笔推到我面前，“必须在这上面签字。”她看了我一眼，把通知单碰到地上，“哦，亲爱的，我得把这个捡起来。”

她是疯了吗？怎么如此这般地消失在了柜台底下。我站在那儿，看到柜台里面的门动了一下，还是之前的那位柜员。她探出头，使劲朝我摆手。她是想让我离开吗？她朝我做了个签名的手势，然后又指了指我。

“哎？掉哪儿了呢？”柜台下面传来说话声，“一定要签成年人的名字，签好字就可以把东西拿走了。”

我凑到柜台前，门里面的那位女士朝我点了点头。我拿起笔，她并未告发我，还朝我笑了笑，然后转身回到了后面。

我紧张地咽着口唾沫，在签字板上签上你的名字，然后拿起信封，快速跑出了邮局。

我给斯普林特解开绳子，两手一直在发抖。临走前，我回头看了一眼里面，两位柜员都在，同时朝我挥了挥手。

我带着斯普林特走到街角的小操场，两条腿像灌了铅一样沉。

我在健身器械旁找了一块干爽的地方坐下，因为下雨，周围一个人也没有，真是太好了。我急切地拆开信封。

信的内容跟寄到家里的那封一模一样，这次我要一页一页地仔细读一遍。虽然里面好多字我都不认识，但大概意思我还是弄懂了：再过十四天我就要被赶出家门了，信里夹了一份给法院的《房产回收申请》，他们究竟要回收什么？他们有权把我们的东西都拿走吗？这就是不交房租的后果吗？

信封里还有一份《异议申述书》，我当然有异议，但我能说什么呢？上面写了，如有异议，须在受理期限的最后一天下午四点前将填好的表格寄回。我不明白这句话究竟是什么意思，受理期限指的是十四天之内吗？上面还说我可以联系租户联盟寻求帮助，我看了看租户联盟的号码，打电话我要跟他们说什么呢？他们肯定又得说让你家大人来之类的话。我看着第一页上“腾退通知”几个字，我真的慌了。离开家，我能去哪儿呢？

拖欠租金，怎么会这样，房租不都是自动划款的吗？

我掏出你的电话，登录到你的银行账户……上面还有钱啊，上一次租金就是自动转账的呀。

我再次确认，上面显示两星期之前确实有转账记录，但紧接着还有一行提示，写的是：金额不足，转账失败。我蒙了，几周前我看过你的账户，当时里面还有不少钱啊。

我查看了所有交易明细，转账明细包括互联网、奈飞网、电费、电话费、便利店的消费、可乐、可乐、药店、可乐、比萨……交易明细很长，我一一核对：食物、精油、喷雾、蚊香、煤气、比萨，每笔都对。

钱都是我花的，我没想到自己竟然花了这么多钱。

不怪别人，是我把事情搞砸了。

我不知道自己接下来该怎么办，看着腿上的通知单，我脑子嗡嗡地响。我认认真真地思忖着自己接下来的命运，真的会有人来咱家把我撵出去吗？咱家的东西会被统统收走吗？我是不是该在他们来之前把能带的都带上，提前跑路呢？

我想到你，越发听不清周围的声音，感觉舌头都僵直了。到时候你该怎么办？我使劲咽了口唾沫，我可以丢下你不管吗？我吐了，吐在了滑梯下面，呕了好几次。我感觉自己呼吸困难，黏稠的口水长长地挂在嘴边。

我换了个地方。我累得实在坐不住了，于是趴到了地上。木屑地板凉凉的，硌得我脸疼。我真希望自己躺在一个真空球里，这样我的脑袋才能好好歇歇。

我真的太累了。

我用袖子擦了擦嘴，瞥见斯普林特正在舔我的呕吐物。

前面就是奥斯卡家了，我想他肯定趴在窗上盯着我的动向，果然，还没等我走到他家门口，他已经冲出了房门。

“蕾！”

“怎么了？”我转身看着他，希望他看到我的表情能够知难而退。

“你脸色怎么这么难看？”

“闭嘴。”

他一脸错愕，不过还是挤出笑容看着我，可能觉得我在跟他开玩笑。“你愿意来我家玩吗？”

“老天，我当然不愿意！你就一点儿也看不出眉眼高低吗？求你赶紧离我远远的。”我没心思理会他的内心感受，绝情地把他一个人留在了雨中。我什么也不怕了，我的生活还能更糟吗？如果能，那就来吧！我都无所谓。

第47天

星 期 四

我究竟在做什么？

我躺在沙发上，并没有睡觉，斯普林特躺在我旁边的地上，我看着夜色越来越暗，而后又开始慢慢变亮。

黎明，噪钟鹊开始啾鸣。我穿上你的睡袍，坐在潮湿的草地上，倚靠着你仓房的门。你门口的草我一直没有割，已经长到我肩膀那么高了。我坐在门外，想象着你坐在门里，我们背靠背坐着，只隔了一道门。

“我该怎么办？”

我想象着你在门里缓慢地呼吸，想象着你手指在地上划来划去。以前，每次你不想看我，就会低下头在餐桌上划来划去。有时，我睡不着觉，你也会在我背上轻划。

“我真的不知道该怎么办了。”

我听到有什么东西抓门的动静，是斯普林特，它醒了，正在挠咱家的后门。我透过玻璃看到它伸出爪子，不断地拍打，鼻子贴在玻璃上吹出了哈气。它拍了一会儿，突然哼了一声，鼻子重重地撞到了门上，不过还是微笑地看着咱俩。

虽然裹着你的浴袍，我还是明显感到屁股底下湿了。我把塞在你门口的毛巾抽出来，像斯普林特似的趴在门缝闻了闻，你能听到我吗？而我，又能闻出你的味道吗？我拔下几根草，一根一根地伸进门缝。

我想象着你看见了我塞进去的草，一根又一根。我记得我小时候我也经常把我画好的画从你卧室的门缝塞进去，希望你看到后能出来陪我。

我屏住呼吸，仔细聆听。

“妈妈？”

我知道你不在，但黎明的寂静像极了你在屏住呼吸，仿佛你也在仔细聆听，我甚至能感受到你生命的气息。

我站起来，把手按在木门上，我觉得你也站起来了，也把手按在木门上。

“妈妈？”

我轻轻打开分隔你我的那道门。

我没去上学。

你的电话响了，我也没有接。

我拉上窗帘，关了所有的灯。

我假装家里没人，我跟咱家房子一样，也成了空荡荡的躯壳。身边的人都已离我而去，只剩下四面的墙壁和没用的家具。我躺在地板上，看着屋顶，阳光透过窗帘顶部和底部的缝隙在天花板上留下斑驳的光影。

莱蒂在外面敲门。

“蕾？蕾？我知道你在家呢。”

我没在家，我心里回答。我是一栋空荡荡的房子，我没有声带，没有办法发出声音。

“让我进去。”

不！我的窗子发出一声叹息。

我知道她在门口，我朝天棚的光影眨眨眼，它们也朝我挥挥手。

“你来我家吧，我做了好吃的，随时过来啊，想什么时候来都行。”

我闭上双眼。

第48天

星　期　五

连续的敲门声把我吵醒了。地上很凉，我的肩膀好痛。斯普林特一下子警觉起来，把搁在我腿上的脑袋抬了起来。

敲门声还在继续。

“蕾？”

还是莱蒂。

“蕾？我知道你在家，你还好吗？”

我不想说话，那就让这栋房子替我回答吧。

“蕾？你没事吧？病了吗？”我听到她在外面旋转门的把手。

斯普林特哪里经得住这般诱惑，飞快地跑到前门口，趴在门上兴奋地朝莱蒂叫了几声。

我的身上是否已经落满尘土，又或许我已经变成一块地砖？

我试探性地动了动脚趾，好像还能动，那就是说我还没有变成地砖，暂时还没有。

“蕾，我很担心你。”莱蒂使劲推门，斯普林特大声回应，外界的嘈杂突然让我这栋幢房子心生畏惧，“蕾，你不开门我是不会走的。”

“我没事。”我不知道自己有没有说出声，又或许只是在脑子里回了一句。

门一直在响。

“蕾，快点开门，别让我担心。”

我真的很累，只想让她离开。于是，我铆足力气打开喉咙：“我没事。”我声音沙哑，但很明显，外面的人听见了，敲门声也随之停了下来。

“我可以进来吗？”

“不用了，我就是累了，想好好睡一觉。”

“蕾。”

“我没事，只是有点头疼。”我没撒谎，我真的头疼。

“我做了千层面，过来跟我一起吃点东西，好吗？”

我侧头看向走廊那边，门缝下能看到莱蒂的影子，斯普林特在门前焦躁地窜来窜去。

“莱蒂，你回家吧，别管我。”

我听见她迟疑了一会儿，不过，她最终还是走了。

斯普林特不停地窜来窜去，在我旁边拍打它的狗食盆和水碗，不用抬头我也知道里面都已经空了。它跑到我跟前，伸出舌头舔我的耳朵，我能感觉到它热乎乎的呼吸，看我依然无动于衷，它开始举起爪子拍打我的脸。

它从昨早到现在什么都没吃，只是舔了我脸上咸咸的泪水。我真的已经在地上躺了这么久吗？或许还可以继续躺下去？斯普林特四处闻来闻去，接下来把爪子放到我的胳膊上。我浑身上下哪儿都痛。

家里什么吃的也没有，斯普林特肯定饿坏了。

我坐起来，你潮湿的睡袍还继续躺在地上，皱皱巴巴地画出了我的轮廓。这么说似乎也不太准确，你的浴袍留在地上，像是我脱下来的壳。我套上袜子，找了件套头衫，裹上你的外套，最后还戴上一顶小圆帽，可我依然感觉很冷。

我们出了门，斯普林特突然跑到我面前，像一道黑影般把鼻子凑近我，紧紧跟着我，与我形影不离。我根本不用给它戴狗绳，只要我垂下手臂，它就在我身边。我把手指伸进它长长的绒毛，虽然我浑身冰冷，但至少手还算暖和。

莱蒂家亮着灯，透过窗帘缝隙看得到里面的光亮。我敲敲门，她把门打开，朝我点点头，示意我赶紧进屋。

她家里的装修味道小了一些，倒是弥漫着美食的香气，她做了千层面。我不知道她能不能听见我肚子咕噜噜地叫，反正我一进门她就让我在餐桌边坐下。她还特意给斯普林特准备了碎肉，放在墙角的盘子里，斯普林特跑过去闻了闻，眨眼工夫就吃了个精光。我看着莱蒂在厨房里忙活，她好像总想不起来东西放哪儿了，为了找一把大勺子，前后至少拉了三次同一个抽屉。我注意到垃圾桶旁边放了一个盒子，里面摆着清洗好的空罐头瓶。

她身上还穿着你的衣服。

莱蒂给我端来一盘热气腾腾的千层面，很烫，可我太饿了，狼吞虎咽地吃了起来。热乎乎的千层面灼烧着我的喉咙，害得我眼泪止不住地往下流。我身上终于暖和起来，感觉自己从内向外散发着热量。

我又吃了一大口，真好吃啊！这口还没来得及咽下去，我又迫不及待地叉起一大块。

莱蒂也拿起了叉子，但我没有精力理会她。

“今天星期五了。”

我一边继续狼吞虎咽一边揶揄了一句：“对呀，星期四过完了不就是星期五吗？”

莱蒂揉了揉额头，继续道：“我是说这周快过完了。”她看着我，好像我应该知道她的言外之意。

“嗯。”我一边嚼着千层面一边敷衍道。

“你之前跟我说你妈妈就快回来了。”

“对。”

“嗯，上周日你跟我说她这周回来。”

我又吃了一大口。“嗯，这周不是还有两天吗？”

“你上周日说这周，蕾，我以为周五之前她就能回来呢。”

“我没说周五之前。”

莱蒂放下叉子，手搁在桌上。我的心思全都在千层面上，嘴里也塞得满满的。我不停地咀嚼、吞咽，一口接着一口，根本停不下来。

“蕾。”

“莱蒂。”

她嘘了一声，“老天，你可真气人啊。”

我自顾自地继续吃，不小心咽了一块滚烫的奶酪，喉咙灼烧，眼泪喷涌而出。我又吃了一口。

“小家伙，我这是为了你好——”

我手里的叉子突然掉落，为了你好，这个词让我的心揪到了一起。所谓为了你好，不过是打着关心你的名义支使你，所谓为了你好，不过是想说你什么都不懂。大人的这点小伎俩，我太了解了。所谓为了你好，不过是想评判你怎么能把日子过成这样，不过是在质问你妈妈怎么可以这么不负责任。去他妈的为了你好吧。每次听到别人这么说，我都会提高警惕，说这话的人往往都不值得信任。每次听到这个词，我就气不打一处来，只想破门而出。但我知道，此刻，这个词预示着一场暴风骤雨的来临，我的人生即将倾覆，我别无选择，只能逃跑。

这一次，你却不在我的身边。

我没想到这几个字会从莱蒂的口中说出来。

“别用那种眼神看我，小家伙，你得让我给你妈妈打个电话了。”

“不，不行。”

“小家伙。”

“莱蒂，你就别操心了。”

“蕾，我怎么能不操心呢，你知道我放心不下你，对吧？”她一脸慈祥，声音也无比温柔。

我看着她，觉得心好痛。

“你太小了，还照顾不好自己，需要妈妈在身边。”

我站起身，斯普林特哼了一声，原来是我的椅子压到了它的尾巴。我手里的叉子噼里啪啦掉到地上，耳朵又开始嗡嗡地响。莱蒂示意我坐下，她张张嘴，好像说了句什么话，我却听不到。

我的耳朵钻心地痛。“别跟我喊！”斯普林特一直叫个没完，我简直没办法呼吸，“别再喊了！”

“蕾，我没喊啊。”

“不要管我了，你根本就不知道我需要的是什么，你根本什么都不知道。”

“蕾，你怎么了——”莱蒂站起来，朝我伸出手，我看到她身上你的运动服。

“别管我。”我的声音一定很大，因为我看到她往后撤了一步，一脸的错愕。

我跑去门口，斯普林特紧跟在我身后。

就这样，我们从莱蒂家跑了出来。

我们没有回家。

一直跑啊，跑啊，不知道要跑去哪里。

***

天气很冷，天寒地冻的冷，每次呼吸都能清楚地看到哈气。我不知道自己要去哪里，只好一路跟随着哈气的方向。

太冷了，我不能停下脚步，更不能找地方坐下。我已经在地上躺了一天，后背僵直酸痛，这样走一走反倒舒服了很多。我和斯普林特的步调完全一致，它的脑袋一直蹭着我的大腿，而我，则把手指塞进它脖子上的绒毛里，它还会时不时转过头舔舔我的手腕。我们一路东张西望，之前被我偷走花盆、椅子的人家已经摆出了新的花盆和椅子。我们一路走啊，走啊。

最后，就连斯普林特都累得走不动了。路上没什么车，时间一定很晚了，夜色中只听得到火车驶过的轰鸣，还有火车进出车站时拉响的汽笛声。我们头顶就是跑火车的高架桥，我带着斯普林特从桥下穿过，来到山脚下，看着桥上的火车疾驰而过，车窗里亮着灯，乘客很少，大部分的座位都空着。

再后来，我们去了亚拉维尔花园，被我偷走花草的地方已经种上了新的植物。斯普林特扑通一声坐在沙坑附近的木屑堆里，而我则背对着马路荡起了秋千，透过大树的枝叶，看着远处码头灯影斑驳。我荡来荡去，觉得脚底一阵又一阵寒气袭来，袜子似乎彻底丧失了保暖作用，冷风吹得我脚趾发麻。

秋千有规律地吱吱嘎嘎地响，这通常是白天才听得到的声音。秋千的吱嘎声与码头叮叮当当的声响完美地融合在了一起。我两手一直紧抓着冰冷的铁链，手指又冷又痛。我咬咬嘴唇，嘴唇似乎也失去了知觉。我停下秋千，站起身，看来我们得回家了。

斯普林特在通往主路的小路上捡到一根木棍，开心地叼在嘴上。我把木棍从它嘴里拽下来，使劲往前一扔，它便奔跑着追了过去。它跑起来两条前腿劈得很开，样子看上去怪怪的。斯普林特捡到木棍，把它叼回来给我，等着我再次把它扔出去。于是，我又把木棍扔了出去，斯普林特兴奋地再次出发，不厌其烦地把它叼回来，一脸骄傲地在我腿边绕来绕去，像高头大马一样神气地踱着步子，嘴里却哼哼唧唧，发出了猪一般的动静。我假装着要抢它嘴里的棍子，朝它猛扑过去，它敏捷地跑开，嘴里的棍子跟着它的身体上下抖动，把我逗得哈哈大笑。我一路追逐着斯普林特，感觉身上暖和了不少。

我们跑出公园，跑上一条小路。头顶是苍天大树，橘色的街灯透过树冠照下来，在我和斯普林特的脸上留下疏影。斯普林特还在向我炫耀它嘴里的木棍，我张开手臂朝它冲过去，它一下子跳得老远，跑到了草地上，不停地回头看我的反应。我笑着再次冲过去，结果它往旁边一窜，险些掉进地沟。

“斯普林特，别往马路上跑。”我抓住它的项圈，话语中透着游戏已经结束的语气，但它似乎根本理解不了，还哼哼地叼着木棍跟我嬉闹，每次刚与我靠近就又迅速跑开去。突然，前方开过来一辆大卡车，像一个巨大的黑影赫然耸现，突然在我面前来了个急刹车。一股冷风扑面而来，午夜的寂静变成了汽车引擎的低鸣。

我使劲眨眨眼。

回头看了一眼斯普林特，它没在路上。我却在路边水沟里看到一个瘫倒的灰色身影。

我鼻子里充斥着一股煳了的橡胶味道，虽然胳膊、腿都好好的，却像灌了铅一样沉重。世界再一次安静下来，我只听得到汽车引擎的声响，突然，水沟那边传来一声抽泣。我动了动身体，拖曳着沉重的双腿往前爬，尽量不让自己倒下。空气凝重，我无法穿透笼罩在周围的迷雾，耳边再次传来一声呜咽，我这才终于回过神来。

***

"千万别是——"我听到有人大喊。我快速爬到马路对面，手疼什么的我已经顾不上了。路上停着一辆大卡车，打着双闪灯，我没空理它，径直爬到斯普林特身边，跪在水沟里，抚摸它抽搐的身体。我搬起它的嘴，把它的头放在我的腿上，它嘴边有一些白沫，头靠在我膝上不停地发抖。它的绒毛湿了，但仍然很暖。我把手拿出来，举起来朝向路灯，上面的深色液体滑溜溜的，闻起来一股血腥的味道。

“斯普林特，是我啊，斯普林特！”

斯普林特凝视着我，又是一声长长的呜咽，声音很轻，像在吹口哨一般。它抬起头，我看到它嘴伤得十分严重，嘴唇外翻，暴露出里面的牙齿，像是要朝我微笑。它用足浑身力气舔了舔我的手，紧接着脑袋又沉了下去。我看到它浑身不停发抖，像《芝麻街》里的艾莫娃娃，颤抖、抽搐、血肉模糊。我把手放在它身上，希望能起到安抚它的作用，希望能让它安静下来。我大声呼唤你的名字，你是唯一能改变这一切不幸的人，你是唯一我需要的人。

我听到你跑了过来，脚步沉重地拍打在柏油马路上，我呼喊你的名字，你在我身边蹲下。

“老天，老天，我真没看见它在那儿，你没事吧？我真没看见。”来的人不是你，是一个身材魁梧的男人，浑身散发着汗臭味，脚上的靴子比我的胳膊还要长。他脸上的表情让我感到十分厌恶，“我只是——你没事吧？我没撞到你吧？”

“没有，我也不知道，不知道。我们得救它，你得帮我救救我的狗。”

他根本看都不看斯普林特一眼，反倒一直打量我。他伸出手，但并没有碰到我，“你身上有血，你脸上，你没事吗？我有没有撞到你？”

“我没事！”我举起沾满鲜血的手，“但我的狗有事。”我把手放回到斯普林特身上，继续道，“它快不行了，你得救救它。”可他还是对斯普林特置之不理。

“啊，老天，别慌，我这就叫救护车，还有警察，出了交通事故，得通知警察。”

我疯狂地摇头，“不用，不用叫警察，也不用叫救护车，帮我找一个兽医就行，可以吗？我们马上带它去动物诊所，行吗？”

他掏出电话，电话还黑着屏。他紧张得手一直发抖，于是在牛仔裤上蹭了几下，没想到手机从他手里滑了下来，掉在斯普林特边上。那人捡起手机，手好像还是不听使唤。“大半夜的，你们在外面干什么啊？半夜两点了还在街上转悠，我真是没看见，真是没看见。”

我看到水沟里的木棍，一头被压在斯普林特脑袋下面，卡车撞到它时，木棍一定穿透了它的嘴。“我们在外面玩儿。”我把手放在斯普林特的耳朵上，揉搓着，斯普林特喜欢我揉搓它的耳朵。它还在低声呜咽，这次声音有些异样，非常短促，以前从来没这样过。我对它太了解了，熟悉它发出的每种动静，可它这次的叫声却如此陌生，这让我心如刀绞，我的心已经凉了半截。

货车司机还在跟他的手机较劲。“怎么搞的！”他语气不太好，赶紧跟我道了歉，然后又开始在裤子上擦手。斯普林特的头一直搁在我的腿上，我想换个姿势，于是一只手轻轻抚摸它的脖子，另一只手支撑住地面，这样才能把我自己撑高一些。斯普林特身下的那块地方被它捂得很热，但是黏糊糊的，我看了看斯普林特的屁股，它的腿悬在半空，姿势有些滑稽，像挂在肉铺的羊腿。它腿上也全都是血，我轻轻摸了摸，想让它放松，也想止住流血。

“快点救救它。”我看着那个司机，不知道他磨磨蹭蹭地在干什么，“你在做什么？快点帮忙啊！”

他还在笨手笨脚地鼓捣手机。“我这不是在打电话吗？我就是不知道你情况怎么样，”他竟然哭了，“妈的，你浑身上下全都是血。”

我低头看了看自己，“这不是我的血。”

“你在流血！”

“这血不是我的！”

他开始抽泣，开始浑身颤抖，看来他也吓坏了。斯普林特靠在我腿上发抖，这么一个大男人在我旁边战栗，我似乎也受到了传染。他哭唧唧地在我身边晃来晃去，害我没办法扶住斯普林特的腿，那家伙竟然还没有滑开手机屏幕。我没时间害怕。我让身体尽量后仰，这样斯普林特躺在我腿上会舒服一些，当然，我的一只手还伸在半空中，扶着斯普林特的两条后腿。我终于忍无可忍，抬起另一只手给了那司机一个耳光。

他的手机再一次掉在地上，一脸错愕地看着我。我放慢语速，一板一眼地对他说：

“快点，帮忙，送我的狗去看兽医。”

他摸摸自己的脸。

“你说什么？”

“快救我的狗。”我指了指斯普林特，“我的狗需要帮助，不是我，我没事。”我难过得破了音，“它可能快死了，求你帮帮我。”我看着他的眼睛，希望他能理解我的意思，“快点送我们去看兽医。”

他点点头，把手放在我穿着你的外套的肩膀上。我这才松了一口气，手却还是不停地抖。我做好准备，计划着把斯普林特转到司机那边，让他抱着斯普林特上车去动物诊所。

他隔着外套捏了一下我的胳膊。“别慌，你是吓着了，我这就叫救护车，你不会有事的。”说着，他又捡起地上的手机。

“你怎么就听不懂我的话呢！”我把他的手机打翻在地，“不用叫救护车，”我泪流满面，“救救我的……”我跪起身，想把斯普林特抱起来，我松开抓住它两条后腿的手，它的腿再次悬在了半空，像是马戏团动物的特异功能表演。斯普林特叫了一声，那声音撕扯着我的心，我铆足力气，却还是抱不动它，它从我手中滑落下去，头哐当一声磕到了路边，那动静简直比刚才车祸的声音还要响。我的斯普林特已经遍体鳞伤，可那个司机却视而不见，还一直按着我不让我起来。

“你别动！你受伤了，不能乱动。”

司机挡在我和斯普林特中间，我看不见它是否还在呼吸，于是死命踢打那个男人，朝他歇斯底里地大喊。他站起身，退后半步，我俯身看着斯普林特，还听得见它的呼吸，虽然时断时续，但它至少还活着。我把斯普林特的上半身搭在我肩膀上，一直不敢看它的后腿。我小心翼翼，生怕再把它弄疼。

我瞥了一眼那司机。“请帮我把它送去看兽医。”我流着大鼻涕，吹出了一个鼻涕泡，我能感觉到那鼻涕泡在我的脸上爆开，鼻涕溅了我一脸。我紧紧抱着斯普林特，决不再让它滑下来。“求你了！”我再次向那司机发出请求。

那司机摇摇头，“我不能离开，这是事故现场，我不能离开。”他捡起手机，滑开屏幕，借着路灯我看到手机屏幕摔出了一道裂痕。“我这就打电话找人来帮忙。”他抬起头，看了看主路上自己的货车。

“快点帮我！”我朝他大喊。我说话的声音听上去怪怪的，像被人扼住了喉咙。那司机跑开去，回头喊了一句什么话，我没听清，我耳朵里只有斯普林特的呜咽还有我喉咙发出的奇怪动静。我把两只手轻轻放在斯普林特的胸口，它还有呼吸，太好了。现在没有人能帮我，我只能靠自己了。我不再想那些没用的，什么司机、货车、疼痛，统统都消失了，全世界只剩下我和斯普林特，只有我们两个。我用两腿使劲撑住地面，把斯普林特整个抱在身上，格外小心不要磕到它的头。它疼得直喊，我感到撕心裂肺的痛。我紧紧抱着它抽搐的身体，踉跄着跨过隔离带，斯普林特一直趴在我怀里哀鸣。

快想办法，快想办法。我甩甩头，继续往前走。嗯，想起来了，亚拉维尔那儿有家动物诊所，距离这里也就五六个街区。我的胳膊一直在抖，我不知道抖的是自己还是怀里的斯普林特。我手指插在斯普林特的绒毛里，牙关紧咬，一路往前，时刻告诉自己绝不能松手。

胳膊向我发出了抗议，肩膀似乎随时会脱臼，但我不能停，必须继续向前。街道上雾气缭绕，我默数着自己的呼吸，走两步吸气，再走两步呼气。我浑身上下没有一块肌肉不痛，但我绝不能停下脚步。没事的，斯普林特，咱们很快就到了。我胳膊上沾满了斯普林特的血，脸上好像也有，湿湿的。我低下头在斯普林特的绒毛上蹭蹭脸，它像牵线木偶一样抽搐了一下。它真的很重，我被它压成了不倒翁。

我一步、一步艰难前行，不知道过了多久，只觉得整个世界都消失了，陪伴我的只有疼痛、恐惧和斯普林特。

斯普林特小时候我也曾这样抱过它，那时候它个头很小，刚好可以躺在我怀里。可现在不一样了，它长得太大，我的臂长根本不够。它的脑袋耷拉在一边，四条腿支棱着，像不停抖动的触角，有一条腿被撞折了，向外撇着，它一定非常痛苦。我继续往前走，走两步吸气，再走两步呼气，我数着自己的呼吸，每走一步斯普林特都会发出一声哀鸣，它每哼一声，我都难过得想要流泪。一步、两步，时间好像停止了，我不知道这样抱着它走了多久，它也一路紧紧抱着我。我们一直走啊，走啊，走两步吸气，再走两步呼气，我抱着它，它也抱着我。我趔趄地穿过主马路，差点跌进另一侧的水沟，它的每一声呻吟都令我心如刀绞，最后它终于安静下来，我觉得它的身体更重了。它快不行了，我不知道自己除了继续往前走还能做什么。一步、两步、三步、四步，我不知道要走到何时，只能一路向前，走两步吸气，再走两步呼气。

我们终于到了，已经是后半夜，天色很暗，但我们总算到了。我站在街角，头顶就是动物诊所的招牌，上面画着一只银色的大狗，旁边写着“兽医”两个字。我透过玻璃门向里面张望，门里也站着一个浑身是血的小孩，怀里也抱着一只血肉模糊的大狗，腿翘在半空，像肉铺里售卖的肉。街灯把我们两个照成了银色。我也好痛啊，每次呼吸疼痛就会加重，寒冷的空气刺激着我的肺，玻璃门里的小姑娘无助地看着我，满脸是血。

我不知道该怎么办，兽医有急诊吗？里面很黑，一点儿亮也没有，而且房门紧闭。我的前胸被斯普林特捂得暖暖的，却沾满了鲜血。我转过身去，不想再看门里的小孩，可我两腿无力，刚转过身就坐到了台阶上，磕得屁股很痛，但我始终没有放开斯普林特。我把它抱在腿上，用手托住它的头，它闭着眼。我从头顶把你的外套脱下来，团成一团蒙住自己的一个拳头，另外一只手死命撑住斯普林特。我转过身，用加了保护的拳头疯狂敲打身后的玻璃，终于，玻璃被我砸碎了，警报响起，声音很刺耳，蓝色的警报灯在我头顶一直闪。

尽管有你的外套保护，我砸玻璃的手还是钻心地痛，我把它收回来，让斯普林特好好躺在我的臂弯里。它四条腿不再翘在半空，全部耷拉到了地上。我不知道自己还能做什么，我贴近它的头，感受着它的气息。“狗狗，很快就没事了，很快就没事了。”我捧着它的头，告诉它要一直呼吸。头顶的蓝色警报灯跟随着我的心跳节奏，陪伴着我们的呼吸、我的呼吸。我一直跟斯普林特说话，告诉它等它好了我要带它去做好多好多事，我会带它出去闲逛，陪它玩游戏，还会从超市给它买一整只烤鸡。它静静躺在我怀里，身子很重。它还在颤抖，但突然好像爬了起来。原来，那并不是它自己做出的动作，是有人把它从我怀里抱了起来。我抬起头，眼前的那些人我都不认识，周围一下子亮了起来，还有人用灯照我的脸，然后把我从台阶上扶了起来，我这才意识到我的腿已经不听使唤。周围突然嘈杂起来，但他们说什么我一句也没听清，我好像又沉到了水底，有人从我身边游过，跟我说了句什么话，我却根本听不明白。

“请你们救救我的狗。”

一个小女孩坐在动物诊所门口，怀里抱着一只血肉模糊的大狗，砸坏了身后诊所的玻璃门，引发警报一直在响——一直响，一直响——终于有人给兽医打了电话。

后来，来了救护车。

后来，来了警察。

来的是谁，我都无所谓。

我只盼着我的斯普林特没事。

可是没人告诉我斯普林特的情况。

每个人都在问我问题。

有人帮我包扎了我的手，是一位女士，看上去人很好。她想尽办法缓解我的疼痛，但事实上，我一点儿痛的感觉也没有。

来接我出院的是莱蒂，其实她不用来的，她又不是我的家人，只不过是个住在隔壁的邻居。

你妈妈呢？她问我。

我默不作声。

***

莱蒂想接我出院，可是医院不同意，双方还为此起了争执。莱蒂看着我，紧张地揪着自己手上的皮，院方跟她说话的语气好像她犯了什么严重错误似的。

“她妈妈呢？”

“昨天晚上不在，出差了。”她语气十分强硬，但对方似乎根本不吃这一套。

“那是你在照顾她吗？”

她犹豫了一下，看了看我回答道：“对。”

“她大半夜两点出来做什么？”

“嗯，我——”

“不关莱蒂的事。”

听到我开口，双方都住了嘴。自从我给了他们莱蒂的地址，这还是我第一次主动开口。

“不关莱蒂的事，她根本不知道我出门了。”

“如果她要负责照顾你，她就应该知道你的下落。”

“她没有责任照顾我，只是顺便照看一下，我们只是邻居，她根本没有这个义务，只是她为人善良，所以才愿意帮忙。”我抹了抹眼泪，她往我未受伤的手上塞了几张纸巾。我的指甲缝里还残留着斯普林特的血。“她根本不知道我出门了，我跟谁也没说。”

听了我的话，大家不知该说什么。

“你刚刚说你跟谁都没说，什么事你跟谁都没说？”

莱蒂清清嗓子，“她妈妈有时晚上会外出工作，我想她说的是这件事，每到这时候，我就会帮着照应一下——”

“我妈妈没出门。”

莱蒂一脸忧伤，“那她这次是出差在外地？”

“也不是。”

“那她人在哪儿？”所有人都尽量表现得温柔，但估计他们都累了，眼前这个孩子问什么都不说，只是一直打听狗的情况。

“她在家。”

莱蒂温柔地看着我，“乖，蕾，都这会儿了，你得告诉他们实话。”

“我说的就是实话，她真的在家，一直都在。”

“蕾。”

“真的，”我看着莱蒂，认认真真地看着她，“她在仓房里。”

“蕾，别胡说八道。”

我一直盯着莱蒂的眼睛，“她一直在那儿，我不知道自己能做什么，所以我一直把她留在那儿。”

莱蒂终于明白了我的意思。

“哦，蕾。”

我不停地咽唾沫，莱蒂凑到我跟前，“哦，蕾，我的小家伙。”

她搂住我，身上还穿着你的运动服，散发着一丝你的味道。可我知道那不是你，那是莱蒂。自从你死后，这是第一次有人拥抱我。

我把头埋进她的怀里，想着斯普林特，想着你。

终于说出来了，自从那天我在仓房看到上吊的你，自从我知道活在这世上我将形单影只，这是我第一次真正地长舒了一口气。

心里的石头终于落了地。

院方依旧不同意莱蒂接我出院。

他们派了一辆车，拿着咱家钥匙去了咱家。

莱蒂想到可以给奥斯卡的妈妈打电话，她口袋里还装着露西的名片。

医院竟然同意我跟露西走，我跟那女人总共只说过三次话，我不明白为什么莱蒂不能带我走，而她却可以。

***

我不再问他们斯普林特的事，他们一直闪烁其词，说了解之后再告诉我，这已经说明了一切，所以我不想再问了。

露西把我接回了她家，还在奥斯卡的房间帮我铺好床。奥斯卡睡得正酣，完全没被我们打扰。露西给我准备了一身睡衣，上面印着小汽车的图案，衣服的腰身太肥了，穿着有点奇怪。把我安置好后，她还给我端来一杯水。

“躺下好好睡一觉。”她摸摸我的脸，“等到明天天亮了，心也会跟着亮堂起来。”

我转过身，脸冲着墙壁。

她懂什么啊？根本什么都不知道。

第49天

星　期　六

我一定是睡着了，因为等我再次睁开眼时，发现奥斯卡正站在我床尾好奇地盯着我。

“你家里来了警察。”

我冷漠地看着他。

“我妈不让我告诉你，”他回头看了一眼门口，“不过我觉得还是应该让你知道。”他穿着一件绿色套头毛衣和一条牛仔裤，露出一截袜子竟然是大红色的，不过看上去倒是很暖和。他跷着脚趾站在地板上，看着我继续道：“我妈妈不让我跟你说警察的事。”

我点点头，明白他的意思。

我站在门前，站在通往前院的小路上，我想不起自己是怎么起的床、怎么出的门，只觉得脚下暖暖的。我低下头，看见自己脚上穿着一双绿色羊毛袜，应该是奥斯卡的。我穿着自己的鞋，裤子是一条短得不能再短的蓝色线裤，当然也是奥斯卡的，刚好露出脚踝那一截绿色袜筒。我不记得自己有穿衣服的动作，但现在我全副武装，即使不记得，也应该没有其他解释。有人把手搭在我肩膀上，我抬头一看，是露西。

“蕾，你不要在这儿看了。”

我努力回想，我是跟露西一起出来的吗？如果她不想让我看，为什么要跟我一起站在这里？她拍拍我的肩头，透过身上的毛衣外套我也能感受到她的意味深长。对了，毛衣自然也不是我的。

我把头转回来，继续盯着我不该看去的方向。

咱家的前门开了，出来一个人，后退着往外出，拖曳着什么东西。我知道，他拖着的是你，当然是你。

“你还是别看了，蕾。”还是露西的手，轻轻地拉扯了我一下。我知道她为什么不想让我看，她担心如果我看到你现在的样子，以后脑子里想的都会是现在的你。她不知道，当初我见到你那天，风吹动了你上吊的绳子，你的运动鞋跟你一起悬在半空中，那才是我见你的最后一面。

我看着眼前发生的一切。

那些人把你装进一个巨大的袋子，用推车把你推出来，带出来一股难闻的味道，露西在我身后轻轻咳了一声。我看着他们把你抬上车，推车下面的小轮子被收了起来。他们手脚很轻，把你慢慢推到车上，而后又轻轻关上车门。不像快递车，快递车关门时总是哐当一声巨响。我想他们应该很有经验吧，不知道已经接收过多少像你这样的人。

其中一人坐上了司机的位置，另一位绕过去坐到副驾驶一侧。车外还站着一位女士，她看了我一眼，我也刚好在看她。她脸上没有笑容，我也没有，她朝我点点头，我也朝她点点头，我明白她想表达的意思。

她见过你，还帮忙把你从吊着的地方搬下来，不仅如此，她还把你从咱家推了出来，穿过整洁的厨房，经过桌上装钥匙的碗，路过你整齐的床铺，看过卫生间挂着的毛巾。她轻手轻脚地把你推出家门，她对你有些许的了解，对我也有些许的了解，虽然只有一点点，但已经足够。

最后，她也上了车。

不知是谁在咱家门口拉上了警戒线。

露西抚了抚我另一侧肩膀，轻柔地拍了我两下。

“蕾，你刚刚看到的并不是你妈妈。”

面对死亡，人们似乎总爱说这样的话。

“可那就是我妈妈啊。”

“嗯，也是，不过那只是她的躯体，不是你所熟悉的那个人，那个人会始终活在你的心里，会永远留存在你的记忆里。”

我知道她这样说是一番好意，但她并不了解我的感受。我当然知道你不只是肉体的存在，从来都不是，你将以千千万万种方式继续活在这世上，而我，也会一直守护着你。

车子越开越远。

我终于有机会跟你说出这句话，真希望自己能早点跟你道别，不过我更希望永远都不用跟你道别。

“妈妈，再见。”

第51天

星期一

露西带我上了车，我不知道她要带我去哪儿。我坐在车上，任由她一路往前开，开去哪里，我并不在乎。

她先下了车，往计费器里投了钱，我认出这儿是医院附近，猜想她可能是带我来看心理医生。以我目前的状况看，带我看心理医生也很正常。

她帮我打开车门，示意我下车，我跟着她穿过一道大门，竟然不是去医院？我抬头看看头顶的招牌，上面写着“兽医”两个字，我默默停住了脚步。

露西没注意，继续往前走。

“我做不到。”

听到我说话，她停下来问我：“你说什么？”

“我做不到。”

“你做不到什么？”

“我见不得它的样子。”

她走回我身边，牵起我的手，“你可以的，蕾。”

我把手抽出来，仍清楚记得自己抱着斯普林特时它的重量，也清楚记得它的血肉模糊。“不，不行，我真的见不得它那个样子。”

“什么样子？”

“遍体鳞伤、一动不动的样子。”我紧张得破了音。

她微笑地看着我，“没关系的，蕾，有个惊喜等着你。”

我看到窗子上贴着宠物认养的广告，她难道就这么铁石心肠吗？“不，我不要别的狗。”

露西皱了皱眉，“怎么了？我又不是——”

“我不要别的狗，我做不到。”

我看到她的脸色变了，好像也吓坏了似的，“老天，没有人告诉你吗？”她蹲下来，跪在柏油马路上，拉起我的手，“蕾，斯普林特没事，它受了很严重的伤，失去了一条腿，不过它还活着。”

“你说什么？”我激动地好不容易憋出这几个字。

她微笑地看着我，依然牵着我的手，我看到她的丝袜粘上了地上的灰尘，“它就在里面等你呢，蕾，它会没事的。”

露西被我甩在了身后，不得不紧跑两步才跟上我。

其实，它的样子还是惨不忍睹，只剩下了三条腿，身上很多地方的毛都被剃了，还同时扎着好几针点滴，嘴上也被缝了好多针，脖子上套着一个防止它舔舐伤口的圆筒。我把脸伸进圆筒，在它头上亲了一口。可能我太用力，它先是痛苦地叫了一声，然后便开始疯狂地舔我的脸，我的脸被弄得湿乎乎的，不知道是自己的泪水还是它的口水。

它还不能跟我回家，露西说等它好了就把它接回去，跟我一起住在她家，奥斯卡肯定特别开心。

露西很有本事，竟然打听到我的外祖母。

我竟然有外祖母，这件事你是知道的，对吧？

我知道这个消息不过三个小时，竟然跟她通了电话。其实，我们也没说什么，两人只是拿着听筒默默呼吸，素未谋面的人有什么话可说呢？沉默许久，最终是我先开了口。

她的回答令我十分惊讶，“哦，蕾，我见过你，你出生那天我就在你妈妈身边。”

这种感觉很奇怪，对方从我出生的那一刻就知道我，而我却对她一无所知。

我听着她的呼吸声，过了一会儿，她再次开了口，“你愿意来跟我一起生活吗？”

这算哪门子问题？我对她一无所知，这么长时间了，你对她只字不提，我想她肯定是伤了你的心，又或者是你伤了她的心。

我耸耸肩，我知道她看不见我，但我的沉默似乎已经表明了我的态度。

电话那头的她清了清嗓子，继续道：“我希望你能来跟我一起住，你三岁后以我就没再见过你，之前的事你应该都不记得了。”

这我倒是没想到，“嗯，我是不记得了。”

“你妈妈和我——”她泣不成声，没办法继续讲下去。电话那头的女人我并不认识，她是你的妈妈，可你却从未跟我提起过。我现在真的要跟她一起生活吗？她说她认识我，从我出生的那一刻就认识，可她却对我没有丝毫的了解。终于，她声音颤抖着继续道：“蕾，你妈妈离开了，我也很难过，我非常爱她。”

“我也非常爱她。”

说完，我放下了电话。

第53天

星　期　三

露西告诉我斯普林特明天就可以回家了。这段时间，我一直没去上学，露西也没上班，每天都在厨房餐桌上办公，一天下来要接打无数个电话，还一直在笔记本电脑上敲个不停。而我，大部分时间都待在奥斯卡的房间看闲书。

我很想见莱蒂，但总感觉露西不会同意。

结果证明我错了。

露西今天要出门，说是去单位开会，我以为她会带上我一起，自从她把我从医院接出来，就没让我离开过她的视线。她带我走出院门，却没带我一起上车，反倒把我送到了莱蒂家，莱蒂自然雷打不动地待在门廊。

“我跟莱蒂说好了，请她照看你一会儿，就几个小时，可以吗，蕾？”她的笑容很真诚，一点儿没有高高在上的感觉。

我点点头，不知道该看向哪里。

露西拍了拍我的后背，“我就知道你是个懂事的孩子。”

我走上莱蒂的门廊，坐在我常坐的椅子上，这次斯普林特没在身边，感觉有点奇怪。

莱蒂俯下身，拉起我的手，“能再见到你真是太好了，蕾。”

我点点头，使劲捏了一下她的手。

她一如往常，打开电水壶的开关。

我们没说什么话，有什么可说的呢？我们只是默默坐在那儿，一边晒太阳，一边喝热饮。

莱蒂放下手里的杯子，微笑地看着我。过了一会儿，她终于开了口，“我进去给你拿一样东西，你在这儿等着我啊。”

她一边说一边进了屋。她家里现在非常宽敞，但她会不会还是改不了以前的习惯，一进门就习惯性地侧着身走路，手臂贴紧身体两侧，生怕撞到曾经堆到房顶现已不复存在的破烂。

我踏踏实实地坐在扶手椅上，内心十分平静。她要是临时找什么东西，估计得花些时间，我听见她一边念叨一边在客房的储物箱中翻找，弄出叮叮当当的响动。突然，她好像弄翻了什么东西，骂骂咧咧地嘟囔了一句。

“你还好吧？”

“我没事，我没事。”莱蒂的声音越来越近，我以为她要出来了，结果声音又跑远了一些，“别急，稍等我一会儿啊。”

“你可别被那些塑料箱子砸到底下。”

“你这个小兔崽子——你就仗着我喜欢你，换作是别人，我早就揍人了。”

“你到底要找什么啊？”

她终于开门出来了。我看到她头发上粘了些白色纸屑，又或是羽毛什么的。手里拿着一个奇怪的东西，下面好像还有轮子。“给你这个！”她把东西递给我。

“这是什么？”

“这是给斯普林特的。”

“这个太小了，它坐不上去。”

“不是的，傻孩子，你把这个绑在它腰上，”她一边说一边在自己胸前比画了一下，“这东西刚好能垫到它大腿的位置，可以替代它失去的那条腿。”

我看看那东西，“这不是个轮子吗？”

“对呀，可以充当它的第四条腿。”

“这个是给狗狗用的？”

“对，”她朝我皱皱眉，明显对我过于冷静的反应感到不满。

“这个怎么用啊？”

她叹了一口气，语气有点失望，“老天，你这孩子可真够笨的，就这样，很简单啊。”她蹲下来，把轮子放在门廊的地板上，模仿着失去一条腿的小狗。

我咬着自己的腮帮子，“这个能行吗？”我声音有点尖，“我想说，这也没有个刹车什么的，万一它再受伤怎么办？”到最后我还是没忍住，笑出了猪叫声。

“你这个小——”她拍了我一下，不过我看到她也在强忍着笑，“你到底要不要？”

我擦擦眼睛，“谢谢你，莱蒂，斯普林特一定会喜欢的。”

“嗯，斯普林特可比你懂事多了，这一点毋庸置疑。”她提高了嗓门，但脸上一直挂着笑容。

我把她的热巧都给喝没了，还吃光了她所有的饼干。阳光依然很暖，却不再像之前那般强烈。临近傍晚，露西应该快回来了。

“他们有没有通知你收拾东西？”莱蒂抬了抬下巴，指了指咱家的方向。我瞥了一眼咱家房子，前门还围着警戒线，不过今天一天并没有任何人来过。

“露西星期一进去过一次，帮我拿了一些我的东西。”

莱蒂点点头。

“我给她写了个单子。”

“嗯，你这么做很聪明。”

我脑子里总是翻来覆去地出现一些无关紧要的事，之前里面藏了太多秘密，我又不知道该如何清除。我深吸一口气，心想随它去吧。“我不知道我还能不能进去，拖欠房租，估计家里的东西都要留给房东了。”

莱蒂一脸警觉，“你说什么？”

“我上周收到一封信，就是市政厅女士来你家的那天，信上说我们拖欠房租，所以房产要被收回之类的。”

莱蒂眨眨眼，举起茶杯。“蕾，他们没权拿走你的东西，房子是他们的，不假，但里面的东西都还属于你。”她语气坚定，“你一直担心的就是这件事吗？”

“是，也不是。”

她从口袋里拿出一张纸巾，擤了擤鼻子，然后又把纸巾放回了口袋。“孩子，他们不会把属于你的东西拿走。”

“你确定吗？”

“我确定。”

“那我可以进去看看吗？”

莱蒂叹了口气回答道：“这个我不太清楚，露西应该会帮你处理这些事。”

我点点头，“她人并不坏。”

“是啊，她还挺好的，虽然爱管闲事，但人不坏。”她拎起水壶问我：“再烧一壶水？”

我摇摇头，“我得走了。”

“哦，”莱蒂把水壶放下，四处扫了一眼，“露西回来了？”

“不，我说的不是这个走，我说的是我要离开这儿了。”我真想捏捏斯普林特的耳朵，可斯普林特此刻还在动物诊所。我把手插进口袋，“我找到外婆了。”

莱蒂点点头，好像并不惊讶。“那很好，蕾，你不能一个人住在这个空房子里。”

“你不就是一个人住在空房子里吗？”

她露出一丝淡淡的笑容，“你跟我不一样，你的空房子和我的空房子也不一样。”

“你是不是就是因为房子太空，所以一直往里面堆东西？”

“你真聪明！”她裹紧外套，“我老了，可以假装不孤单，但你不同，你还年轻，不应该这么早体验空荡荡的感觉。”

“可我早就体验过了。”

“我知道，小家伙。”我注意到她脚趾动了一下，我在想她是不是也想斯普林特了。

“可是我不想去她那儿。”

莱蒂点点头，“我能理解。”

“我根本就不认识她。”

“我想她肯定跟你一样紧张。”

这我倒是没想过。“她住的地方离这儿有三小时的路程，我得搬到她那儿去。”

“具体在哪儿啊？”

“我也不清楚，好像在海边，乡下。”

“是吗？听上去不错啊。”她语气轻松，微笑地看着我，那感觉仿佛我们两个是在超市撞见的熟人。

“真的不错吗？真的吗？莱蒂？搬到几小时之外的地方，远离这里，远离这里的每个人，真的不错吗？”

莱蒂把头歪向一边，眼睛却一直盯着我，“你说的每个人指的是谁呢？这里有谁会让你想念吗？”

我低下头，看着自己的脚，她没说话，等着我的回答。

“其实就是你。”

“如果是这样的话，问题就解决了。”

我气愤地看着她。

她递给我一张干净的纸巾，“我可是有车的人，你忘了吗？现在我终于有理由开着它出门了。”她微笑地看着我，继续道，“不仅如此，你的大狗你肯定会一起带走，我终于不用闻它的臭屁味儿了。”

“你真的会去看我吗？”

“当然了，傻孩子，我一定会去。”我们俩相视一笑，莱蒂用哄小孩儿的语气对我说，“快，赶紧趁露西回来之前把眼泪擦干净，否则她该不让你来见我了。”

第54天

星期四

出发前一天我们俩才见了面，这简直太离谱了。

午饭前，她赶到了露西家。

我坐在厨房，等着露西帮她开门。

她长得跟你很像。

像你，却不是你。我没想到你们长得这么像，她头发花白，满脸都是皱纹，可还是能看出你的样子。如果我跟她在大街上偶遇，我也一定会停下脚步，多看她几眼。

她站在门口。

“你跟她长得很像。”我们俩异口同声说了这句话。

露西虽然面带微笑，但表情还是有些尴尬。她说要给客人煮点茶，安排年迈的你在我对面坐下。露西去烧水了，顺便还会准备牛奶和糖，只剩下年迈的你和我两个人四目相对。露西给我煮了一杯花茶，特意加了苹果和姜汁，闻上去很香，不像莱蒂给我煮的甘菊茶，什么味道也没有。

“你们俩好好谈吧，我就在隔壁，需要的话，喊我一声。”她微笑地看了我们一眼，然后就去了隔壁房间，我注意到她并没把门关严。

年迈的你清了清嗓子，“嗯。”

我也喝了一口茶，想着可以润润喉咙，“嗯。”

她一直盯着我，“我已经在我们那儿的学校给你报了名，那个学校不错，你妈妈小时候就是在那儿上的学。”我想象着你上学时的样子，“你不用刚搬去就到学校报到，可以先熟悉熟悉周围的环境。”

“没关系，我可以随时去上学。”

她点点头，咽了一口唾沫，“嗯，我们到时候看情况再定。”

我们各自看着杯里的茶。

“你的手好点了吗？”她看着我手上的绷带。

我举了举，“已经没事了。”

“我很难过——”她声音突然哽咽起来，没再继续说下去。她端起茶杯，呷了一小口，咽了下去。她的手有点抖，把茶杯放下时，茶杯哐的一声砸在桌子上。

门外一声巨响，老迈的你吓了一跳，转头看过去，刚好看到斯普林特伸着脑袋进了门。

“哦，是一只狗啊。”

我站起身，走过去帮斯普林特开门。它被卡在门口动弹不得，像是脖子上的圆筒被什么东西给钩住了。“这是斯普林特。”斯普林特跳着进了门，屁股一晃一晃的，仿佛还在借助已经失去的那条腿。

“它脖子上戴的是什么啊？”

“是一个圆筒，防止它舔自己的伤口。”我坐回到椅子上，斯普林特跟在我身后，看到我坐下，便把戴着圆筒的脑袋放在我的腿上，随后叹了口气，好像累得够呛。我把手伸进它的圆筒，帮它抓了抓脑门。

“它的腿怎么了？”

我搓了搓它的耳朵，“被卡车撞了。”

“哦，是车祸……我知道了。”

斯普林特又叹了口气，靠着桌腿坐在地上。我一只手扶着它，生怕它歪倒。

“它有点笨，是不是？”年迈的你用纸巾擦掉桌上的茶水。

“它只是还没适应，医生说了，再过一个星期它就可以像健康的狗狗一样活蹦乱跳了。”

我抓了两下斯普林特的下巴，它的身体随着晃了两下，我扶着它躺到地上。它呼了一口气，刚躺下就睡着了。

“需要我帮忙吗？”露西探出头来，看到桌上洒了一点茶，又看到地上已经睡着了的斯普林特，微笑地开口道，“看来您已经见过斯普林特了。”

年迈的你挤出一丝尴尬的笑容，回答道：“是啊。”

我用脚趾轻轻蹭着斯普林特的背，“它最近特别能睡，可能是因为吃了止痛药，”斯普林特睡梦中抽搐了两下，“也可能是车祸中受到了惊吓。”

“嗯，毕竟失去了一条腿，肯定需要时间适应。”年迈的你盯着地上睡觉的斯普林特。

“它现在还是有点坐不稳，”我想到它刚刚进门的那一幕，“站立也有点困难，”我又想到它刚从医院回来时的样子，“躺下、起来也不是特别利索。”

“这么看来——”

“它现在是有点笨，”露西表示同意，“不过医生说了，等到疼痛消失，它就可以像正常的狗狗一样生活了，根本用不了几天。狗狗是非常坚强的动物。”

“再过一个星期就可以拆线了。”

“真是太感谢你对它的照顾了，你真是个大好人，又得上班，又得照顾两个孩子，还有一只残疾的狗。”年迈的你伸出手，拍了拍露西的胳膊。

“它不是残疾。”

“你说什么？”

“它不是残疾，只不过就是三条腿。”

年迈的你笑了。“三条腿，这名字好。”她看着熟睡的斯普林特又念叨了一遍，“三条腿的狗。”

露西朝我眨眨眼，然后又回去了隔壁房间。年迈的你从椅子上站起来，蹲到斯普林特旁边，轻轻拍了拍它的头，它睁开眼睛，舔了一下她的手，接着又睡了过去。

“我不太知道如何跟狗相处，我自己从没养过狗。”她看着沉睡的斯普林特，摸了摸它的耳朵。“它很温柔是吧？看它的样子，真想不到它竟然这么乖。”她拍了斯普林特两下，然后问我道，“斯普林特，我猜它的名字是从《忍者神龟》的忍者大师来的吧？”

我吃惊地看着她，“对啊。”

“嗯，”她轻柔地抚摸斯普林特的脖子，“你们这代小孩还看《忍者神龟》吗？”

我耸耸肩，“或许吧。”

她抬头看了我一眼，“你这算是什么回答，到底是还是不是？你自己还看不看《忍者神龟》？”

“我不太看，这名字不是我起的，是我妈妈起的。”

她笑了，“你妈妈小时候可喜欢那些忍者龟了。”

我不知该作何反应，只好尴尬地点点头。

她站起身，再次坐回到椅子上，我听到她的膝盖咔吧响了一声。她坐下后用脚轻轻拍了拍斯普林特，“这名字取得不错，不过我看它长得更像一只赖皮大老鼠，只是腿比老鼠长一些。”

我没有表示异议，“我妈妈之前也这么说过。”

“它是什么狗？猎鹿犬，猎狼犬？”

“或许吧，我们是从收容所领养的，它刚来时是只小狗，收容所的人也说不准它到底是什么狗。”

“它小时候长得肯定特别搞笑。”

我笑了。

她用脚轻轻揉搓着斯普林特，斯普林特睁开眼，舔了舔她的脚。

“我该管你叫什么？”

“什么？”我突然转变话题，她似乎没反应过来。

“我该管你叫什么？”

“哦，我还以为你知道。”她脸上闪过一丝疑虑，眉头紧锁。“你当然不记得了，你小时候叫我妮妮。”她微笑地着看我。

“是吗？”我十分惊讶。

“是啊。”

看来你并未把有关她的一切彻底抹杀掉。“那我还可以叫你妮妮吗？”

“你喜欢就好。”

斯普林特挣扎着坐起来，把脑袋放在我的膝盖上喘了一口气。我不知道该不该告诉她，如果我说了，她就知道其实她并未完全脱离我们的生活。犹豫片刻，我还是开了口。

“我有一只玩具兔子，它就叫妮妮。”

她笑了，“是那只灰色的兔子吗？大耳朵？那是你小时候我送给你的。”她仿佛放松了许多，不再每说一个字都字斟句酌。“我也不知道你是先管我叫的妮妮，还是先给兔子起了这个名字。”她说这话时眼角笑出了好几道皱纹。

我看着她，有那么一刻，我觉得你就在她的身体里，正目不转睛地看着我。她笑了。

我却不是很开心。

第55天

星　期　五

我的东西都已打包，昨晚露西帮我一起收拾的，所有我想保留的东西都在，书、小兔妮妮还有衣服什么的。其实，加在一起也没有多少，三个纸盒箱就装得差不多了，另外还有几个小包裹。对了，你的被子和睡衣我也打包了，露西没有提出异议，还帮我找来一个格子图案的洗衣袋，把被子什么的叠好塞到了里面。你那个方块闹钟，虽然坏了，我还是想带着，把它跟书放在了一起。咱俩没有什么照片，所有能找到的我都收好了，跟你的手机、笔记本电脑放在一起。

终于收拾妥当，我站在咱家看着剩下的东西，所有这一切，带走的、留下的，它们就是我们生命的全部。露西说剩下的东西会有专人处理，他们会把东西打包装箱，还会给箱子上贴上标签，方便我日后辨认。我不知道自己是何感想，那些收拾我们东西的人我都不认识，想到自己的东西要被收进箱子，我感觉些许不舍，但转念一想，其实这也不失为一种好的归宿。

露西说了，他们会帮我把所有东西收好，除了食物。剩下的吃的东西，她说会捐给有需要的地方。其实，咱家也没剩下什么能吃的东西了，这一点露西也很清楚。至于那些用了一半的洗衣液、橡皮筋、厨房抽屉里的洗洁剂，我不清楚他们会如何处置。这些事都是露西经手的，我只知道后天会来一辆车，把咱家的东西统一拉走，拉去妮妮家附近的某个仓储中心，等我们有了明确的想法，再做最后的处理。

自从收到收缴房子的信，我就再没去过学校。露西问过我想不想回学校跟大家道个别，我虽然喜欢我的老师和同学，但并不想去道别，更不想回答大家提出的各种问题。

我只想跟一个人道别，她一如往常，已经坐在门廊等我了。

“你今天就走了吗？”

“嗯。”

她站起身，伸出一只胳膊，我想她应该是要给我个拥抱吧，没想到她推开了家门，“请进，我给你准备了个小东西。”

我跟着她进了屋，虽然已经不是第一次进来，但看到如此宽敞明亮的走廊，我还是吃了一惊。斯普林特脖子上的圆筒又把它卡在了门外，我赶紧退回去把它解救了出来。莱蒂家门口放着一个大箱子，里面堆了半箱垃圾邮件和商品目录什么的，我事先没看到，被绊了一下，还好没有摔倒。进屋后，我跟着她进了朝阳的房间。

“给你。”她把什么东西塞到我手里。

我看了一眼，是一本书，就是我们俩一起读过的那本。那时候，一切还没有败露，那时候我还能在所有人面前蒙混过关。对，就是她女儿拉娜的那本书。

“可这个是——”

“那个我不能给你。”

我咽了口唾沫，“对啊，那个当然不能送人。”

“不，是因为那本太难闻了。这本是新的，我从网上买的。”她一副骄傲的表情。

“你会上网？”

“当然，咱们这片儿不是通网了吗？你不知道国家宽带 NBN 吗？”

“可你不是没有电脑？”

“没错，我已经想好了要买一台，你不是还建议我上网看看新闻吗？”

我一脸困惑地看着她，“那你怎么买的这本书？”

“网上买的啊。”

“你不是还没有电脑？”

“我有手机啊，傻孩子。”

“真的假的？我一直以为你连浏览器都不会用呢。”

“你说什么？”

“浏览器，苹果浏览器？”

“那是什么？”她看着我，一脸困惑，好像我说的根本不是人话。“我给我儿子克里斯打了电话，让他帮我在网上买的，特别方便，还能送货上门，包装也很精美，你看！”

她把书从我手里抢回去，重新塞进精美的外包装，然后又抽了出来，“你看是不是？”

“嗯，是很漂亮，莱蒂。”

“我也这么觉得。”她把书递给我，“这个包装盒我就留着了，以后或许有用。”她把包装盒扔进椅子旁边的篮子，“我在前面给你写了几句话，你不用现在看，回头有时间再看就行。”

可我已经翻开了。

“这本书的主人公是一个既聪明又勇敢的孩子，所以我要把它送给现实中我认识的最聪明、最勇敢的孩子。小家伙，跟你在一起的每一分钟我都很开心，请你永远不要忘记我，我是永远不会忘记你的莱蒂。”

“我把电话号码也写在上面了，万一你忘了可以翻开看看。”她的声音有些沙哑。

我热泪盈眶，视线模糊起来。

“谢谢你，莱蒂。”我使劲眨眨眼，可还是晚了，一滴眼泪落到了她这字迹娟秀的赠言上。我用手抹了一下，结果适得其反，“勇敢”一词被我给蹭花了。我使劲揉了揉眼睛，我怎么这么笨，竟然把这么珍贵的礼物给弄脏了。

莱蒂把我的手从脸上拽下来。“没事的。”她搂着我的肩膀，“走，咱俩再一起喝杯茶，过不了多久你就要走了吧？我新买了一盒饼干。”

我把莱蒂的饼干吃得干干净净，看到一辆紫色的小车在咱家和露西家的中间位置停了下来，车上下来的正是妮妮，她先是朝咱家方向走了两步，而后又突然改了主意，转身朝露西家走去。

“那个就是你外婆吧？”

“嗯，是妮妮。”我不知道该不该喊她，感觉如果这样做就背叛了莱蒂。

“那你快喊她过来啊。”莱蒂朝妮妮挥挥手。

“妮妮。”我声音很轻。

莱蒂瞄了我一眼，“你这么小声，她肯定听不见。”

于是，我提高了音量，“妮妮！”

妮妮朝我们转过身，看到莱蒂跟她卖力地招手，她露出笑容，但表情十分尴尬，脸上写满了困惑。

我也赶紧朝她摆摆手，“妮妮。”

她看到我，笑容才自然起来。

“蕾，你在这儿啊。”她朝我们走过来，“我还以为你在露西家。”

莱蒂站起身。“我是莱蒂，”她一边说一边伸出手，“我是你外孙女的邻居。”

“哦，你就是那个——”

莱蒂龇了龇牙，“是啊，我之前不了解情况，要是我能早点发现……”她的语速特别快，话没说完，整个人突然僵在那里。

“嗯，是啊。”妮妮回头看了一眼她的车。

莱蒂站起来，一直搓弄着手指，“她是一个特别聪明的孩子，比她实际年龄要成熟得多，我当初还不知道。她太能干了，我完全没看出来——”

“嗯，”妮妮退后一步，“我和蕾会慢慢了解彼此，就不劳您费心告诉我她是什么样的孩子了。”

“不，不是的，我——”莱蒂伸出手来，本来是要跟妮妮握手的，看到妮妮的态度，只好尴尬地把手插回了口袋。

妮妮一直打量着她的车子，嘴角不自觉地抽搐了几下，“我女儿和我这几年一直没什么联络，如果我早知道，我也——”

莱蒂举起另一只手应道：“我知道，”她抓住妮妮的胳膊，妮妮的神情有点不自然，“我自己也有小孩，”她的声音有点陌生，“一个死了，一个在外地，我很爱他们，但他们不可能一直陪着我们。”

妮妮眨了两下眼睛，第一次认真地看了一眼莱蒂。她点点头，正了正自己的套头衫，伸出右手说道：“抱歉，我还没有自我介绍，我是诺妮。”她们俩终于握上了手。

妮妮清了清嗓子，“谢谢你一直照看蕾，多亏有你帮忙。”她们站在那儿，手一直握着，半天都没松开。两个人都很精明的样子，但我怎么觉得她们已经把我忘了！

于是，我也清了清嗓子，“妮妮，莱蒂可以去你那儿做客吗？”

妮妮看着我，然后又把目光转回到莱蒂身上，“当然了，非常欢迎。”她的笑容有点僵硬。

“谢谢你。”两人的脸似乎都笑僵了，我站在一边再次成了隐形人。斯普林特靠在我的腿上，我给它抓了抓痒，它打了个喷嚏，成功吸引了两个老太太的注意。

莱蒂咳嗽了一声，“你们赶紧走吧，还有很长一段路要赶，东西也还得搬一会儿。”我站起身，莱蒂给了我一个大大的拥抱，在我后背轻轻拍了两下，一直把我送到大门口。

我拖拉着斯普林特下了台阶，朝妮妮的车走过去。这个老家伙，我回头看着莱蒂，今天的她看起来格外瘦小，我扔下牵着斯普林特的狗绳，一口气跑回到莱蒂身边，扑到她怀里，把她身后的衣服揪起来攥在手中。

她被我扑得往后打了个趔趄，“哎呀妈呀，你都快把我撞岔气了。”她嘴上虽然这么说，胳膊却有力地抱着我。她俯下身，凑在我耳边低声道：“小家伙，祝你好运，你知道我在哪儿，有任何需要，一定要告诉我。”说完，她松开我，再次轻柔地把我推向大门的方向。

妮妮把我的东西统统塞进了她的小车，还坚持让我找些卧室的东西带上，说这样，即使到了她那儿，我也会有一种回家的感觉。就这样，我的台灯、被子还有小边凳，统统上了妮妮的车。我无法想象她这么一辆小车竟能把我所有东西都带上，最后还得挤进我们两个大活人。我坐在门口的台阶上，搂着斯普林特，看着妮妮车前车后地忙活。斯普林特嘴里叼着小滑轮的带子，我本来是想给它装上这个轮子腿儿的，可医生说根本不用，还说它很快就会适应三条腿的日子，能跟四条腿时一样拥有正常的生活，跑起来甚至不比四条腿时慢。斯普林特喜欢叼着那个带子玩，还喜欢用鼻子把轮子拱过来、推过去。

好像有什么东西掉地上了，我听见妮妮爆了句粗口。她把那东西捡起来，塞进车里，第一时间关上了车门。她忙得面红耳赤，浑身大汗，终于大功告成，转身朝我说了一句：“搞定！”

我站起来，朝着车的后门走过去，斯普林特一路跟着我，露西和奥斯卡站在家门前的小路上，表情十分严肃。

妮妮看了一眼斯普林特，“好了，你可以把它送回去了。”她朝着露西和奥斯卡点点头。

“什么？”我心里一沉，瞬间头晕目眩。

“你不是要把它留在这儿吗？”

我一定是听错了，“你说什么？”

“我以为你会把狗留在这儿。”她困惑地看了一眼露西。奥斯卡听到这话，顿时眉开眼笑，那笑容怎么掩藏都藏不住。露西看着我脸上的表情，告诉奥斯卡先回家，然后转身带着他往家走。

我坐在马路边。

“快上车啊！咱们得走了，咱们得在天黑之前赶到我那儿。”

斯普林特坐在我身旁，我没看妮妮，狗狗也没看她。

“蕾，快点上车，咱们得走了。”

“我不会跟斯普林特分开的。”

露西再次走了出来，来到我身边坐下，把手放在我的腿上。“蕾，斯普林特还需要拆线，还需要后续的治疗，留在我这儿我可以带它去看医生，等你去外婆那儿安顿好了，你再回来接它，行吗？”

我把头转向一边，紧紧搂着斯普林特，它脖子上的圆筒硌着我的下巴，很疼，那我也不肯放手。

“蕾，这样对大家都好。”

“你是说对她好吧？”

我瞪了一眼妮妮。

“蕾——”妮妮摆摆手，示意露西回家。

露西转身往回走了两步，妮妮开口继续道：“蕾，亲爱的，”她拿出一副大人常用的假装讲道理的腔调，“你得听话，我家养不了狗，何况你这只狗的身体还处于这种状况，没人照顾根本不行。”

“它根本不需要什么特殊照顾。医生说了，它很快就能适应三条腿的生活，跟四条腿的时候没什么两样。”

“就是呀，”她语气更加强硬，“你不也说它需要时间适应吗？所以把它留在这儿才是最好的选择，这里离医生近，环境它也熟悉。”

“你这也太明显了。”我丝毫没跟她客气。

她往后稍稍撤了一步，“你说什么？”

“你假装跟我讲道理，好像不讲理的人是我，是我不可理喻。事实上，你就是不想收留它。”

她朝我走近了一步，“蕾，你说得不对，我只是想找一个对大家都好的——”

“你只是想对你自己好，我明白。”

“不是的。”透过她的鞋子，我看到她扭动了一下脚趾。

“就是。对于斯普林特来说，最好的选择就是跟我在一起，我就是它熟悉的环境，露西家它根本就不熟悉。”我指了指站在不远处的露西，她没做任何反应，仿佛根本没有听到我们的对话，“那里它一点儿都不熟悉，它只能跟着我。”

我用手指钩着斯普林特的项圈，“它的生活已经彻底变了，失去了妈妈，失去了家，还失去了一条腿，现在你竟然让我抛弃它，就是怕给你自己添麻烦，对吗？”

“蕾，我知道你很难过。”

“算了吧！”我真想踢她一脚。

“什么算了？”

“别假装你很关心我了。你和我根本不是一路人，我跟它才是一伙的，要是它不能去你家，那我也不去了。”我看着她脚下打了个晃，“这或许正合你意。”

“蕾。”

我把手指伸进斯普林特的皮毛里。

“蕾，你看着我。”

你以前也经常让我看着你。

“哦，老天啊。”她死命地跺了一下脚，然后提高了音量。我知道，我就知道她会这样。

“你能不能不要这么他妈的不听话？这对我来说也是非常艰难的选择。从你三岁起我就没再见过你，现在你已经长成了一个大孩子，天知道这些年你变成了什么样。我跟你妈妈相处得一直不太好，现在她选择一走了之，把剩下的烂摊子甩给了我——”

我甚至不想多看她一眼。

她呼吸急促，火冒三丈，这让我想起你生气时的样子。我闭上眼，听见她咽了一口唾沫，“我也失去了你的妈妈，而且失去了两次。”她说这话时嗓子有点嘶哑。

我继续紧闭双眼。

我感觉到她在我身边坐下，我转身朝着相反的方向，并不是为了给她腾地方，只是不想挨着她。

她没再说话，我听见她搓了一把自己的脸，这声音我也很熟悉。

“你跟她长得一模一样，”她的声音温和了许多，“可她当初让我非常生气。”我把眼睛睁开一条缝，瞄了她一眼，她正盯着自己的脚，“我对自己也非常生气。”

我什么也没说。

我们俩坐在路边，没有任何身体接触，斯普林特想把我脸上的泪水舔掉，但它脖子上的圆筒总是碰到我的脖子。

她站起来，朝我伸出一只手。“你到底来不来？”

我把脸靠在斯普林特的肩膀上。

“请问，你到底来不来？”

我还是不看她。

“它也可以跟着一起，这总可以了吧？”

我看着她那辆紫色的小车，“你的车根本装不下！”

“我再腾点地方出来。”

我看着她把我的那堆破烂从车里搬出来，放到车后面的小路上，然后打开后备厢，把能塞的都一股脑儿塞了进去，再放不下的就塞到后排座位的脚底下或前排座位的下面，总之，她成功地在后座上腾出了一些空间。我看着她站在街上，一只手扶着车里满满当当的东西，正努力想关上车门。这时，你的方块闹表从车门里滚落出来，还有一袋我最喜欢的书。她骂骂咧咧地把东西捡起来，把它们放进后座的箱子上，伸手小心翼翼地扶着，再用屁股抵住箱子，最后把车窗按了下来。

就连斯普林特都被她这一番折腾吸引了注意力，竟然忘了舔我脸上的眼泪。妮妮身体慢慢后退，用膝盖把车门顶上的同时伸手从车窗外扶住箱子上的东西，生怕它们再次滑落。东西倒是没掉，可手扶在那儿，车窗却关不上了。她把我那袋子书和你的闹表使劲往里推了推，然后把车窗按上来，整个过程还一直从窗外扶着里面的东西。车窗一路上升，终于只剩下她胳膊那么粗的缝隙，然后就停在那儿了。她慢慢地把胳膊顺着缝隙抽了出来。

“这下行了。”她头发凌乱，挡住了她的眼睛。

你的小闹钟还是很不听话，沿着后座从另一侧车门滚落到路边，屏幕上的裂痕摔得更大了。

“老天啊。”她简直要哭了。

我站起身，“地方够了。”我看着后座上的空间，斯普林特的枕头和碗盆已经塞在了后座的底下，“我需要的东西已经都带上了。”

她的车不如莱蒂的整洁，就算没有我的这些东西，也干净不到哪儿去。此刻，加上我这堆破烂，车子看上去简直有点滑稽。

奥斯卡站在小路上，离车门很近，我把这一侧的后车窗按下，这样斯普林特可以把头探出窗外。

“再见了，蕾，你没事了，我很开心。”

我点点头，不知该说什么好。

“你会给我写信吗？”

我耸耸肩，“你可以给我写。”

他一脸忧伤，“可我不知道你住哪里。”

我绕过他身边，钻进前排副驾驶的位置，关上车门，但没关上车窗。奥斯卡跟着我绕到副驾驶一侧，站在窗边，两手插在口袋里。

我系上安全带，“没关系，我知道你的地址。”

他一下子高兴起来，样子傻傻的，我假装低头调整安全带，不想让他看见我也在笑。

“那太好了！”他站在那儿，高兴得像个傻子。

“再见了。”

他这次很识眼色，“嗯，再见了，蕾。”

妮妮发动了汽车引擎。

奥斯卡往后撤了几步，继续朝我们摆手。车子开出去后，我把头伸出车窗，回头张望。莱蒂站在门廊上看着我们车子的方向，她朝我挥挥手，我也向她挥手告别。

我通过后视镜注视着她，她看着我们的车越走越远。车子驶到十字路口停下，我看到她飞快地跑到街上，从路边捡起你的方块闹表。

车子转弯时，我看到她回到了自己的门廊。我们一路前行，朝着西城门的方向。我想象着她坐在自己的椅子上，面前烧着开水，腿上放着你那个坏掉的闹钟。

致谢

历经无数个日日夜夜，我终于完成了这部作品。当初创作时，我常盯着电脑屏幕后面的墙壁发呆，如果没有我的爱人科文，这部作品根本不可能与广大读者见面。感谢你，科文，谢谢你冬日的周末带着孩子们去公园玩耍，当然还有秋日、夏季、春天，感谢你担负起了陪伴孩子的重任。我还要感谢我的孩子们，等你们长大读到这本书，你们或许会发现我在最后写给你们的这句话：感谢你们教会我人生可贵，教会我如何有效分配有限的时间。

我还要诚挚感谢我的挚友杰西卡·布伦南，在我把这本书寄给出版社之前，你是除我之外唯一读过这部作品的人。谢谢你为之感动到落泪，谢谢你永远的支持和鼓励，还要谢谢你帮我校对作者简介的部分，你帮我看了许多版本，即便每个版本之间的差别很小，你仍愿不厌其烦地帮我检查。

塔妮亚·卡马拉诺博士，你是我最信任的人，谢谢你与我在公园或游乐场的每一次谈话（有的你做了笔记，有的没有）。是你的友谊让我得以保持清醒和理智——或至少是接近理智的状态。真希望你能再读一个博士学位，这样你哪怕只是为了写毕业论文也会一直听我絮叨，给予我你对我的无尽理解。

我还要感谢斯蒂芬妮·戴维斯，感谢你每天一早起来就与我敞开心扉，谢谢你愿意与我探讨写作、创意、文学。每次我稍有动摇，都是你鼓励我坚持下去，感谢你对我的关心，谢谢你对这世界的好奇，你永远是我了不起的朋友。

我要感谢才华横溢、慷慨无私的托尼·乔丹，感谢你利用个人时间帮助我这个陌生人，感谢你愿意监督我做好时间管理。我最初向你承诺我的各个时间节点时，根本没奢望能真正做到，没想到在你督促下，我竟然按计划完成了各个阶段的写作任务。我更要感谢你对我的信任和为我提供的建议，否则我不会拿这部作品的最初版本参加文本大奖和维多利亚总理文学奖的角逐，你的这一举动彻底改变了我的命运。你从不吝惜花在我身上的时间，从不吝惜对我的不懈支持。你对我的恩情，我一辈子都不会忘记。谢谢你。

我还要感谢惠勒团队，感谢你们为文学做出的伟大贡献，感谢你们创办的维多利亚总理文学大奖，感谢你们选择我这部当时尚未出版的作品入围。我还要特别感谢小林弘毅、维罗妮卡·苏利文和迈克尔·威廉斯，感谢你们为我的作品提出的宝贵建议。我要感谢艾伦·克雷根、卢克·霍顿及娜塔莉·科恩禹评委，感谢你们喜欢我的作品。

我还要衷心感谢凯莉·斯科特、贝琳达·蒙尼佩尼和卡尔利·斯雷特，感谢你们愿意花时间阅读这部作品的前身《黑狗和小鸟》，感谢你们提出的反馈意见。虽然《黑狗和小鸟》没能与读者见面，但如果没有它，就不会有这部作品的问世。对你们的真知灼见，我万分感谢。

当然，我还要感谢我的妈妈吉莉安，感谢你一直以来的信任、关爱和支持，我会永远爱你。

还有我的爸爸加雷斯，谢谢你的坦诚，谢谢你承诺要一直守护我。爸爸，我爱你。

最后，我要郑重感谢文字大奖的评委们，感谢你们对文学的热爱，感谢你们喜欢我的作品并为之感动。迈克尔·海沃德，谢谢你像我一样喜欢我创作的人物，曼迪·布雷特，你是一位了不起的编辑，感谢你独具慧眼，邀请我这个入围作者喝咖啡，还直言不讳地向我提出疑问。至于说我的答案，这部书就是我给你的答案：如果不理会外界的任何建议或意见，单纯听从本心进行创作，我想写的就是这样一部作品。

图书在版编目（C I P）数据

千千万万都是你 / （澳）艾米莉·斯普尔（Emily Spurr）著；陈晓颖译. -- 北京：中译出版社，2022.3

书名原文：A Million Things

ISBN 978-7-5001-7004-4

Ⅰ. ①千… Ⅱ. ①艾… ②陈… Ⅲ. ①长篇小说－澳大利亚－现代 Ⅳ. ①I611.45

中国版本图书馆CIP数据核字(2022)第037286号

著作权合同登记号：图字 01-2022-0708

出版发行 / 中译出版社

地　　址 / 北京市西城区新街口外大街28号普天德胜大厦主楼4层

电　　话 / （010）68005858，68358224（编辑部）

传　　真 / （010）68357870

邮　　编 / 100044

电子邮箱 / book@ctph.com.cn

网　　址 / http:// www.ctph.com.cn

策划编辑 / 范　伟

责任编辑 / 吕百灵　范　伟

营销编辑 / 曾　頔

封面设计 / 仙境设计

排　　版 / 柒拾叁号工作室

印　　刷 / 山东临沂新华印刷物流集团有限责任公司

经　　销 / 新华书店

规　　格 / 900mm × 1270mm 1/32

印　　张 / 11

字　　数 / 110千字

版　　次 / 2022年3月第一版

印　　次 / 2022年3月第一次

ISBN 978-7-5001-7004-4　　定价：68.00元